dividida

dividida

Amanda Hocking

tradução
Priscila Catão

Título original
TORN

Esta é uma obra de ficção. Todos os personagens, organizações e acontecimentos retratados neste livro são produtos da imaginação da autora e foram usados de forma fictícia.

Copyright © 2010 by Amanda Hocking.
"Um dia: três caminhos", Copyright © 2012 by Amanda Hocking.
Todos os direitos reservados.

Direitos para a língua portuguesa reservados
com exclusividade para o Brasil à
EDITORA ROCCO LTDA.
Av. Presidente Wilson, 231 – 8º andar
20030-021 – Rio de Janeiro – RJ
Tel.: (21) 3525-2000 – Fax: (21) 3525-2001
rocco@rocco.com.br | www.rocco.com.br

Printed in Brazil/Impresso no Brasil

Preparação de originais
DENISE SCOFANO MOURA

CIP-Brasil. Catalogação na fonte
Sindicato Nacional dos Editores de Livros, RJ

H621d Hocking, Amanda
Dividida/Amanda Hocking; tradução de Priscila Catão.
Rio de Janeiro: Rocco Jovens Leitores, 2013. – Primeira edição.
Tradução de: Torn
ISBN 978-85-7980-168-6
1. Literatura infantojuvenil americana. I. Catão, Priscila. II. Título.
13-00932   CDD – 028.5   CDU – 087.5

O texto deste livro obedece às normas do
Acordo Ortográfico da Língua Portuguesa.

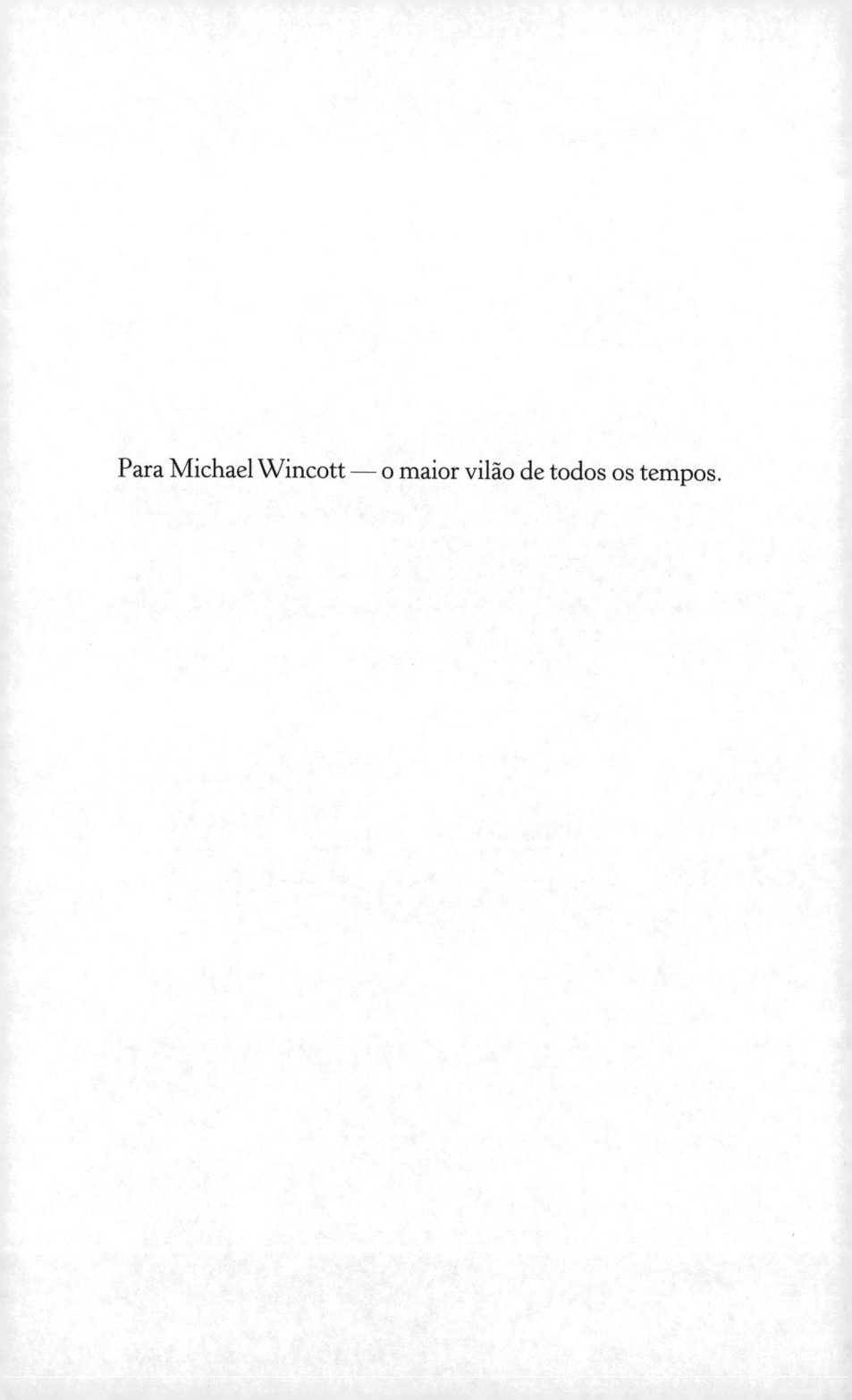

Para Michael Wincott — o maior vilão de todos os tempos.

dividida

UM

retorno

Quando Rhys e eu aparecemos na casa do meu "irmão" Matt às oito da manhã, ele ficou feliz... feliz por eu estar viva e não ter desaparecido para sempre. Apesar da raiva, ele prestou atenção enquanto eu dava uma explicação vaga, encarando-me o tempo inteiro, furioso e perplexo.

Pelo menos eu tinha que lidar apenas com Matt. Minha tia Maggie é a minha guardiã legal, mas não estava lá quando chegamos. Matt explicou que ela fora ao Oregon atrás de mim. Não faço a mínima ideia da razão, mas por algum motivo ela achou que era para lá que eu tinha fugido.

Enquanto Rhys e eu estávamos sentados no sofá estilo vintage da sala de estar de Matt, cercado pelas caixas que ele ainda tinha que esvaziar desde nossa mudança para cá dois meses antes, Matt andava de um lado para o outro na frente da gente.

– Ainda não estou entendendo – disse ele. Parou na nossa frente, com os braços cruzados.

– Não tem o que entender – insisti, apontando para Rhys. – Ele é o seu irmão! É só olhar pra ele que tá na cara.

Eu tenho cabelo escuro, cacheado, rebelde e olhos castanho-avermelhados. Tanto Matt quanto Rhys têm cabelo cor de areia e olhos cor de safira. Eles também tinham uma expressão bem mais sincera que a minha e o mesmo sorriso fácil. Rhys encarava Matt, espantado e confuso, com os olhos arregalados de admiração.

– Como é que você pode saber disso? – perguntou Matt.

– Não sei por que você simplesmente não confia em mim.

– Suspirei e encostei a cabeça no sofá. – Eu nunca minto para você!

– Você acabou de fugir de casa! Eu não tinha ideia de onde você estava. Foi uma violação gigantesca de confiança!

A raiva de Matt não disfarçava o quanto ele ainda estava magoado, e o seu corpo demonstrava sinais de tensão. O rosto estava fatigado, os olhos fundos e vermelhos, e ele devia ter perdido uns cinco quilos. Quando sumi, tenho certeza de que ele ficou um caco. Eu me senti culpada, mas não tive escolha.

Matt sempre se preocupou demais com a minha segurança, era uma compensação pelo fato de sua mãe ter tentado me matar e tudo o mais. A vida dele girava tanto ao meu redor que não era nada saudável. Ele não tinha amigos, emprego, nem uma vida só dele.

– Eu tive que fugir! Tá certo? – Passei a mão nos meus cachos emaranhados e balancei a cabeça. – Não posso explicar. Fui embora por causa da minha segurança e da sua. Não sei nem se eu devia estar aqui agora.

– Segurança? Estava fugindo de quê? Onde você estava? – perguntou Matt desesperadamente, e não pela primeira vez.

– Matt, não posso contar! Queria poder, mas não posso.

Não sabia se era legal contar para ele sobre os Trylle. Presumi que tudo a respeito deles era segredo, mas também é verdade que ninguém me proibiu expressamente de falar alguma coisa para desconhecidos. E Matt nunca acreditaria em mim, então não vi razão para tentar.

– Você é mesmo meu irmão – disse Rhys em um tom baixinho, e inclinou-se para a frente para olhar Matt melhor. – Que coisa mais estranha.

– É, é sim – concordou Matt. Ele ficou mudando de posição desconfortavelmente diante do olhar de Rhys e olhou para mim, com a expressão séria. – Wendy, posso dar uma palavrinha com você? A sós?

– Hum, claro. – Olhei para Rhys.

Entendendo a deixa, Rhys levantou-se.

– Onde fica o banheiro?

– Por ali, depois da cozinha. – Matt apontou para a direita.

Após Rhys se afastar, Matt sentou-se na mesa de centro na minha frente e baixou a voz:

– Olha, Wendy, não entendo o que está acontecendo. Não sei o quanto do que você me falou é verdade, mas aquele garoto me parece meio estranho. Não quero ele na minha casa e não sei no que você estava pensando ao trazê-lo pra cá.

– Ele é seu irmão – falei, cansada. – Estou sendo sincera, Matt. Nunca na vida eu mentiria sobre algo tão importante assim. Tenho cem por cento de certeza de que ele é seu irmão de verdade.

– Wendy... – Matt massageou a testa, suspirando. – Já entendi que você acredita nisso. Mas como pode saber que é mesmo verdade? Acho que o garoto está inventando coisa para você.

– Não, não está, de jeito nenhum. Rhys é a pessoa mais honesta que já conheci, tirando você. E isso faz sentido, já que são irmãos. – Inclinei-me para me aproximar de Matt. – Por favor. Dê uma chance a ele. Você vai ver.

— E a família dele? — perguntou Matt. — Quem o criou todos esses anos? Eles não vão sentir falta dele? E não seriam eles a sua família de verdade, ou algo assim?

— Pode acreditar, eles não vão sentir falta dele. E eu gosto mais de você — eu disse, sorrindo.

Matt balançou a cabeça como se não soubesse o que achar de tudo aquilo. Eu sabia que ele não confiava inteiramente em Rhys e queria botá-lo para fora da casa, então o admirei mais ainda por ter se contido.

— Queria que você fosse mais franca comigo sobre tudo isso — disse ele.

— Estou sendo o mais franca possível.

Quando Rhys voltou do banheiro, Matt afastou-se de mim e observou-o, desanimado.

— Não tem nenhuma foto de família por aqui — comentou Rhys, enquanto olhava a sala.

Era verdade. Não tínhamos nenhuma espécie de decoração, mas lembrar a família era algo a que realmente não dávamos valor. Matt particularmente não gostava tanto da nossa... hum, da mãe dele.

Eu ainda não tinha explicado a Rhys que a mãe dele era uma lunática que estava presa num manicômio. É difícil contar esse tipo de coisa para alguém, mais ainda para alguém tão facilmente impressionável quanto Rhys.

— Sim, a gente é assim mesmo — falei e me levantei. — Viajamos a noite inteira para chegar aqui. Estou exausta. E você, Rhys?

— Hum, é verdade, acho que estou cansado. — Rhys parecia um pouco surpreso com a minha sugestão. Apesar de não ter dormido nem um segundo, ele não parecia nada cansado.

— A gente devia dormir um pouco, depois conversamos mais.
— Ah. — Matt levantou-se lentamente. — Então os dois vão dormir aqui? — Ele olhou interrogativo para Rhys, depois para mim.
— É — concordei. — Ele não tem para onde ir.
— Ah. — Matt obviamente era contrário àquela ideia, mas eu sabia que ele temia que, se expulsasse Rhys, eu iria atrás dele. — Rhys, acho que você pode dormir no meu quarto por enquanto.
— Sério? — Rhys tentou conter o entusiasmo por ficar no quarto de Matt, mas estava na cara.

Com um pouco de má vontade, Matt levou-nos até nossos quartos. O meu quarto ainda era meu, com todas as minhas coisas do mesmo jeito que eu deixara semanas antes. Enquanto me acomodava, escutei pelo corredor Matt e Rhys conversando no quarto de Matt. Rhys pedia para que o outro explicasse as coisas mais simples, tipo como ligar o abajur da cabeceira, e isso frustrava e incomodava Matt.

Quando Matt veio ao meu quarto, eu já estava de pijama. Era surrado, confortável e eu o adorava.

— Wendy, o que está acontecendo? — sussurrou Matt. Fechou e trancou a porta, como se Rhys fosse um espião. — Quem é realmente esse garoto? Onde você esteve?

— Não posso contar o que aconteceu enquanto estava fora. Você não pode simplesmente ficar feliz porque estou aqui e em segurança?

— Na verdade, não. — Matt balançou a cabeça. — Aquele garoto não é normal. Ele fica tão maravilhado com tudo.

— Ele fica maravilhado com *você* — corrigi. — Você não faz ideia do quanto ele acha tudo emocionante aqui.

— Isso tudo não faz nenhum sentido. — Matt passou a mão pelo cabelo.

— Eu preciso mesmo dormir e sei que é muita coisa pra você assimilar. Entendo isso. Por que não liga para Maggie? Conte para ela que estou bem. Vou descansar um pouco, e você pode pensar mais nisso tudo que estou dizendo.

Matt soltou um suspiro de frustração.

— Tá bom — disse ele, e seus olhos azuis ficaram sérios. — Mas acho bom você pensar em me contar o que realmente está acontecendo.

— Tudo bem. — Dei de ombros. Podia até pensar a respeito, mas não contaria para ele.

O olhar de Matt suavizou novamente, e seus ombros relaxaram.

— Que bom que está em casa.

Naquele instante percebi o quanto tudo isso tinha sido terrível para ele. E foi então que me dei conta de que nunca mais poderia desaparecer daquela maneira. Aproximei-me e o abracei fortemente.

Matt deixou-me sozinha no quarto, depois de me desejar boa-noite, e me acomodei no conforto familiar da minha cama de solteiro. Em Förening, eu dormia numa cama king size, mas, por alguma razão, a minha caminha estreita era muito mais gostosa. Eu me aninhei mais nos cobertores, aliviada por estar novamente num lugar normal.

Sempre tive uma suspeita de que eu não combinava com a minha família, apesar do quanto Matt se devotava a mim. Minha mãe quase me matou quando eu tinha seis anos, alegando que eu era um monstro, que não era filha dela.

E, no fim das contas, ela tinha razão.

Menos de um mês antes, eu descobrira que era uma changeling, uma criança que é secretamente trocada por outra. Mais

Dividida

especificamente, ao nascer eu fui trocada com Rhys Dahl. E, na verdade, eu sou uma Trylle. Os Trylle basicamente são vigaristas glamorosos com superpoderes moderados. Tecnicamente, eu sou uma troll, mas não no sentido de monstrinhos verdes e assustadores. Tenho uma altura normal e sou razoavelmente atraente. Na cultura Trylle, a utilização dos changelings é uma prática que remonta há séculos. A intenção do costume é assegurar que os descendentes dos Trylle tenham a melhor infância possível.

Fui destinada a ser uma princesa em Förening – o complexo em Minnesota onde os Trylle moram. Elora, a rainha Trylle, é a minha mãe biológica. Após passar algumas semanas em Förening, decidi voltar para casa. Eu me desentendi com Elora, que proibiu que eu me encontrasse com Finn Holmes simplesmente por ele não ser da realeza.

Escapei de lá levando Rhys comigo. Rhys tinha sido genuinamente bom comigo, e achei que ele merecia receber um pouco dessa bondade em retribuição. Eu o trouxe para cá para conhecer Matt, pois ele é o irmão de verdade de Rhys, não meu.

Mas claro que eu não poderia contar tudo isso para Matt. Ele acharia que enlouqueci de vez.

Enquanto ficava cada vez mais sonolenta, pensei mais uma vez no quanto era bom estar em casa. Demorou apenas dez minutos para que Rhys destruísse esse conforto ao entrar sorrateiramente no meu quarto. Eu estava quase dormindo, mas o som da minha porta se abrindo me deixou alerta. Matt tinha descido, presumivelmente para fazer a ligação que sugeri, e, se soubesse que Rhys estava no meu quarto, mataria nós dois.

– Wendy? Está dormindo? – sussurrou Rhys, sentando-se cautelosamente na beirada da minha cama.

15

– Sim – murmurei.

– Desculpe. Não consigo dormir – disse Rhys. – Como você consegue?

– Isso aqui não é tão empolgante assim para mim. Já morei aqui antes, lembra?

– Sim, mas... – Ele parou de falar, provavelmente por não ter o que argumentar. De repente, ficou tenso e inspirou. – Ouviu isso?

– Você falando? Sim, mas estou tentando não... – Antes de terminar a frase, também ouvi. Um ruído de algo se movimentando fora da janela do meu quarto.

Levando em conta que eu tinha acabado de ter uma briga horrorosa com uns trolls bem malvados chamados Vittra, fiquei assustada. Rolei para o outro lado e observei a janela, mas as cortinas estavam fechadas, bloqueando a vista.

O ruído transformou-se em verdadeiras pancadas, e eu me sentei, com o coração martelando no peito. Rhys me olhou, nervoso. Ouvimos a janela sendo aberta, e as cortinas esvoaçaram por causa do vento.

DOIS

interrupções

Ele entrou no meu quarto de uma vez só, habilmente, como se entrar por janelas de quartos fosse algo bastante comum.

Seu cabelo preto estava impecavelmente penteado para trás, mas havia barba a fazer em sua mandíbula, deixando-o ainda mais charmoso. Seus olhos tão escuros eram quase pretos, e ele deu uma olhada em Rhys antes que eles pousassem em mim, fazendo o meu coração parar de bater.

Finn Holmes tinha entrado escondido no meu quarto.

Ele ainda me impressionava da mesma maneira de sempre. Fiquei tão feliz em vê-lo que quase esqueci o quanto estava com raiva dele.

Da última vez que tinha visto Finn, ele estava saindo furtivamente do meu quarto em Förening, devido ao acordo que fizera com minha mãe. Elora disse que ele podia passar mais uma noite comigo antes de partir. Para sempre.

Só tínhamos nos beijado, mas o problema foi que Finn não tinha me contado sobre o plano de Elora. Ele nem se deu o trabalho de se despedir. Não tentou impedir aquilo nem me convencer a fugir com ele. Apenas se retirou discretamente do meu quarto, deixando Elora me explicar exatamente o que estava acontecendo.

– O que está fazendo aqui? – perguntou Rhys, e Finn desviou o olhar para Rhys.

– Vim buscar a princesa, claro – disse Finn, mas uma irritação impregnava as suas palavras.

– Bem, tá certo, mas... Achei que Elora tinha transferido você para outro trabalho. – Rhys parecia surpreso com a raiva de Finn e ficou confuso por um instante: – Quer dizer... é isso que as pessoas estão comentando em Förening, que você não pode mais ficar perto de Wendy.

Finn ficou perceptivelmente tenso com as palavras de Rhys, movendo a mandíbula, e Rhys olhou para o chão.

– Não posso – admitiu Finn após um momento. – Estava me preparando para ir embora quando soube que vocês dois tinham sumido no meio da noite. Elora ainda não tinha decidido quem seria a pessoa mais adequada para rastrear Wendy, e achei que eu mesmo vir procurá-la seria para o próprio bem dela, principalmente com os Vittra a perseguindo.

Rhys abriu a boca para protestar, mas Finn o interrompeu:

– Todos nós sabemos que você fez um trabalho incrível ao protegê-la no baile – disse Finn. – Se eu não tivesse aparecido, acho que ela terminaria sendo assassinada.

– Eu sei que os Vittra são uma ameaça! – retrucou Rhys. – É que... a gente veio até aqui para...

Ao perceber o quanto Rhys estava confuso, levantei-me da cama para intervir logo, antes que Rhys descobrisse por que o tinha deixado que eu o convencesse a vir para cá.

A verdade era que Rhys não tinha concordado em vir. Ele queria conhecer Matt, mas estava muito preocupado com a minha segurança e tinha realmente se recusado a me deixar sair da proteção do complexo. Para o azar de Rhys, eu tinha *persuasão*. Quando olhava para as pessoas e pensava em alguma coisa que queria que fizessem, elas obedeciam, querendo ou não.

Foi assim que convenci Rhys a vir comigo quando fugimos, e eu precisava distraí-lo antes que ele percebesse isso.

– Os Vittra perderam muitos rastreadores naquela luta – observei. – Não devem repetir algo assim nem tão cedo. Além do mais, com certeza eles se cansaram de tentar me pegar.

– Bem improvável. – Finn apertou os olhos, analisando o espanto de Rhys, e depois olhou para mim seriamente. – Wendy, você não se importa nem um pouco com a sua própria segurança?

– Provavelmente me importo mais com ela do que você. – Cruzei os braços firmemente. – Você estava indo embora para aceitar outro trabalho. Se eu tivesse esperado mais um dia para partir, você nem saberia que eu não estava mais lá.

– Então isso foi para chamar a *minha* atenção? – retrucou Finn, com os olhos ardendo. Nunca o tinha visto com tanta raiva assim de mim. – Não sei quantas vezes preciso explicar isso para você! Você é uma princesa! Eu não sou nada! Você precisa me esquecer!

– O que está acontecendo? – Era Matt, gritando das escadas. Se ele entrasse no meu quarto e visse Finn, seria péssimo, terrível.

– Eu vou... distraí-lo. – Rhys olhou para mim para se assegurar de que eu estava bem, e fiz que sim com a cabeça. Ele saiu em disparada pela porta, fazendo comentários para Matt sobre como a casa era incrível, e as vozes dos dois sumiram à medida que foram descendo.

Coloquei os meus cachos para trás da orelha e me recusei a olhar para Finn. Era difícil acreditar que, da última vez que estivemos juntos, ele estava me beijando tão apaixonadamente que eu mal conseguia respirar. Lembrei a maneira como a sua barba por fazer arranhava as minhas bochechas e como os seus lábios pressionavam os meus.

Repentinamente, fiquei com ódio dele por causa daquela lembrança e também porque eu só conseguia pensar no quanto eu queria beijá-lo novamente.

– Wendy, você não está segura aqui – insistiu Finn baixinho.
– Eu não vou embora com você.
– Você não pode ficar aqui. Não vou deixar.
– Você não vai deixar? – zombei. – Sou a princesa, lembra? Quem é você para *deixar* que eu faça algo? Nem o meu rastreador você é mais. É apenas um cara qualquer que resolveu me perseguir.

Aquilo terminou soando bem mais cruel do que eu queria. Mas parecia que o que eu dizia nunca magoava Finn. Ele apenas ficou me encarando, com o olhar calmo e inabalável.

– Sabia que encontraria você mais rápido do que qualquer outra pessoa. Se não voltar para casa comigo, tudo bem – disse Finn.
– Outro rastreador vai chegar aqui em breve, e você pode ir com ele. Vou só esperar com você até ele chegar, para garantir a sua segurança.

– Não foi por sua causa, Finn!

Ele tinha influenciado a minha fuga de Förening mais do que eu gostaria de admitir, mas não tinha sido só por causa dele. Odiava a minha mãe, o meu título, a minha casa, tudo. Ser uma princesa não era o meu destino.

Finn ficou olhando para mim por um bom tempo, tentando compreender a razão de tudo aquilo. Tive que me segurar para não me contorcer, enquanto ele me observava com tanta atenção. Seus olhos reluziram misteriosamente por um instante, e sua expressão ficou mais séria.

Dividida

— É por causa do mänsklig? — perguntou Finn, referindo-se a Rhys. — Achei que tinha dito para você ficar longe dele.

Mänskligs eram os filhos humanos que eram levados e trocados pelos bebês Trylle. Eram o nível mais baixo na hierarquia Trylle, e, se descobrissem uma princesa namorando um deles, ambos seriam banidos para sempre. Não que eu me importasse com isso, mas não tinha nenhum sentimento por Rhys que não fosse puramente platônico.

— Rhys não tem nada a ver com isso. Só achei que ele gostaria de conhecer a família dele. — Dei de ombros. — Com certeza deve ser melhor do que morar naquela casa idiota com Elora.

— Ótimo. Então ele pode ficar aqui. — Finn concordou com a cabeça. — Já resolveu a situação de Matt e Rhys. Agora pode ir para casa.

— Minha casa não é aquela. Minha casa é *esta*! — Gesticulei para o quarto inteiro. — Eu não vou, Finn.

— Você não está em segurança. — Ele deu um passo na minha direção, baixando a voz e olhando bem nos meus olhos: — Você viu o que os Vittra fizeram em Förening. Eles mandaram um exército inteiro para capturá-la, Wendy. — Colocou as mãos nos meus braços, e eu senti o calor e a força delas na minha pele. — Eles só vão parar quando pegarem você.

— Por quê? Por que eles não vão parar? — perguntei. — Não é possível que não haja outra Trylle por aí mais fácil de capturar do que eu. E daí que sou uma princesa? Se eu não voltar, Elora pode me substituir. Não sirvo para nada.

— Você é bem mais poderosa do que imagina.

— Como assim? Nem sei o que isso significa.

Antes que eu pudesse responder, ouvimos um barulho no telhado fora da minha janela. Finn agarrou o meu braço e depois escancarou a porta do meu closet, empurrando-me lá para dentro. Normalmente eu não gosto de ser jogada em closets e ver a porta sendo fechada na minha cara, mas sabia que ele estava me protegendo.

Abri a porta um pouquinho, para poder ver o que ia acontecer e intervir se fosse necessário. Por mais que eu estivesse com muita raiva de Finn, nunca deixaria que ele se machucasse por minha causa. De novo não.

Finn ficou a alguns metros da janela, os olhos brilhando e os ombros tensos. Mas, quando o vulto entrou pela janela, Finn só fez demonstrar desdém.

O garoto entrou tropeçando no parapeito da janela. Estava de calça jeans colada e tênis roxos, com os cadarços desamarrados. Finn, bem mais alto do que ele, olhou para baixo, encarando-o impacientemente.

– Ei, o que está fazendo aqui? – O garoto tirou a franja dos olhos e abriu o casaco, que não cabia direito. Estava com o zíper fechado até em cima, e a parte de baixo ficava na altura do cós da calça. Quando ele se abaixava ou se mexia, o casaco subia.

– Vim buscar a princesa. Eles mandaram você vir atrás dela? – Finn ergueu uma sobrancelha. – Elora achou mesmo que você seria capaz de levá-la de volta?

– Ei, eu sou um bom rastreador. Levei bem mais gente para lá do que você.

– É porque você é sete anos mais velho que eu – respondeu Finn. Então o garoto desastrado tinha vinte e sete anos. Ele parecia ser bem mais novo.

– Que seja. Elora me escolheu. Aceite isso. – O garoto balançou a cabeça. – O que foi? Está com ciúme, é?

– Não seja ridículo.

— E onde é que está a princesa, hein? — Ele deu uma olhada pelo quarto. — Ela fugiu por causa *disso* aqui?

— Isso aqui é o meu quarto. — Saí do closet, e o novo rastreador deu um pulo. — Não precisa ser condescendente.

— Hum, desculpe. — Ele tropeçou, corando. — Peço desculpas, princesa. — Deu um sorriso incerto e fez uma pequena reverência. — Meu nome é Duncan Janssen e estou às suas ordens.

— Não sou mais a princesa e não vou com você. Acabei de explicar isso para Finn.

— O quê? — Duncan olhou inseguro para Finn enquanto ajustava o casaco novamente. Finn sentou-se na beirada da cama e não disse nada. — Princesa, você tem que vir. Ficar aqui não é seguro para você.

— Não me importo. — Dei de ombros. — Prefiro me arriscar.

— O palácio não pode ser tão ruim assim. — Duncan foi a primeira pessoa que vi chamando a casa de Elora de palácio com sinceridade, apesar de o lugar ser mesmo parecido com um. — Você é a princesa. Tem tudo.

— Não vou. Pode dizer a Elora que você fez tudo o que pôde e que eu me recusei a ir.

Duncan olhou mais uma vez para Finn, querendo ajuda. Finn deu de ombros, e a indiferença que ele adotou me surpreendeu. Eu tinha sido firme quanto ao assunto, mas não esperava que ele fosse aceitar.

— Ela não pode ficar aqui de jeito nenhum — disse Duncan.

— Acha que não concordo com você? — Finn ergueu a sobrancelha.

— Acho que você não está ajudando. — Duncan ficou mexendo no casaco e tentou convencer Finn com o olhar, uma missão que eu sabia ser impossível.

— O que espera que eu diga que já não tenha dito? — perguntou Finn, soando como quem não podia fazer nada, para a minha surpresa.

— Então está dizendo para a gente simplesmente deixá-la aqui?

— Eu estou bem aqui, se vocês não perceberam — falei. — E não gosto que vocês se refiram a mim como se eu não estivesse por perto.

— Se ela quer ficar aqui, então vai ficar aqui — disse Finn, continuando a me ignorar. Duncan mudou de lugar e olhou para mim.

— A gente não vai sequestrá-la. Então as opções que sobram são praticamente inexistentes.

— Não dá pra você, tipo — Duncan baixou a voz e ficou mexendo no zíper do casaco —, sabe, *convencê-la* de alguma maneira?

A afeição que Finn sentia por mim devia ter virado notícia e se espalhado pelo complexo. Irritada, recusei-me a deixar que meus sentimentos por ele fossem usados contra mim.

— Nada vai me convencer — assegurei com rispidez.

— Está vendo? — Finn gesticulou em minha direção. Suspirando, levantou-se. — A gente devia ir embora então.

— Sério? — Não consegui esconder o choque na minha voz.

— Tem razão. É sério? — repetiu Duncan.

Finn virou-se para mim. — Você disse que não há nada que eu possa fazer para convencê-la. Mudou de ideia? — A voz dele era esperançosa, mas seus olhos estavam quase me provocando. Balancei a cabeça com firmeza. — Então não há nada mais a dizer.

— Finn... — Duncan começou a protestar, mas Finn ergueu a mão.

— É o desejo da princesa.

Duncan olhou para Finn sem acreditar, provavelmente achando que ele estava tramando alguma coisa, assim como eu achei.

Dividida

Tinha que haver algo que eu estava deixando passar, pois Finn não seria capaz de simplesmente me deixar ali. Tudo bem, foi exatamente o que ele fizera alguns dias antes, mas aquilo fora quando ele achava que ir embora seria o melhor para mim.

– Mas, Finn... – insistiu Duncan, mas Finn fez um gesto com a mão para que ele deixasse para lá.

– Temos que ir. O "irmão" dela vai perceber logo, logo que a gente está aqui.

Olhei para a porta fechada do meu quarto, como se Matt estivesse à espreita bem ali. Da última vez que Matt e Finn se desentenderam, a situação ficou um pouco feia, e eu não queria que aquilo se repetisse.

– Tudo bem, mas... – Duncan parou de falar, percebendo tarde demais que não tinha nada com o que nos ameaçar. Então fez mais uma rápida reverência para mim. – Princesa, tenho certeza de que nos encontraremos novamente.

– Veremos – eu disse, encolhendo os ombros.

Duncan saiu pela janela do meu quarto, praticamente desabando no telhado. Quando já estava lá fora, ele meio que pulou e caiu ao mesmo tempo. Finn observou-o apreensivamente por um instante, deixando a minha cortina aberta, mas não foi atrás dele de imediato.

Em vez disso, endireitou a postura, olhando para mim. Minha raiva e minha firmeza estavam se esvaecendo, o que me deixava com esperanças de que Finn não fosse realmente deixar as coisas daquele jeito.

– Assim que eu sair pela janela, tranque-a – ordenou Finn.

– Confira se todas as portas estão trancadas e nunca saia sozinha. Nunca vá a nenhum lugar à noite, e, se possível, sempre leve Matt e Rhys com você. – Ele olhou para trás de mim por um instante, pensando em algo. – Apesar de nenhum dos dois servir para muita coisa...

Seus olhos escuros pararam em mim mais uma vez. A expressão dele era de súplica, e ele ergueu a mão como se fosse tocar o meu rosto, mas a baixou novamente.

– Você *precisa* tomar cuidado.

– Tá certo – prometi para ele.

Com Finn em pé bem na minha frente, dava para sentir o calor de seu corpo e o cheiro de sua colônia. Seus olhos estavam fixos nos meus, e lembrei como era a sensação quando ele emaranhava os dedos no meu cabelo e me abraçava tão fortemente que eu mal conseguia respirar.

Finn era tão forte e controlado. Os breves momentos em que ele se permitia demonstrar livremente sua paixão por mim, eu me sentia mais maravilhosamente sufocada do que antes.

Não queria que ele fosse embora, e ele não queria ir embora. Mas nós dois tínhamos tomado decisões e não mudaríamos de ideia. Ele concordou mais uma vez, desviando o olhar, depois se virou e saiu pela janela.

Duncan estava esperando embaixo da árvore, e Finn desceu habilmente até o chão. Da janela, fiquei observando Finn convencer o hesitante Duncan a se afastar da casa.

Quando chegaram às sebes que separavam a minha grama da dos vizinhos, Finn olhou ao redor, conferindo para ver se não havia ninguém por ali. Sem nem olhar para mim, ele e Duncan deram a volta e sumiram.

Fechei a janela, trancando-a cuidadosamente como Finn pedira. Senti uma dor terrível ao vê-lo partir. Apesar de ele já ter feito aquele tipo de coisa antes, eu não conseguia entender como Finn tinha sido capaz de realmente ir embora e de convencer Duncan a também me deixar. Se ele estava tão preocupado com os Vittra, por que me deixaria tão desprotegida?

Finalmente me dei conta de uma coisa: Finn *nunca* tinha me deixado desprotegida, não importava o que eu ou qualquer outra pessoa quisesse. Ao perceber que eu não iria com ele, ele não quis perder mais tempo discutindo. Ficaria esperando às escondidas até eu mudar de ideia ou...

Fechei as cortinas com firmeza. Odiava que me espiassem, mas também achava estranhamente reconfortante o fato de Finn estar cuidando de mim. Após a janela ter ficado aberta por tanto tempo, o quarto estava gélido, então fui até o closet e coloquei um suéter grosso.

A adrenalina de ter visto Finn me deixou bem acordada, mas estava com vontade de me deitar e me enrolar, mesmo que não conseguisse dormir.

Acomodei-me na cama, tentando inutilmente esquecer Finn. Após alguns minutos, escutei pancadas fortes lá embaixo. Matt soltou um berro, que foi brevemente interrompido, deixando a casa num silêncio completo.

Pulei e corri para a porta do quarto. Com as mãos tremendo, abri-a, na esperança de que Finn tivesse tentado entrar às escondidas na casa mais uma vez e que tivesse se desentendido com Matt.

Então ouvi Rhys gritando.

TRÊS

insensível

De repente, Rhys ficou em silêncio. Eu mal tinha saído do quarto quando escutei passos pesados subindo a escada, e, antes que pudesse reagir, lá estava ela.

Kyra, uma rastreadora Vittra com quem eu já tinha lidado, apareceu no topo da escada. Seu cabelo escuro era curto e ela vestia um casaco de couro longo e preto. Estava segurando no corrimão, agachada. Assim que me viu, riu de mim, mostrando mais dentes do que qualquer humano mostraria.

Corri na direção dela, na esperança de que o elemento surpresa fosse uma vantagem, mas isso não aconteceu.

Ela desviou antes que eu chegasse perto e lançou um chute veloz no meu abdome. Cambaleei para trás, apertando a minha barriga dramaticamente, e, quando ela veio de novo para cima de mim, dei um murro no rosto dela.

Imperturbável, Kyra deu o bote em mim e revidou o golpe com bem mais força. Quando caí, ela ficou em pé perto de mim, sorrindo, com sangue pingando do seu nariz.

Levantei-me com dificuldade, e Kyra agarrou meu cabelo, erguendo-me. Chutei-a enquanto ela me suspendia, e ela recompen-

Dividida

sou a minha ousadia com um chute na lateral do meu corpo que foi tão forte que gritei. Kyra gargalhou com aquilo e me chutou de novo.

Dessa vez, a mente escureceu e tudo se esvaeceu por um instante. Minha audição ficou instável e eu mal estava consciente.

— Pare! — gritou uma voz forte.

Quando abri os olhos, inchados, vi um homem correndo pelas escadas na direção de Kyra. Era alto e, por debaixo do suéter preto, bem musculoso. Kyra me soltou no chão quando ele chegou ao topo da escada.

— Não é como se eu pudesse *realmente* machucá-la, Loki — disse Kyra, com a voz beirando o lamento.

Tentei me levantar novamente, apesar de estar me sentindo tonta, e ela me chutou de novo para que eu ficasse no chão.

— Pare com isso — vociferou ele para ela, que fez uma careta e deu um passo para trás.

Ele estava em pé na minha frente, parecendo um gigante, e então se ajoelhou. Dava até para eu me arrastar para longe dele, mas não iria muito longe. Ele inclinou a cabeça, olhando-me com curiosidade.

— Então você é que é o motivo de toda essa confusão — observou.

Estendeu os braços e colocou as mãos no meu rosto. Não de uma maneira dolorosa, mas estava me forçando a olhar para ele, com seus olhos cor de caramelo fixos nos meus. Eu queria desviar o olhar, mas não consegui.

Uma estranha névoa acomodou-se em cima de mim e, por mais aterrorizada que eu estivesse, senti meu corpo relaxando, perdendo a capacidade de lutar. Minhas pálpebras estavam pesadas demais para ficarem abertas, e, incapaz de resistir, caí no sono.

Estava sonhando com água. Mas não conseguia me lembrar de nada além disso. Meu corpo estava frio, como se estivesse tremendo, mas não estava. Minha bochecha, contudo, estava quente, encostada em algo macio.

– Está me dizendo que ela é uma *princesa*? – perguntou Matt, com a voz profunda retumbando em cima de mim. Recostei a cabeça na perna dele e, quanto mais eu acordava, mais sentia como meu corpo estava destruído.

– Não é tão difícil de acreditar, na verdade – disse Rhys. A voz dele vinha de algum canto no lado oposto do recinto. – Depois que a pessoa ouve todo o papo sobre os Trylle, a parte da princesa é fácil de aceitar.

– Não sei mais no que acreditar – admitiu Matt.

Abri os olhos com dificuldade. Minhas pálpebras estavam anormalmente pesadas, e meu olho esquerdo estava inchado por causa do murro de Kyra. O recinto oscilava, e eu fiquei piscando até conseguir focar em algo.

Quando a minha visão finalmente clareou, continuei sem entender o que via. O chão parecia ser de cascalho, e as paredes eram feitas de pedras marrons e cinza, que pareciam úmidas e desgastadas. O lugar lembrava uma adega antiga... ou uma masmorra.

Rhys andava do outro lado do recinto, com machucados recentes no rosto. Tentei me sentar, mas meu corpo inteiro doía e estava tonta.

– Ei, vai com calma! – disse Matt, colocando a mão no meu ombro, mas não o obedeci.

Ergui o corpo até ficar sentada, o que exigiu bem mais esforço do que o normal. Fiz uma careta e me recostei na parede ao lado dele.

– Você acordou! – disse Rhys, sorrindo. Ele provavelmente era a única pessoa do mundo capaz de ficar feliz naquela situação.

— Como está se sentindo? — perguntou Matt, que, por sua vez, não tinha nenhum machucado visível, mas ele era melhor de briga do que Rhys e eu.

— Ótima. — Tive que mentir entre os dentes cerrados, pois até respirar doía. Pela dor intensa e lancinante no diafragma, imaginei que tinha quebrado uma costela, mas não queria preocupar Matt.

— O que está acontecendo? Onde estamos?

— Estava esperando que você pudesse esclarecer isso — disse Matt.

— Já falei para ele, mas ele não acredita em mim — disse Rhys.

— Onde estamos, então? — perguntei para Rhys, e Matt desdenhou.

— Não sei exatamente. — Rhys balançou a cabeça. — Acho que estamos no palácio Vittra em Ondarike.

— Ondarike? — perguntei.

— A capital Vittra — explicou Rhys. — Mas não sei exatamente a distância daqui para Förening.

— Imaginei — eu disse, suspirando. — Reconheci os Vittra que atacaram a casa. Kyra já tinha vindo atrás de mim.

— O quê? — Matt arregalou os olhos, sem acreditar. — Essas pessoas já tinham ido atrás de você?

— Sim, por isso que tive que ir embora. — Fechei os olhos porque doía demais deixá-los abertos. O mundo queria sair girando debaixo dos meus pés.

— Não falei? — disse Rhys para Matt. — Não estou mentindo. Depois disso que aconteceu, acho que era para você me dar um desconto.

— Rhys não está mentindo — falei, estremecendo. Estava ficando mais difícil respirar, e eu tinha que respirar superficialmente, o que só fazia com que eu ficasse mais aérea. — Ele sabe mais sobre isso tudo do que eu. Não fiquei lá por muito tempo.

– Por que esses tais de Vittra estão vindo atrás de você? – perguntou Matt. – O que eles querem?

Balancei a cabeça, sem querer arriscar sentir dor por falar.

– Não sei – respondeu Rhys por mim. – Nunca os vi irem atrás de ninguém desse jeito antes. Mas, pensando bem, ela é a primeira princesa com quem convivo e eles profetizam sobre ela há um bom tempo.

Eu até tentei saber o que foi profetizado, mas todos só me davam respostas vagas, então tudo o que sabia era que um dia eu seria poderosa. Mas não me sentia tão poderosa, muito menos naquele momento. Falar doía demais, e eu estava trancada numa masmorra.

E, pior ainda, eu não tinha apenas fracassado em salvar a mim mesma, mas também arrastado Rhys e Matt para o meio daquela confusão.

– Wendy, você está bem? – perguntou Matt.

– Sim – menti.

– Você não parece muito bem – disse Rhys.

– Você está muito pálida e mal está respirando – disse Matt, e eu o escutei se levantando ao meu lado. – Você precisa de um médico ou algo parecido.

– O que está fazendo? – perguntou Rhys.

Abri os olhos para ver o que Matt fazia. Seu plano era óbvio e simples – ele foi até a porta trancada e começou a bater nela com força.

– Ajudem! Alguém! Wendy precisa de um médico!

– Por que acha que eles a ajudariam? – perguntou Rhys, expressando exatamente os meus pensamentos. Quando Kyra me capturou, ela não poupou esforços para me machucar.

– Eles não a mataram ainda, então provavelmente não querem que ela morra. – Matt tinha parado de bater por um instante para responder, depois voltou a dar pancadas na porta e a gritar por ajuda.

O som daquilo ecoava por todo o ambiente, e eu não aguentava mais. A minha cabeça latejava muito. Estava prestes a pedir a Matt que parasse quando a porta foi aberta.

Era o momento perfeito para Matt e Rhys lançarem um contra-ataque, mas nenhum dos dois pensou nisso. Eles apenas se afastaram.

O Vittra que aparecera lá em casa entrou na masmorra, aquele que tinha me deixado inconsciente, e eu lembrava vagamente de escutar Kyra chamando-o de Loki. Seu cabelo bagunçado era surpreendentemente claro para um Vittra; quase loiro.

Havia um troll andando ao lado dele, tipo um troll de verdade. Todo pequeno e gnomesco. Suas feições eram humanoides, mas sua pele era pegajosa e marrom. Estava de chapéu, e uns tufos de cabelo acinzentado apareciam pelas beiradas. Mal chegava à altura do quadril de Loki, mas o fato de ser um troll de verdade o tornava mais intimidante por alguma razão.

Rhys e Matt ficaram boquiabertos com o duende, e eu provavelmente também teria ficado se fosse capaz de abrir a boca. Mal conseguia manter a cabeça erguida.

– Disse que a garota está precisando de um médico? – perguntou Loki, fixando os olhos em mim. Ele me olhava com a mesma curiosidade indulgente de antes.

– Foi Kyra que fez isso? – perguntou o duende, com a voz inesperadamente profunda para uma criatura tão pequena. Ele olhou para Loki querendo uma confirmação, balançando a cabeça ao ver os danos que tinha causado em mim. – Ela precisa ser colocada numa coleira.

– Acho que Wendy não está conseguindo respirar – disse Matt, as feições endurecendo de tanto tentar se controlar.

Tinha certeza de que o meu estado era a única razão que o impedia de atacar Loki. Se o machucasse, eles não me ajudariam.

— Bem, deixe-me dar uma olhada. — Loki aproximou-se de mim, dando passos largos, longos e decididos.

O duende ficou perto da porta, protegendo-a de Matt e Rhys, mas eles estavam muito focados em mim para pensar em escapar.

Loki agachou-se na minha frente, examinando-me com os olhos, numa expressão que parecia ser de preocupação. Eu estava com dor demais para sentir medo de verdade, mas não sei muito bem se teria ficado com medo dele. Fisicamente ele era bem mais forte do que eu e tinha alguma espécie de habilidade que podia me fazer desmaiar, talvez até mais do que isso. Mas, por alguma razão, sabia que ele me ajudaria.

— Onde está doendo? — perguntou Loki.

— Ela mal consegue respirar, muito menos falar! — exclamou Matt. — Precisa de cuidados médicos imediatos.

Loki ergueu a mão, pedindo silêncio, e Matt suspirou pesadamente.

— Consegue falar? — Loki continuava olhando para mim.

Quando abri a boca, em vez de falar, uma tosse excruciante subiu pelo meu corpo. Fechando os olhos, tentei contê-la. Tossi com tanta força que lágrimas escorreram pelo meu rosto e senti algo úmido. Abri os olhos e vi o sangue vermelho vivo esparramado nas minhas pernas inteiras e nos pés de Loki. Estava tossindo sangue, e não conseguia parar.

— Ludlow! — gritou Loki para o duende. — Vá buscar Sara! Agora!

QUATRO

vitríolo

Loki estava agachado na minha frente, fazendo com que Matt permanecesse mais atrás. Provavelmente sabia que a vontade de Matt era de me abraçar, mas não queria que eu me mexesse, com medo de que algo se rompesse. Matt gritava enlouquecidamente, mas Loki insistia que tudo ficaria bem.

Após um instante, uma mulher apareceu no recinto. Seu cabelo longo e escuro estava preso num rabo de cavalo, e ela se ajoelhou na minha frente, afastando Loki para o lado. Seus olhos eram quase tão escuros quanto os de Finn, e havia algo de reconfortante naquilo.

– Meu nome é Sara e eu vou ajudá-la. – Ela pressionou a mão com força no meu abdome, e eu me contorci.

Doeu tanto que eu queria gritar, mas depois a dor começou a diminuir. Um formigamento estranho e entorpecente percorreu o meu corpo. Levei um segundo para perceber onde eu tinha sentido aquilo antes.

– Você é uma curadora – murmurei, levemente consternada por ela estar me ajudando. A dor no peito e no estômago tinha sumido, e ela colocou a mão no meu rosto, sarando meu olho roxo.

— Dói em mais algum lugar? — perguntou Sara, ignorando o que eu tinha dito. Ela parecia exausta, o que era um efeito colateral temporário da cura, mas, tirando isso, era incrivelmente bonita.

— Acho que não. — Sentei-me, ainda um pouco desequilibrada, mas a cada instante essa sensação diminuía.

— Kyra exagerou — disse Sara, mais para si mesma do que para mim. — Você está bem agora?

— Estou. — Fiz que sim com a cabeça.

— Excelente. — Sara levantou-se e virou para Loki. — Precisa controlar mais os seus rastreadores.

— Eles não são *meus*. — Loki cruzou os. — Se tem algum problema com o trabalho que eles fazem, vá falar com o seu marido.

— Tenho certeza de que o meu marido não gostaria da maneira como vocês lidaram com essa situação. — Sara olhou-o severamente, mas ele não voltou atrás.

— Eu estava fazendo um favor para vocês — respondeu Loki com calma. — Se eu não estivesse lá, teria sido pior.

— Não vou discutir isso agora. — Ela olhou na minha direção e depois saiu do recinto.

— Então está tudo resolvido? — perguntou Loki depois que ela se foi.

— Longe disso. — Matt estava sentado ao meu lado, mas se levantou. — O que quer com a gente? Não pode simplesmente nos deixar aqui!

— Vou considerar isso um sim. — Loki deu um sorriso vazio para mim, depois se retirou.

Matt tentou correr atrás dele, mas Loki saiu antes que conseguisse alcançá-lo. Ele bateu a porta com força, e Matt esbarrou nela. Ouvimos os estalidos barulhentos dos ferrolhos sendo fechados, e Matt encostou-se na porta e deslizou para baixo.

Dividida

— O que está acontecendo? — gritou Matt, e virou para mim. — Por que você não está mais morrendo?
— Preferia que eu estivesse morrendo? — Puxei a manga do meu suéter para baixo e limpei o sangue do meu rosto. — Posso chamar Kyra para ela terminar o trabalho sujo.
— Não seja ridícula. — Matt massageou a testa. — Quero saber o que está acontecendo. Parece que estou num pesadelo.
— Depois fica mais fácil — falei e me virei para Rhys. — O que diabos era aquele duende ou sei lá o quê que entrou aqui? Era um troll de verdade?
— Não sei. — Rhys balançou a cabeça, parecendo tão desconcertado quanto eu. — Nunca tinha visto um na vida, mas todo mundo se esforça ao máximo para que os mänks não saibam de nada.
— Eu achava que trolls de verdade não existissem. — Franzi as sobrancelhas, tentando lembrar o que Finn havia dito sobre os trolls. — Pensava que eles eram apenas um mito.
— Sério? — perguntou Matt. — Depois de tudo o que aconteceu? Então você é tão seletiva assim com as mitologias em que acredita?
— Não estou sendo seletiva. — Levantei-me. Ainda estava toda dolorida, mas eram anos-luz de melhora em comparação a como me sentia quando acordara. — Acredito naquilo que vejo. Nunca tinha visto isso antes. E fim de história.
— Você está bem? — Matt me observava enquanto eu mancava pelos cantos. — Talvez você devesse pegar leve.
— Não, estou bem. — Não lhe dei muita atenção. Queria me orientar ali dentro, ver se havia alguma maneira de escaparmos. — E como foi que chegamos aqui, hein?
— Eles invadiram a casa e nos atacaram. — Matt apontou para a porta, referindo-se a Loki e aos Vittra. — Aquele cara deixou a gente inconsciente de alguma maneira, e acordamos aqui. Tínhamos acordado havia pouco tempo quando você acordou.

— Que ótimo. — Pressionei a palma das minhas mãos contra a porta, empurrando, como se achasse que fossem abri-las. Não deu certo, mas eu tinha que tentar.

— Ei, onde está Finn? — perguntou Rhys, repetindo pensamentos que eu começava a ter. — Por que ele não impediu isso?

— O que Finn tem a ver com isso? — perguntou Matt com alguma intensidade na voz.

— Nada. Ele era o meu rastreador. É mais ou menos como um guarda-costas. — Dei um passo para trás, encarando a porta e tentando abri-la. — Ele tentou me proteger de tudo isso.

— É por isso que fugiu com ele? — perguntou Matt. — Ele estava protegendo você?

Suspirei.

— Algo assim.

— Onde ele está? — repetiu Rhys. — Achei que estivesse com você quando os Vittra chegaram.

Matt começou a gritar por Finn ter estado no meu quarto, mas o ignorei. Não tinha energia suficiente para brigar com Matt sobre decência ou sobre o que ele achava de Finn.

— Finn foi embora antes que eles invadissem — expliquei, quando Matt terminou o esporro. — Não sei onde ele está.

Eu não queria admitir, mas estava surpresa por Finn não ter me protegido. Talvez ele realmente tivesse ido embora. Achei que tudo tinha sido um blefe, mas, se fosse, Finn teria estado lá quando fomos atacados.

A não ser que algo ruim tivesse acontecido com ele. Os Vittra podiam ter chegado até ele antes de virem atrás de mim. Ele dava muita importância ao próprio trabalho, mesmo se não se importasse tanto comigo. Só não me protegeria se *não pudesse*.

— Wendy? — perguntou Rhys.

Dividida

Acho que ele tinha falado algo antes, mas não escutei nada. Estava ocupada demais pensando em Finn e olhando para a porta.

— Temos que sair daqui — eu disse, e me virei para Rhys e Matt. Matt suspirou.

— É óbvio.

— Tenho uma ideia. — Mordi o lábio. — Mas não é maravilhosa. Quando eles voltarem, posso usar minha persuasão. Posso convencê-los a soltar a gente.

— Acha mesmo que isso é forte o suficiente? — Rhys expressou a preocupação que eu mesma tinha.

Até aquele momento, eu só tinha usado a persuasão em humanos que não desconfiavam do que eu estava fazendo, como Matt e Rhys, e Finn tinha me dito que sem treinamento as minhas habilidades não eram tão fortes quanto poderiam ser. Não tinha começado ainda o meu treinamento em Förening, então não fazia ideia do quanto eu era forte ou fraca.

— Não sei mesmo — admiti.

— Persuasão? — Matt ergueu uma sobrancelha e olhou para Rhys. — É aquilo que você estava me contando? A coisa da mente que ela supostamente faz? — Rhys concordou, e Matt revirou os olhos.

— Não é *supostamente* — falei, indignada com o ceticismo dele. — Eu consigo mesmo. Já fiz com você antes.

— Quando? — perguntou Matt duvidosamente.

— Como acha que fiz você me levar até Kim? — perguntei, referindo-me ao dia em ele me levou para ver a mãe dele, a minha mãe "hospedeira", no hospital psiquiátrico.

Ele a odiava e queria que eu ficasse longe dela. Eu usara a persuasão nele, apesar de ter me sentido culpada, mas era a única maneira de eu conseguir falar com ela.

– Você fez isso? – O choque e a mágoa em seus olhos foram substituídos instantaneamente pela raiva. Ele parecia ter levado um tapa no rosto. Baixei os olhos e virei a cara. – Você me enganou? Como foi capaz de fazer isso, Wendy? Você sempre diz que nunca mente pra mim, daí vai e faz algo assim!

– Não foi uma mentira – eu disse acanhadamente.

– Não, foi pior! – Matt balançou a cabeça e se afastou, como se não aguentasse ficar perto de mim. – Não acredito que fez isso. Fazia isso muito?

– Não sei – admiti. – Por muito tempo, eu não sabia o que estava fazendo. Mas, quando descobri, tentei não fazer nunca. Não gosto de fazer isso, especialmente com você. Não é justo, eu sei.

– Não é nada justo! – vociferou Matt. – É cruel e manipulador!

– Desculpe, de verdade. – Meus olhos encontraram os deles, cuja mágoa ardia dolorosamente. – Prometo nunca mais fazer isso, não com você.

– Não queria interromper esse momento e tal, mas precisamos descobrir uma maneira de sair daqui – interrompeu Rhys. – E então, qual é o plano?

– Nós chamamos alguém – falei, feliz por interromper os meus pensamentos a respeito do quanto Matt devia me odiar.

– Como assim "chamamos alguém"? Está com o celular? – perguntou Rhys animadamente.

– Não, quis dizer que a gente grita para que alguém venha. Como Matt fez antes. – Apontei para a porta atrás de mim. – Batemos na porta, dizemos que estamos com fome ou com frio ou mortos, não importa. Quando eles vierem, posso usar a minha persuasão neles, para que soltem a gente.

– Acha mesmo que vai funcionar? – perguntou Matt, mas não havia mais incredulidade em sua voz. Agora estava apenas perguntando a minha opinião.

Dividida

— Talvez. — Olhei para Rhys. — Mas tenho que pedir um favor. Posso praticar em você?
— Claro. — Rhys deu de ombros, imediatamente confiando em mim.
— Como assim, praticar? — perguntou Matt, com um tom preocupado.

Ele aproximou-se de Rhys, e eu percebi, com alguma surpresa, que ele finalmente acreditava que Rhys era mesmo seu irmão. Ele estava querendo proteger Rhys de mim. Senti alívio e alegria por saber que ele tinha começado a aceitá-lo, mas me magoou um pouco – OK, *muito* – saber que Matt me considerava uma ameaça.

— Eu não fiz isso muitas vezes. — Não gostava da maneira como Matt me analisava com o olhar, então fiquei andando pelos cantos, como se aquilo fosse distrair a atenção dele de alguma maneira. — E faz um tempinho que não faço.

Essa última parte não era totalmente verdade, pois no dia anterior eu a tinha usado em Rhys, mas não queria que ele reagisse da mesma maneira que Matt. Quanto menos pessoas me odiassem, mais fácil seria todo o processo.

— Então o que quer fazer? — perguntou Matt.
— Não sei ainda. — Dei de ombros. — Mas só preciso praticar. É a única maneira de me fortalecer.

Apesar das nítidas ressalvas de Matt, Rhys topou. Era muito estranho ter alguém presenciando a persuasão, especialmente alguém tão contrário a ela, mas não tive escolha. Não era como se eu pudesse mandar Matt para o quarto ao lado ou algo assim.

Dava para perceber pelo canto dos olhos que Matt me observava com atenção, o que me desconcentrava, mas isso provavelmente era bom para a minha prática. Seria impossível fazer com que um dos Vittra se afastasse para algum lugar silencioso enquanto eu tentava usar um pouco de controle da mente no guarda.

Decidi começar com algo simples. Rhys e eu estávamos em pé, um fitando o outro, então comecei a repetir na minha cabeça: *Sente-se. Quero que você se sente.*

De início, seus olhos azuis focaram nos meus calmamente, mas depois uma névoa passou por eles. O rosto de Rhys pareceu ficar mais lento e sem nenhuma expressão. Sem dar uma palavra, ele sentou-se no chão.

– Ele está bem? – perguntou Matt nervosamente.

– Sim, estou bem. – Rhys parecia que tinha acabado de acordar. Seus olhos atordoados me encararam. – Então, vai fazer ou não?

– Já fiz. – Eu nunca mencionava o assunto após usar a persuasão numa pessoa, e era estranho falar sobre aquilo.

– Como assim? – Rhys franziu a testa e ficou olhando para mim e para Matt, tentando compreender.

– Você ficou todo aéreo, depois se sentou no chão – disse Matt.

– Por que você se sentou? – perguntei.

– Eu... – O rosto dele se retraiu, concentrando-se. – Não sei. Eu apenas... me sentei. – Rhys balançou a cabeça e olhou para mim. – Foi você que fez isso?

– Sim. Você não sentiu nem percebeu nada? – perguntei.

Eu nunca soube se o que fazia machucava as pessoas. Elas nunca reclamavam de dor nem nada, mas talvez não pudessem fazer isso por não compreenderem o que estava acontecendo.

– Não. Eu nem... – Ele balançou a cabeça novamente, incapaz de expressar o que queria dizer. – Eu imaginava que ia apagar, algo assim. Mas... sabia que estava me sentando. Foi mais como um reflexo. Tipo, eu respiro o tempo todo, mas não paro para pensar sobre isso. Foi isso que aconteceu agora.

– Hum. – Olhei para ele pensativamente. – Levante-se.

– O quê? – perguntou Rhys.

— Levante-se — repeti. Ele ficou me encarando por um segundo, depois olhou ao redor. Seus olhos ficaram sérios, e suas sobrancelhas ergueram-se.

— O que foi? — perguntou Matt, aproximando-se da gente.

— Eu... eu não consigo me levantar.

— Quer que eu o ajude? — ofereceu Matt.

— Não. Não é isso. — Rhys balançou a cabeça. — Quer dizer, você conseguiria me erguer. Você é mais forte do que eu, e eu não estou preso fisicamente ao chão. Eu apenas... esqueci como fazer para me levantar.

— Extraordinário. — Eu o observava com fascinação.

Uma vez eu fiz Matt sair do meu quarto, e demorou um tempo para que ele conseguisse entrar lá de novo. Isso significava que a minha persuasão tinha alguns efeitos mais demorados, mas que desapareciam gradualmente.

— Extraordinário? — zombou Matt. — Wendy, conserte-o!

— Ele não está quebrado — eu disse defensivamente, mas Matt lançou um olhar que fez com que eu quisesse me esconder debaixo de uma pedra. Eu me agachei na frente de Rhys. — Rhys, olhe para mim.

— Está bem assim? — Os olhos dele encontraram os meus, cheios de dúvida.

Eu nem sabia se era capaz de reverter o processo. Nunca tinha tentado desfazer a persuasão antes, mas achei que não seria muito complicado. E, se eu não conseguisse, ele só teria que ficar sentado por uma ou duas semanas. Talvez.

Em vez de me preocupar com as possíveis repercussões, concentrei todas as minhas energias nele. Disse apenas *levante-se* na minha cabeça, várias e várias vezes. Ele demorou mais do que da primeira vez, mas terminou ficando com o rosto nebuloso. Piscou para mim algumas vezes e se levantou.

– Que bom que deu certo. – Soltei um suspiro de alívio.

– Tem certeza de que funcionou? – perguntou Matt para mim, mas seus olhos estavam em Rhys. Rhys fitava o chão, sem expressão, parecendo mais disperso do que da outra vez. – Rhys? Você está bem?

– O quê? – Rhys ergueu a cabeça. Ele piscou para nós dois, como se tivesse acabado de perceber que estávamos ali. – O que foi? Aconteceu algo?

– Você está em pé. – Apontei para as pernas dele, e ele olhou para baixo.

– Ah. – Ele levantou uma das pernas, certificando-se de que ela ainda funcionava, e não falou nada por um instante. Depois olhou para mim. – Desculpe. Estávamos falando sobre alguma coisa?

– Você não estava conseguindo se levantar. Lembra? – perguntei, mas meu estômago deu um nó. Talvez eu tivesse mesmo quebrado Rhys.

– Ah. É mesmo. – Ele balançou a cabeça. – Isso, lembrei. Mas agora estou em pé. Foi você que fez isso?

– Wendy, não gosto que você fique brincando assim com ele – disse Matt baixinho.

Matt estava olhando para Rhys, mas me lançou um olhar de lado. Tentou deixar o rosto sem expressão, mas seus olhos entregavam o medo que sentia.

Eu tinha assustado Matt, de um jeito diferente de quando fugi. Daquela vez ele pareceu ficar com medo por mim, mas agora parecia estar com medo *de* mim, e isso criou um nó doloroso no meu peito.

– Já terminei. – Afastei-me de Rhys.

Meu cabelo escuro estava solto ao redor do rosto. Havia um elástico no meu pulso, então puxei o cabelo para cima e fiz um coque folgado.

— O quê? — perguntou Rhys, parecendo alerta.

Ele tinha saído totalmente do transe em que eu o tinha colocado, mas eu não queria olhar para ele. Por causa de Matt, estava com vergonha por ter usado a persuasão, mesmo com Rhys sabendo o que eu tinha feito.

— Sente-se — sugeriu Matt.

— Por quê? Não quero me sentar.

— Sente-se mesmo assim — disse Matt, com mais firmeza. Rhys não reagiu, e Matt repetiu a ordem. — Rhys, sente-se.

— Não entendo por que é tão importante para você que eu me sente. — Rhys ficava mais agitado à medida que Matt insistia, o que era estranho, pois nunca o tinha visto ficar irritado com ninguém. — Estou bem em pé.

— Você não consegue se sentar. — Matt suspirou, olhando para mim. — Você o quebrou de outra maneira, Wendy.

— Foi Wendy que fez isso? — Rhys franziu as sobrancelhas. — Não entendo. O que você fez? Disse para eu não me sentar?

— Não, eu disse para você se sentar, e você não conseguiu mais se levantar. Então eu disse para você se levantar, e agora você não consegue mais se sentar. — Suspirei, frustrada. — Agora não sei mais o que dizer! Não quero dizer mais nada. Vai ver termino mandando você parar de respirar ou algo assim.

— Você é capaz disso? — perguntou Matt.

— Não sei! — Joguei as mãos para o ar. — Não tenho ideia do que sou capaz de fazer.

— Então vou passar um tempo sem me sentar. — Rhys deu de ombros. — Que besteira. Eu nem quero me sentar.

— Deve ser um efeito colateral da persuasão — falei para ele enquanto andava pela nossa cela.

— Que seja, não me importo — disse Rhys. — Não faz diferença. Nem estou numa situação que exige que eu me sente. O importante é que você sabe que é capaz de fazer isso. Pode usar isso, pode tirar a gente daqui, e alguém em Förening vai poder me consertar. Tá certo?

Parei de andar e olhei inquietamente para Matt e Rhys. Rhys tinha razão. Eu precisava tirar a gente dali. Aquele lugar não era seguro, e a incapacidade de Rhys de se sentar era uma preocupação secundária. Na verdade, ela até fazia com que eu quisesse tirar a gente dali mais rápido ainda.

— Estão prontos?

— Para quê? — perguntou Matt.

— Para correr. Não sei o que tem do outro lado da porta, ou por quanto tempo vou conseguir segurá-los — eu disse. — Assim que abrirem a porta, vocês têm que estar prontos para correr o mais rápido possível, o máximo possível.

— Você não vai simplesmente dar uma de *Star Wars* para cima deles? — perguntou Rhys, achando a ideia totalmente normal. — Quando Obi-Wan fica tipo "estes não são os droids que você está procurando".

— Sim, mas não sei quantos guardas são, nem o quanto eles são perigosos. — Os meus pensamentos retornaram instantaneamente para Finn e para o fato de que ele não estava na minha casa durante o ataque. Estremeci involuntariamente e balancei a cabeça.

— Vamos apenas dar o fora daqui, tá certo? Não temos como saber o que vamos enfrentar, então precisamos lidar com as situações conforme apareçam. Qualquer coisa vai ser melhor do que ficar aqui sentado, esperando eles decidirem o que fazer com a gente. Porque, quando decidirem, tenho a impressão de que não vai ser nada bom.

Matt não parecia estar convencido, mas eu duvidava de que algo fosse capaz de convencê-lo. Tudo isso tinha virado uma confusão enorme e terrível, só porque eu não quis ficar em Förening e ser uma princesa idiota.

Se eu tivesse aceitado, nada disso teria acontecido. Matt e Rhys estariam em suas respectivas casas, sãos e salvos, e Finn estaria... bem, não sei onde, mas provavelmente em algum lugar melhor do que onde estava agora.

Com aquele pensamento consumindo a minha cabeça, bati com força na porta, fazendo o máximo de barulho possível. Meu punho doía de tão forte que eram minhas pancadas, mas não me importei.

CINCO

duende

— O que foi? — perguntou uma voz profunda e ríspida, e uma janela foi aberta no meio da porta.

Eu me abaixei para poder olhar por ela e vi o duende que viera antes com Loki. Os olhos dele estavam escondidos pelas sobrancelhas peludas, e eu não sabia se dava para vê-los o suficiente a ponto de poder usar a persuasão. Tampouco sabia se ela funcionava em trolls de verdade. Eles pareciam ser de uma espécie completamente diferente.

— Ludlow, não é? — perguntei, lembrando o nome que Loki gritou quando mandou buscar ajuda.

— Nem venha com papo pra cima de mim, princesa. — O duende tossiu, o que o fez cuspir catarro no chão. Ele limpou o rosto na parte de trás da manga antes de se virar novamente na minha direção. — Eu já dei fora em garotas bem mais bonitas que você.

— Preciso ir ao banheiro. — Deixei pra lá qualquer falsa simpatia. Tinha a impressão de que honestidade e cinismo funcionariam mais com ele.

— É só ir. Não precisa da minha permissão pra isso. — Ludlow riu, mas não foi um som agradável.

– Não tem banheiro aqui dentro. Não vou me agachar no chão – falei, genuinamente enojada com aquela ideia.

– Então se segure. – Ludlow começou a fechar a janela, mas eu coloquei a mão para fora, bloqueando-a.

– Não dá pra você chamar um guarda ou algo assim pra me levar ao banheiro? – perguntei.

– Eu sou o guarda – retrucou Ludlow, soando irritado.

– Ah, é mesmo? – eu disse com um sorriso irônico, percebendo que talvez aquilo fosse ser mais fácil do que pensei.

– Não me subestime, princesa – resmungou Ludlow. – Eu devoro garotas feito você de café da manhã.

– Então você é canibal? – perguntei, franzindo o nariz.

– Ludlow, está incomodando a pobre garota? – Uma voz surgiu de trás de Ludlow. Ele moveu-se para o lado, e pela janela deu para ver que era Loki, vindo na nossa direção com um ar superior.

– Ela que está *me* incomodando – reclamou Ludlow.

– Sim, falar com uma bela princesa, que azar enorme esse o seu – disse Loki secamente, e Matt bufou atrás de mim.

Ludlow murmurou algo, mas Loki ergueu a mão, silenciando-o. Então ele ficou perto demais da porta para eu ver o seu rosto. A abertura ficava na altura dos olhos de Ludlow, que coincidia com a da cintura de Loki.

– Qual o problema? – perguntou Loki.

– Preciso ir ao banheiro. – Inclinei-me para perto da janela, olhando para cima, para ele. Queria encontrar seus olhos, mas eles continuaram fora da minha visão.

– Eu disse para ela ir na própria cela – disse Ludlow com orgulho.

– Ah, deixa disso! Ela não é uma mänks comum. Não podemos deixá-la na imundície! – repreendeu-o Loki. – Abra a porta. Deixe-a sair.

— Mas, senhor, eu só posso deixar que ela saia quando o rei a chamar. — Ludlow olhou para ele nervosamente.

— Acha que o rei gostaria de vê-la sendo tratada desse jeito? — perguntou Loki, e o duende torceu as mãos. — Se chegar a tanto, pode explicar a Sua Majestade que foi tudo culpa minha.

Ludlow concordou relutantemente com a cabeça. Ele fechou a abertura, e dessa vez eu deixei que fizesse isso. Levantei-me e escutei os sons de ferrolhos e fechaduras estalando e girando.

— Não acho isso legal — disse Matt baixinho.

— Não temos muita escolha — sussurrei. — Eu que meti a gente nisso e eu que vou livrar a gente disso.

A porta se abriu um pouco, e eu fiquei parada mais atrás, esperando que ela abrisse mais. Achei que Loki entraria, eu usaria a persuasão e nós iríamos embora.

— E então? — perguntou Ludlow. — Não vou ficar segurando esta porta o dia inteiro.

Ludlow deixou a porta aberta alguns centímetros, mal dando espaço para o meu corpo passar. Consegui sair me espremendo, e, assim que saí, Ludlow bateu a porta com força. Encarei-o quando ele já tratou de trancá-la.

— O banheiro é por aqui — disse Loki.

Ele apontou para o corredor, que era feito dos mesmos tijolos úmidos e frios da cela em que eu estava. O chão era sujo e tochas na parede iluminavam o caminho.

— Obrigada. — Sorri para Loki, e os meus olhos encontraram os dele com facilidade. Eram mesmo bem bonitos, de um dourado escuro, mas afastei esse pensamento da cabeça.

Concentrando-me o máximo possível, comecei a entoar silenciosamente. *Solte eles. Solte a gente. Abra a cela e deixe a gente ir embora.* Demorou alguns segundos para que eu obtivesse alguma reação, mas a que consegui não foi nem de perto o que eu estava esperando.

Um sorriso confuso apareceu em seus lábios e seus olhos brilharam com um deleite perverso.

– Aposto que nem precisa ir ao banheiro, não é? – disse Loki para mim, com um sorriso sarcástico.

– Eu... o quê? – Eu me atrapalhei com as palavras, surpresa por nada ter acontecido.

– Eu avisei que não era pra gente deixar ela sair! – gritou Ludlow.

– Relaxe, Ludlow – disse Loki, mantendo os olhos em mim. – Ela está bem. É inofensiva.

Redobrei os meus esforços, achando que não tinha tentado direito. Talvez eu estivesse mais fraca por ter usado a persuasão em Rhys tão recentemente. Os curadores cansavam-se e envelheciam após usarem suas habilidades. Devia ser a mesma coisa comigo, apesar de eu não estar me sentindo cansada.

Comecei a repetir as palavras na minha cabeça quando Loki fez um movimento com a mão, fazendo com que eu parasse.

– Calma, princesa, vai terminar se machucando. – Ele riu. – Mas você é bem persistente. Isso eu admito.

– O que foi, então? Você é imune ou algo assim? – perguntei.

Não adiantava fingir que eu não estava tentando usar a persuasão nele. Ele obviamente sabia o que eu estava fazendo.

– Não exatamente. Você é desconcentrada demais. – Ele cruzou os braços, observando-me com a mesma expressão de curiosidade que parecia sempre ter. – Mas é bem poderosa.

– Achei que você tinha dito que ela era inofensiva – interrompeu Ludlow.

— Ela é. Sem treinamento, ela é praticamente inútil – esclareceu Loki. – Um dia ela vai ser um recurso bem valioso. Mas hoje ela não é muito melhor do que um truque barato de mágica.

— Valeu – murmurei.

Tentei repensar o plano rapidamente. Eu provavelmente conseguiria dominar Ludlow, mas não sabia como todas as trancas funcionavam. Mesmo se eu conseguisse tirá-lo do caminho, não sabia se seria capaz de abrir a porta da cela para que Matt e Rhys escapassem.

Mas Loki era meu maior problema, pois eu já sabia como me sairia se o enfrentasse. Além de ser mais alto e mais forte do que eu, ele tinha a habilidade de me fazer desmaiar apenas olhando para mim.

— Consigo ver que sua mente está disparada – disse Loki, quase com admiração. Eu fiquei tensa, com medo de que ele pudesse ler minha mente, e tentei não pensar em nada. – Não consigo ver o que está *dentro* de sua mente. Por mim, não teria deixado você sair. Mas, já que saiu, vamos aproveitar isso ao máximo.

— Como assim? – perguntei cautelosamente, afastando-me dele.

— Está superestimando o interesse que tenho por você. – Loki abriu o maior sorriso. – Prefiro princesas de roupas limpas.

As minhas roupas estariam relativamente limpas se não fosse pelo sangue no meu suéter e por um pouco de sujeira nos joelhos. Eu, com certeza, estava horrorosa, mas a culpa não era minha.

— Desculpe. Normalmente fico bem mais bonita depois de levar uma surra – eu disse, e o sorriso dele esmoreceu.

— Certo, tudo bem, acho que não vai precisar se preocupar com isso agora. – Loki voltou ao normal rapidamente, com seu tom de voz convencido retornando. – Acho que é hora de você se encontrar com Sara.

– Senhor, acho mesmo que isso é insensato – interrompeu Ludlow, mas Loki fulminou-o com o olhar, e ele se calou.
– E os meus amigos? – Apontei para a cela.
– Eles não vão a lugar algum. – Loki achou graça da própria piada, e eu me segurei para não revirar os olhos.
– Eu sei disso. Mas não vou embora sem eles.
– Está com sorte. Você não vai embora. – Loki deu um passo para trás, ainda me encarando. – Não se preocupe, princesa. Eles estão perfeitamente seguros. Vamos. Falar com Sara vai ser bom para você.
– Já conheço Sara – falei, tentando protestar de alguma maneira.

Olhei apreensivamente para trás, para a porta da cela, mas Loki deu mais um passo para a frente. Suspirei, decidindo que falar com os mandachuvas provavelmente seria a única maneira que eu teria de negociar a libertação de Matt e Rhys. Mesmo que eu não fosse capaz de garantir a minha própria.

– Como você sabia? – perguntei enquanto alcançava o passo dele.

Estávamos andando lado a lado no corredor, passando por mais inúmeras portas semelhantes à da minha cela. Não escutei muita coisa nem vi outros duendes de guarda, mas fiquei me perguntando quantos outros prisioneiros haveria ali.

– Sabia o quê?
– Que eu estava... sabe, tentando persuadi-lo – eu disse. – Se não estava funcionando, como você soube?
– Porque você é poderosa – reiterou Loki apontando para a própria cabeça. – É como estática. Dava para sentir que você estava tentando entrar na minha cabeça à força. – Ele deu de ombros. – Você também vai sentir se alguém tentar com você. Mas não sei se funcionaria.

— Então não funciona com os Trylle e os Vittra? – perguntei, duvidando de que ele fosse me dar uma resposta direta. Fiquei imaginando por que é que ele estava me contando coisas, para começo de história.

— Não, funciona. E se você estivesse fazendo direito, eu não teria sentido absolutamente nada – explicou Loki. – Mas somos mais difíceis de controlar do que os mänks. Se fizer um trabalho malfeito ao tentar vasculhar nossas mentes, nós conseguiremos sentir.

Alcançamos uns degraus de concreto, e Loki saltou por cima deles, mal me esperando. Ele não parecia estar nada preocupado com o fato de eu poder escapar e de que tinha divulgado mais informação do que o necessário. Até onde eu percebi, Loki era um guarda mais do que péssimo. Ludlow devia ter sido mais autoritário com ele.

Ele empurrou as portas pesadas que ficavam no topo da escada, e nós entramos num saguão grandioso. Não era como a entrada normal de uma casa; era um espaço enorme com tetos arqueados. As paredes eram de uma madeira escura com tons vermelhos, e havia no centro do piso um tapete vermelho ornamentado.

Era o mesmo tipo de opulência do palácio de Förening, mas os tons eram mais ricos e profundos. Parecia mais um castelo luxuoso.

— Isso aqui é lindo – eu disse, sem esconder a surpresa e a admiração da voz.

— Sim, claro que é. Aqui é a casa do rei. – Loki olhou para mim, divertindo-se com o quanto eu estava estupefata. – O que mais você esperaria?

— Não sei. Depois de ficar lá embaixo, imaginei que era um lugar mais sujo e esquisito. – Dei de ombros. – Não tinha nem eletricidade lá embaixo.

Dividida

— É para dar um drama. É uma masmorra. — Ele me levou por um corredor que era decorado da mesma maneira que o saguão.

— O que aconteceria se eu tentasse escapar? — perguntei. Não vi mais ninguém ali. Se eu fosse capaz de correr mais do que Loki, provavelmente conseguiria fugir. Não que eu soubesse para onde ir, e também não seria capaz de libertar Matt e Rhys.

— Eu a impediria — respondeu ele simplesmente.

— Assim como Kyra fez na minha casa? — Uma dor explodiu na minha costela, como se me lembrasse dos danos que Kyra tinha me causado.

— Não. — Um ar sombrio apareceu subitamente no rosto dele por um segundo. Rapidamente desfez aquela expressão e sorriu para mim. — Eu simplesmente tomaria você nos braços e a abraçaria até você se derreter.

— Falando assim, fica parecendo algo romântico. — Enruguei o nariz, lembrando-me de como ele tinha feito eu desmaiar ao me encarar. Não tinha sido doloroso, mas também não fora nada agradável.

— Mas é romântico quando eu imagino.

— Isso é um pouco doentio — falei, mas ele deu de ombros em resposta. — Por que me sequestrou e me trouxe pra cá?

— Você tem perguntas demais para mim, princesa — disse Loki de um jeito quase cansado. — Vai ser melhor se você guardar todas elas para Sara. É ela que tem as respostas.

Seguimos o resto do caminho sem dizer uma palavra. Ele me guiou pelo corredor, depois subimos por uma escada coberta por um tapete de veludo vermelho, e então percorremos outro corredor antes de pararmos diante de portas duplas de madeira ornamentada. Havia videiras, fadas e trolls entalhados nelas, retratando uma cena fantasiosa bem no estilo de Hans Christian Andersen.

Loki bateu uma vez de um jeito dramático, depois abriu as portas antes de esperar uma resposta. Eu fui atrás dele.

— Loki! — gritou Sara. — Você deve aguardar antes de entrar nos meus aposentos!

O quarto dela era bem parecido com o resto da casa. Havia no centro uma cama grande de quatro colunas e lençóis rubros cobrindo-a desorganizadamente.

Havia uma penteadeira na lateral do quarto, e ela estava sentada num banquinho em frente. O cabelo estava preso no mesmo rabo de cavalo de antes, mas ela havia trocado de roupa. Usava um longo vestido de seda preto.

Quando se virou para a gente, o tecido se moveu como se fosse líquido. Seus olhos castanhos arregalaram-se de surpresa ao me ver, mas ela se apressou em se recompor.

Um duende estava em pé ao lado dela, do mesmo tipo de Ludlow. Ele tinha tentado ficar mais elegante vestindo um pequeno uniforme de mordomo, mas continuava com a mesma pele horrível e aparência selvagem. Longos colares, formando camadas de diamantes e pérolas, pendiam de suas mãos. Primeiramente não entendi o motivo, mas logo percebi que ele os segurava para ela, como uma caixa de joias viva.

Uma bola de pelo barulhenta pulou da cama quando entramos no quarto. Parou bem na frente da gente, e eu vi que era apenas um lulu-da-pomerânia. Sua ferocidade parecia dirigir-se principalmente a mim, e, quando Loki disse para ficar quieto, ele ficou em silêncio. Olhando-me com cautela, o cachorro foi para perto de Sara.

— Não esperava encontrá-la tão cedo. — Sara forçou um sorriso para mim, e seus olhos ficaram gélidos ao se voltarem para Loki. — Teria me vestido se soubesse que estava vindo.

— A princesa estava ficando inquieta. — Loki reclinou-se preguiçosamente num divã de veludo próximo à cama. — Depois do dia que ela teve, imaginei que merecia ser atendida.

— Compreendo, mas estou um tanto despreparada no momento. — Sara continuou fulminando-o com o olhar e apontou para a própria roupa.

— Bom, então não devia ter me mandado atrás dela tão rápido assim — disse Loki, retornando o olhar calmamente.

— Você sabe que precisávamos fazer... — Sara interrompeu-se e balançou a cabeça. — Esquece. O que foi feito está feito, e você tem toda a razão.

Ela sorriu para mim, com uma expressão que parecia indicar algum afeto. Ou ao menos algo bem mais parecido com afeto do que minha mãe, Elora, tinha sido capaz de demonstrar.

— O que está acontecendo? — perguntei.

Mesmo depois de tudo o que tinham feito, eu ainda não fazia ideia do que os Vittra realmente queriam comigo. Sabia apenas que eles se recusavam a parar de me perseguir.

— Sim, temos que conversar. — Ela tamborilou os dedos na mesa por um instante enquanto pensava. — Pode nos dar um minuto, por favor?

— Tá bom. — Loki suspirou e levantou. — Vamos, Froud. — O cachorrinho correu alegremente até ele, e Loki o pegou no colo.

— Os adultos precisam conversar.

Com cautela, o duende colocou as joias em cima da mesa, depois foi em direção à porta. Ele caminhava vagarosamente, com um jeito de andar cambaleante devido à sua estatura, mas Loki hesitou um instante para que o troll saísse do quarto antes dele.

— Loki? — disse Sara quando ele chegou à porta, mas sem olhá-lo. — Certifique-se de que o meu marido esteja pronto para nos receber.

— Como queira. — Loki fez uma pequena reverência, ainda carregando o cachorro. Ao sair, fechou a porta, deixando-me a sós com Sara.

— Como está se sentindo? — Sara me ofereceu um sorriso.

— Estou melhor. Obrigada. — Não tinha certeza se devia agradecê-la. Ela havia me curado, mas também estava associada ao fato de eu ter me machucado em primeiro lugar.

— Você vai achar bom se trocar. — Sara apontou com a cabeça para as minhas roupas enquanto se levantava. — Devo ter algo do seu tamanho.

— Obrigada, mas não me importo muito com minhas roupas. Quero saber o que está acontecendo. Por que você me sequestrou? — Eu me sentia exasperada e sabia que o meu tom de voz demonstrava isso, mas ela pareceu não perceber.

— Com certeza tenho algo. — Sara continuou, como se eu não tivesse dito nada. Foi até um closet enorme que ficava no canto e abriu a porta. — Talvez fique um pouco grande em você, mas com certeza vai caber. — Após procurar por uma questão de segundos, ela puxou um longo vestido preto.

— Eu não estou nem aí para roupas! — exclamei. — Quero saber por que vocês não param de me perseguir. Não posso dar o que vocês querem se nem sei direito o que é.

Enquanto Sara caminhava até a cama, percebi que ela não se sentia à vontade em olhar para mim. Os olhos dela pareciam ir para qualquer canto, menos para mim. E toda vez que paravam em mim, ela rapidamente os desviava. Foi até a cama, sobre a qual pôs o meu vestido.

— Você os enviou para que nós pudéssemos conversar e agora não quer dizer nada? — perguntei, ficando ainda mais frustrada.

Dividida

– Eu imaginei esse dia por tanto tempo. – Sara tocou carinhosamente no vestido, alisando-o na cama. – E ele chegou, mas ainda assim me sinto tão despreparada.

– Sério? O que isso significa?

Ela ficou com uma expressão aflita por um instante, depois seu olhar tornou-se sereno e inexpressivo como antes.

– Espero que não se incomode, mas vou me vestir. – Ela virou-se de costas para mim e aproximou-se de um biombo no canto.

Havia nele uma pintura de uma cena de fantasia similar à das portas, e um vestido de festa preto e vermelho estava pendurado na ponta. Sara pegou o vestido e foi para trás da tela para se trocar em privacidade.

– Sabe onde está Finn? – perguntei, com um sofrimento doloroso no peito.

– É o seu rastreador? – perguntou Sara, cobrindo a tela com o robe. Eu só conseguia ver o topo de sua cabeça por cima dela.

– É. – Engoli em seco, temendo o pior.

– Não sei onde ele está. Não estamos com ele, se é o que está perguntando.

– Então por que ele não veio atrás de mim? Por que ele deixou que você me levasse? – perguntei.

– Imagino que eles o tenham segurado até conseguirem fugir com você. – Ela deslizou o vestido por cima da cabeça, então suas palavras ficaram abafadas por um momento. – Não sei dos detalhes, mas eles tinham ordens de não machucar ninguém, a não ser que fosse absolutamente necessário.

– Pois é, então Kyra tinha recebido ordens de não me machucar, né? – perguntei ironicamente, mas Sara não disse nada. – Não pode me dizer apenas se ele está bem?

– Loki não relatou nenhuma morte – disse Sara.

— Ele é que estava no comando para me trazer até aqui? — Olhei para as portas fechadas atrás de nós duas, percebendo tarde demais que devia ter feito essas perguntas a ele. Pensei em ir atrás dele, mas foi então que Sara saiu de trás do biombo.

— Sim. E tirando o... ataque de Kyra, Loki contou que tudo correu bem. — Ela passou as mãos pela saia e apontou para o vestido na cama. — Por favor. Vista-se. Vamos nos encontrar com o rei.

— E ele vai responder as minhas perguntas? — Ergui uma sobrancelha.

— Sim. Tenho certeza de que ele vai contar tudo para você. — Sara concordou com a cabeça, mantendo os olhos fixos no chão.

Decidi topar. Se ele não fosse direto, eu me mandaria. Eu não tinha tempo para desperdiçar com respostas vagas e linguagem evasiva. Matt e Rhys estavam presos, e Rhys não era capaz nem de se sentar.

Mas eu também precisava fazer com que eles gostassem de mim, pois assim talvez pudesse convencê-los a soltar Matt e Rhys. Se para isso eu tivesse que colocar um vestidinho bobo, tudo bem.

Fui para trás do biombo e me troquei enquanto Sara continuava se aprontando. Ela colocou um dos colares que o duende havia deixado na mesa e soltou o cabelo. Era preto e liso, e brilhava como seda em suas costas. Lembrava o de Elora.

Fiquei me perguntando o que Elora faria a respeito de toda essa situação. Será que ela enviaria uma missão de resgate atrás de mim? Será que ao menos sabia que eu tinha desaparecido?

Depois que pus o vestido, Sara quis fazer um laço frouxo na parte de trás dele, mas não deixei. Ela estendeu o braço para tocá-lo, e, quando exclamei para que ela não fizesse aquilo, a expressão tornou-se dramática. As mãos pairaram no ar por um instante,

Dividida

como se ela não acreditasse no que tinha acabado de acontecer. Então deixou que elas se acomodassem ao lado de seu corpo e fez que sim com a cabeça.

Sem dizer nada, ela me guiou pelo corredor. No fim dele, chegamos a mais um conjunto de portas que espelhavam as de seu aposento. Ela bateu e, enquanto aguardávamos uma resposta, alisou novamente a saia de renda preta e carmim. Já estava perfeitamente lisa, então suspeitei que aquilo fosse alguma espécie de tique nervoso.

– Entrem – vociferou uma voz forte e rouca do lado de dentro.

Sara confirmou com a cabeça, como se ele fosse capaz de vê-la, depois empurrou a porta.

O aposento não tinha janelas, assim como todos os que eu vira, e as paredes eram feitas de um mogno escuro. Apesar do tamanho gigantesco, o quarto tinha um certo aspecto de caverna. Uma das paredes estava coberta de prateleiras de livros do chão ao teto, com uma pesada escrivaninha de madeira bem perto. As inúmeras cadeiras vermelhas elegantes eram os únicos outros móveis.

A maior de todas, com padrões intricados nos pés de madeira, estava bem na frente da gente, e havia um homem sentado nela. Seu cabelo castanho-escuro era longo, passando dos ombros. Estava todo vestido de preto – uma calça bem passada, uma camisa de alfaiataria e um paletó comprido tipo sobretudo. Era bonito, de aspecto guerreiro, e parecia estar na casa dos quarenta.

Loki estava sentado numa cadeira, mas levantou quando entramos. Froud, o cachorrinho, tinha desaparecido, e eu esperava que eles não o tivessem comido nem feito nada igualmente horrível.

– Ah, princesa. – O rei sorriu ao me ver, mas não se levantou. O olhar dele saltou imediatamente para Loki. – Está dispensado.

– Obrigado, Majestade. – Loki fez uma reverência e foi embora apressadamente. Ele me deixou com a impressão de não apreciar a companhia do rei, e aquilo me deixou muito mais nervosa.

– E então, vai me contar o que está acontecendo? – perguntei ao rei diretamente, e o sorriso dele se alargou.

– Acho que devemos começar com o básico – disse ele. – Eu sou o rei dos Vittra. Meu nome é Oren, e sou o seu pai.

SEIS

reis & peões

Meu primeiro pensamento foi o mais óbvio de todos: *Ele está mentindo.*
O que rapidamente foi substituído por: *E se ele não estiver mentindo?*
Elora, ao que tudo indicava, tinha sido uma mãe terrível, que pouco se importava comigo. Pensei no encontro que eu tivera uns minutos antes com Sara. Ela havia alisado o meu vestido com carinho, dizendo *Eu imaginei esse dia por tanto tempo.*
Sara estava em pé perto de mim, torcendo as mãos. O olhar dela encontrou o meu pela primeira vez, e ela sorriu para mim com esperança, mas parecia ainda haver certa tristeza no rosto dela que eu não compreendia.
Eu não parecia com ela, assim como não parecia com Elora. Ambas me superavam em termos de beleza, mas Sara parecia ser bem mais nova, com apenas uns trinta e poucos anos.
— Então... — Engoli em seco, forçando a minha boca a funcionar, e me virei para Oren. — Está dizendo que Elora não é a minha mãe?
— Não, infelizmente Elora é a sua mãe – disse ele, com um suspiro profundo.

Isso me confundiu mais ainda. Mas a revelação dele fez suas palavras terem mais credibilidade. Mentir para mim teria sido mais fácil. Se planejasse me convencer a não ir embora e a ficar ao seu lado, ele podia muito bem ter me dito que ele e Sara eram os meus pais.

Mas dissera que Elora era a minha mãe, o que fazia de mim uma aliada dela, e isso não o beneficiava de maneira alguma.

– Por que está me contando isso? – perguntei.

– Você precisa saber a verdade. Sei o quanto Elora gosta de fazer jogos. – Cada vez que Oren falava o nome dela, era de um jeito amargo, como se pronunciá-lo fosse algo doloroso. – Se souber de todos os fatos, vai ser mais fácil para você tomar uma decisão.

– E que decisão é essa? – perguntei, mas achava que sabia.

– A única decisão que importa, claro. – Os lábios dele contorceram-se, formando um sorriso estranho. – Que reino você vai governar.

– Para ser extremamente sincera, eu não quero governar nenhum reino. – Enrosquei um cacho isolado que tinha se soltado do meu elástico.

– Por que não se senta? – Sara apontou para a cadeira atrás de mim. Depois que me sentei, ela sentou-se mais perto do rei.

– Então... – Olhei para ela, que estava sorrindo tristemente para mim. – Você é minha madrasta?

– Sim. – Ela concordou com a cabeça.

– Ah. – Fiquei em silêncio um instante, assimilando tudo aquilo. – Não estou entendendo. Elora me disse que o meu pai estava morto.

– Claro que ela disse isso. – Oren riu sombriamente. – Se ela lhe contasse a meu respeito, teria que fazer você escolher, e ela sabia que você nunca a escolheria.

– Então como vocês... – Eu me atrapalhei para encontrar a palavra ideal. – Como foi que vocês dois... se juntaram para... você sabe, me conceber?

– Nós éramos casados – disse Oren. – Foi muito antes de eu me casar com Sara e foi uma união bastante breve.

– Você foi casado com Elora? – perguntei, e a minha raiva foi efervescendo.

Inicialmente, quando ele falou que era meu pai, achei que tinha sido um caso ilícito, como o que Elora havia tido com o pai de Finn. Não imaginei que era algo de conhecimento público, algo que todas as pessoas que conheci em Förening soubessem.

Incluindo Finn. Quando me contou a história dos Trylle, ensinando-me todos os conhecimentos básicos que eu precisava saber para ser uma princesa, ele deixou de mencionar que minha mãe tinha sido casada com o rei dos Vittra.

– Sim, por pouco tempo – disse Oren. – Nós nos casamos porque achamos que seria uma boa maneira de unir nossos respectivos reinos. Os Vittra e os Trylle tiveram seus desentendimentos ao longo dos anos e nós queríamos estabelecer a paz. Infelizmente, a sua mãe é a pessoa mais impossível, irracional e terrível do planeta.

– Ele sorriu para mim. – Bem, disso você sabe. Você a conheceu.

– Sim, sei o quanto ela pode ser impossível. – Senti uma vontade estranha de defendê-la, mas mordi a língua.

Elora tinha sido fria, às vezes até beirando a crueldade, mas por alguma razão, quando Oren falou mal dela, fiquei ofendida. Mas balacei a cabeça e sorri como se concordasse completamente.

– O mero fato de ela ter concebido um bebê meu já é incrível – disse ele, mais para si mesmo do que para mim, e eu me contorci só de pensar naquilo. Não precisava imaginar Oren e Elora num momento íntimo. – Antes mesmo de você nascer, o casamento já havia acabado. Elora pegou você e a escondeu, e eu a procurei por todos esses anos.

– Pois fez um trabalho péssimo – falei, e a expressão dele ficou mais séria. – Sabe que seus rastreadores me bateram em três ocasiões diferentes? A sua esposa teve que vir me curar para que eu não morresse.

– Sinto muitíssimo sobre isso, e Kyra está sendo repreendida – disse Oren, mas ele não parecia estar realmente se desculpando. Suas palavras soaram duras e raivosas, mas esperei que aquilo tivesse mais a ver com Kyra do que comigo. – Mas você não teria morrido.

– Como sabe disso? – perguntei rapidamente.

– Digamos que é intuição de rei – respondeu Oren vagamente. Eu o teria apressado para avançar na conversa, mas ele continuou: – Não espero que você nos aceite de braços abertos. Sei que Elora já teve a oportunidade de fazer lavagem cerebral em você, mas gostaria que tirasse uns dias para conhecer o nosso reino antes de tomar a decisão de governar o local.

– E se eu decidir que não quero ficar? – perguntei, olhando nos olhos dele calmamente.

– Dê uma olhada no nosso reino primeiro – sugeriu Oren. Ele sorriu, mas havia um tom inconfundível de irritação em sua voz.

– Solte os meus amigos – disse abruptamente. Aquela tinha sido a minha motivação para falar com ele desde o princípio, mas todo aquele papo de linhagem tinha me distraído.

– Acho melhor não – disse ele, com o mesmo sorriso estranho.

– Não vou ficar aqui se você não os soltar – retruquei com o máximo de firmeza possível.

– Não, se eles estiverem aqui, você não vai embora. – A rouquidão em sua voz produzia uma severidade maior às suas palavras. – Eles servem de seguro, assim vou poder garantir que você vai levar a minha oferta *muito* a sério.

Ele sorriu para mim, como se aquilo fosse neutralizar a ameaça dissimulada, mas o seu sorriso com um quê de perversidade só fez piorar a situação. Os pelos na minha nuca arrepiaram, e eu estava tendo mais dificuldades em acreditar que aquele homem era o meu pai.

– Eu prometo, não vou a lugar nenhum. – Foi difícil disfarçar o tremor da minha voz. – Se soltá-los, fico aqui o tempo que você quiser.

– Eu vou soltá-los quando acreditar em você – contestou ele sensatamente. Eu engoli em seco, tentando pensar em outra maneira de negociar. – Quem são essas pessoas com quem você se preocupa tanto?

– Hum... – Pensei em mentir, mas ele já sabia que eles eram importantes para mim. – É o meu irmão, hum, o meu... irmão hospedeiro ou algo do tipo, Matt, e o meu mänsklig, Rhys.

– Eles ainda fazem isso? – Oren franziu a testa em desaprovação. – Elora odeia imensamente qualquer tipo de mudança. Ela se recusa a romper tradições, então isso não deveria me surpreender. Mas é algo tão antiquado.

– O quê? – perguntei.

– Toda essa história de mänsklig. É um desperdício completo de recursos. – Oren acenou desdenhosamente com a mão ao pensar naquilo tudo.

– Como assim? – perguntei. – O que vocês fazem com o bebê que vocês pegam quando deixam o changeling? – Quando um bebê é deixado com a família hospedeira, o bebê original da família tem que ser levado.

— Não levamos o bebê — disse ele. O meu estômago se contorceu quando os imaginei matando o bebê, assim como já tinha pensado que era isso que os Trylle faziam. — Nós simplesmente o abandonamos, em hospitais humanos ou em orfanatos. Não é da nossa conta o que acontece com eles.

— Por que os Trylle não fazem isso? — perguntei. O que ele falou fez sentido, e fiquei me perguntando por que nem todo mundo fazia. Era mais fácil e barato.

— Primeiramente eles os pegavam para trabalhar como escravos. Agora é só por tradição. — Ele balançou a cabeça, como se não se importasse.

— De todo modo, é algo controverso. — Oren suspirou profundamente. — Hoje em dia nós raramente fazemos a prática de changeling.

— Mesmo? — perguntei. Pela primeira vez desde que o conhecera, senti que eu talvez concordasse com ele em relação a alguma coisa.

— Os changelings podem se machucar, se perder ou simplesmente nos rejeitar — disse Oren. — Desperdiça-se uma criança, e a nossa linhagem está sendo destruída. Somos bem mais poderosos do que os humanos. Se queremos algo, podemos simplesmente pegar. Não precisamos arriscar a nossa prole nas mãos desajeitadas deles.

Oren tinha razão, mas eu não sabia ao certo se ele tinha mais razão do que Elora. Ela fazia mais um trabalho de convencimento; Oren, por sua vez, propunha um roubo mais direto.

— Ela não queria mudar os costumes antigos. — O rosto dele ficava mais sombrio ao falar de Elora. — Ela estava tão determinada a manter os humanos e os trolls separados que tornou a vida deles irrevogavelmente conectada, mas sem conseguir enxergar a hipo-

crisia que havia nisso. Para ela, era como ter os filhos criados por babás.
– É completamente diferente – eu disse.
Pensei na minha infância com a mãe hospedeira que havia tentado me matar e na minha ligação com Matt. Era impossível imaginar uma babá tomando conta de uma criança da mesma maneira.
– Exatamente. – Ele balançou a cabeça. – Foi por isso que o nosso casamento não deu certo. Eu queria você. Ela deu você para outras pessoas.
Eu sabia que esse raciocínio era uma deturpação, alguma espécie de lógica falha que não fui capaz de identificar. Mas me senti surpreendentemente comovida, mesmo sem acreditar completamente nele. Foi a primeira vez que um dos meus pais, hospedeiros ou reais, tinha dito que me queria.
– Eu... – falei, recusando-me a me deixar ser levada pela emoção. – Eu tenho algum irmão?
Oren e Sara trocaram um olhar que não consegui entender, e Sara olhou para as mãos juntas em cima do colo. Ela era o oposto de Elora em quase todas as maneiras. Fisicamente elas eram impressionantemente parecidas, com longos cabelos pretos e belos olhos escuros, mas as semelhanças terminavam aí. Sara falava pouco, mas transmitia um afeto e uma natureza submissa impensáveis em Elora.
– Não. Não tenho nenhum outro filho e Sara não tem nenhum – disse Oren.
Esse fato pareceu entristecer Sara mais ainda, então tive a impressão de que a ausência de filhos não era escolha dela.
– Lamento – eu disse.
– Ela é estéril – anunciou Oren sem nenhuma provocação, e as bochechas de Sara coraram.

– Hum... Lamento. Tenho certeza de que não é culpa dela – falei desajeitadamente.

– Não, não é – concordou Oren com sinceridade. – É por causa da maldição.

– Perdão? – perguntei, esperando ter escutado errado.

Achei que não aguentaria mais nada de sobrenatural. Os trolls e as habilidades já eram mais do que suficientes sem ter essa história de maldição no meio.

– Segundo a lenda, uma bruxa desprezada amaldiçoou os Vittra após roubarmos a criança dela por causa de um changeling. – Ele balançou a cabeça como se não acreditasse naquilo, o que me fez sentir algum alívio. – Não dou muita credibilidade a isso. É tudo parte da mesma coisa que nos dá habilidades, daquilo de que descendemos.

– O que é?

– Nós todos somos trolls. Os Vittra, os Trylle, você, eu, Sara. Todos nós somos trolls. – Ele apontou para as redondezas. – E você viu os trolls que moram por aqui, aqueles que parecem com duendes?

– Como Ludlow?

– Exatamente. São trolls, são Vittra, assim como você e eu – explicou Oren. – Mas eles são uma anomalia que parece ser uma praga apenas da nossa colônia.

– Não entendi. De onde eles vêm?

– De nós – disse ele como se fizesse sentido, e eu balancei a cabeça. – A infertilidade entre nós é muito alta, e, dos poucos nascimentos que temos, mais da metade nascem como duendes.

– Está dizendo que... – Enruguei o nariz, sentindo-me um pouco enojada. – Que alguns Vittra como você e Sara deram à luz duendes como Ludlow?

— Exatamente.

— Isso na verdade é um pouco bizarro — eu disse, e Oren balançou a cabeça como se não discordasse completamente.

— É uma maldição devido à nossa longevidade, não devido ao feitiço de uma velha rancorosa, mas cá estamos. — Ele suspirou e sorriu. — Você, obviamente, é muito mais adorável do que jamais seríamos capazes de imaginar.

— Você não tem ideia de quanto estamos contentes por tê-la aqui conosco — concordou Sara.

Ao olhar para o rosto esperançoso dela, finalmente me dei conta. Entendi por que os Vittra estavam me perseguindo tão agressiva e implacavelmente. Eles não tinham escolha. Eu era a única esperança deles.

— Você não se casou com Elora para unir os povos de vocês — falei, tentando compreender Oren. — Fez isso porque não podia ter filhos com um membro de sua própria tribo. Você precisava de um herdeiro para o trono.

— Você é minha filha — disse ele com a voz elevada; não que estivesse gritando, mas era o suficiente para ecoar no ambiente inteiro. — Elora tem o mesmo direito a ter você quanto eu. E você vai ficar aqui porque é a princesa, e esse é o seu dever.

— Oren. Vossa Majestade — disse Sara, dirigindo-se a ele. — Ela já passou por coisas demais hoje. Precisa descansar e se recuperar. É impossível ter uma conversa sensata enquanto ela não estiver completamente curada.

— Por que ela não foi completamente curada? — Oren olhou-a gelidamente, e ela baixou o olhar.

— Eu fiz tudo o que pude por ela — disse Sara baixinho. — Além disso, não foi culpa minha ela ter se machucado.

– Se Loki conseguisse fazer com que os malditos rastreadores o obedecessem – resmungou Oren. O temperamento difícil dele não me surpreendeu. Dava para percebê-lo, apesar da aparência comedida.

– Loki fez um favor para Vossa Majestade – argumentou Sara educadamente. – Isso já vai bem além do que o título dele estipula. Se ele não estivesse lá, tenho certeza de que as coisas teriam sido bem piores.

– Já cansei de discutir sobre aquele imbecil – disse ele. – Se a princesa precisa descansar, então leve-a para o quarto e me deixe em paz.

– Obrigada, Vossa Majestade. – Sara levantou-se, fazendo uma reverência para ele, e virou-se na minha direção. – Vamos, princesa. Vou levá-la para o seu quarto.

Eu queria protestar, mas sabia que não era a hora certa. Oren estava prontíssimo para atacar alguém só por ser capaz de fazer isso, e eu não queria dar motivos para que esse alguém fosse eu.

Depois que saímos dos aposentos do rei e que as portas estavam seguramente fechadas atrás de nós, Sara começou a pedir desculpas por ele. Tudo aquilo tinha sido tão penoso para ele. Por quase dezoito anos Oren tentara entrar em contato comigo e Elora havia dificultado a busca o máximo possível. Hoje tudo isso tinha chegado ao fim.

Sara queria que eu acreditasse que ele não era sempre daquele jeito, mas eu tinha a sensação de que era a maior mentira. Oren tinha me dado a impressão de que aquilo tinha sido um momento de bom humor.

Sara me conduziu a um quarto próximo ao dela. Era uma versão menor e com menos móveis do que o seu quarto, e ela lamentou o fato de não haver roupas. Então a casa deles não era tão abarrotada de coisas para mim como em Förening. Não que eu me importasse. Roupas e hospedagem não eram minha prioridade.

– Você não está esperando que eu fique aqui, não é? – perguntei. Ela andou pelo quarto, acendendo as luzes e me mostrando onde ficava tudo. – Não com os meus amigos presos na masmorra.

– Acho que você não tem escolha – disse Sara cautelosamente. Suas palavras não tinham o mesmo tom ameaçador que as de Oren. Em vez disso, ela estava apenas afirmando um fato.

– Você tem que me ajudar. – Aproximei-me, tentando despertar o instinto maternal que era tão evidente nela. – Eles estão lá embaixo sem comida nem água. Não posso deixar que eles permaneçam assim.

– Posso garantir que eles estão seguros e que vão receber cuidados. – Os olhos dela encontraram os meus, para me assegurar de que estava dizendo a verdade. – Enquanto estiver aqui, eles serão alimentados e vestidos.

– Não é suficiente. – Balancei a cabeça. – Eles não têm cama nem banheiro. – Não mencionei o fato de Rhys não poder se sentar, nem que eu não fazia ideia de como desfazer o feitiço que tinha colocado nele acidentalmente.

– Desculpe – disse Sara com sinceridade. – Posso prometer que eu mesma vou vê-los para garantir que estão realmente sendo bem tratados, mas é o melhor que posso fazer.

– Não pode colocá-los em outro lugar, algo assim? Trancá-los num quarto extra. – A ideia de eles continuarem sendo mantidos como prisioneiros não me animava de qualquer maneira, mas tirá-los da masmorra já seria um passo na direção certa.

– Oren nunca permitiria isso. – Ela balançou a cabeça. – Seria um risco grande demais. Desculpe. – Olhou para mim como quem não podia fazer nada, e eu percebi que aquilo era o máximo que obteria dela. – Vou pegar uma roupa adequada para você dormir.

Suspirei e sentei-me na cama. Após ela ir embora, deixei o meu corpo desabar de exaustão. A montanha-russa emocional em que eu estava tinha me deixado sem forças e acabada.

Mas, por mais cansada que estivesse, sabia que não seria capaz de dormir. Não até saber que Matt e Rhys estavam em segurança.

SETE

masmorras & heróis

Não era como se eu tivesse um plano ou mesmo soubesse aonde ir. Sara tinha levado roupas para mim – uma calça de ioga e uma regata, ambas pretas. Troquei de roupa, pois sair escondida pelos cantos de vestido não parecia muito divertido, depois sorrateiramente fui para o corredor.

Tentei lembrar o caminho que tinha feito até ali com Loki, mas as luzes estavam mais fracas, fazendo com que fosse mais difícil ainda reconhecer as redondezas desconhecidas. Pelo que eu lembrava, não tínhamos dado muitas voltas. Devia ser bem simples.

A parte mais difícil seria descobrir o que fazer após encontrar a masmorra. Talvez eu pudesse usar persuasão no guarda. Ou, se fosse outro duende, eu poderia dominá-lo e fazê-lo abrir a porta.

Encontrei a escada em espiral. Ela ia apenas até o térreo, então eu ainda teria que encontrar o resto do caminho até a masmorra.

Quando cheguei ao fim dos degraus, escutei vozes. Congelei, em dúvida se devia correr ou me esconder, então decidi que ficar nas sombras seria o melhor. Corri para trás das escadas e me agachei, encolhendo-me o máximo possível.

As vozes ficaram mais altas à medida que as pessoas se aproximavam, e elas pareciam estar discutindo qual a melhor maneira de cozinhar abóbora. O meu coração disparou tão forte que tive certeza de que elas escutariam. Prendi a respiração e logo depois vi os pés de dois duendes passando.

Um deles parecia ser fêmea, com cabelos longos e sujos presos em uma trança nas costas. Eram criaturas bem feiosas, mas, pela maneira como caminhavam, pareciam inofensivas. Pareciam mais humanos e normais do que alguns dos Trylle que eu conhecera em Förening.

Aguardei alguns minutos até ter certeza de que os duendes tinham desaparecido do corredor antes de começar a respirar novamente. Imaginei que seria capaz de vencê-los numa briga, mas não queria sair batendo em qualquer desconhecido que aparecesse. Além disso, eles podiam fazer barulho e alertar todos do palácio, incluindo Oren.

Saí de debaixo da escada e quase esbarrei em Loki. Ele apoiava-se casualmente na escada, com o cotovelo em cima do corrimão e as pernas cruzadas na altura dos tornozelos. Eu quase gritei, mas me segurei, sabendo que atrair mais atenção apenas pioraria a situação.

– Olá, princesa. – Loki sorriu para mim. – Não conseguiu dormir?

Ele e Ludlow me chamavam de "princesa" desde o princípio, e achei que estivessem me provocando por causa da minha posição com os Trylle. Mas depois de descobrir que eu também era a princesa deles, vi que na verdade aquilo era uma forma de reverência.

Infelizmente, sabia que o meu título não mudava nada para ele. Nesse momento, eu também era uma prisioneira.

— É, eu apenas... precisava comer alguma coisa — falei desajeitadamente.

— Quase dá para acreditar nisso — disse ele, com a expressão cética. — Se eu pudesse confiar em você.

— Não comi nada o dia inteiro. — Apesar de aquilo ser mesmo verdade, o meu nervosismo tinha destruído o meu estômago a ponto de eu não conseguir nem sequer pensar em comer.

— O que está planejando fazer? — perguntou Loki, ignorando a minha desculpa esfarrapada. — Mesmo se encontrar a masmorra, como vai tirá-los de lá?

— Não vou agora. Você vai sair correndo pra me dedurar, não é? — Observei os olhos dele, tentando entendê-lo, mas ele parecia achar aquilo divertido, como sempre.

— Talvez. — Loki deu de ombros, como se ainda não tivesse se decidido. — Vamos escutar o seu plano primeiro. Provavelmente nem vale a pena perturbar ninguém por causa dele.

— Por que diz isso? — perguntei.

— Você parece ser boa em autossabotagem — disse ele. Eu abri a boca para protestar, e ele riu da minha evidente indignação. — Não leve para o lado pessoal, princesa. Acontece nas melhores famílias.

— Não vou desistir antes de tirar meus amigos de lá.

— Já nisso eu acredito. — Ele inclinou-se em minha direção. — Tudo isso fica bem mais fácil quando você não mente.

— Como se fosse eu que estivesse sendo desonesta — desdenhei.

— Eu não menti pra você ainda — disse ele, soando estranhamente sério.

— Tudo bem — falei. — Como faço para tirar meus amigos da masmorra?

— Só porque eu não minto não quer dizer que vou lhe dar a resposta. — Loki sorriu.

— Tá bom. Eu mesma os encontro.

Eu me sentia confiante de que ele não me impediria, apesar de não saber por que não faria isso. Se Oren descobrisse que ele estava dando corda para os meus planos de fuga, tenho certeza de que não pegaria bem para ele.

Depois que passei por Loki rapidamente, andando pelo corredor que eu achava que levava ao saguão principal, ele me seguiu. Tentei andar com mais velocidade, mas ele alcançou o meu passo facilmente.

— Você acha que é por aqui, é? — perguntou Loki, com um tom de provocação na voz.

— Não tente me confundir. Sou boa de direções. Não costumo me perder — menti. Eu costumava me perder bastante. — Não é uma característica de todos os Trylle?

— Eu não sei. Não sou Trylle — respondeu ele. — Você também não.

— Sou metade Trylle — eu disse na defensiva.

Por que eu estava defendendo isso? Eu nem queria ser Trylle, nem Vittra, nem nada. Em toda a minha vida, ser uma humana comum e normal nunca me incomodou. Agora que estava no meio dessa complicação étnica, eu me senti estranhamente protetora dos Trylle e de Förening. Pelo jeito, eu me importava mais do que achava.

— Você é bem encrenqueira para uma princesa — comentou Loki, observando-me enquanto eu andava com determinação pelo corredor.

– Quantas princesas você já conheceu? – rebati.

– Nenhuma. – Ele inclinou a cabeça pensativamente. – Acho que imaginei que você seria mais como Sara. Ela não é nada encrenqueira.

– Sara não é minha mãe – eu disse.

Quando chegamos ao saguão principal, eu quis pular de alegria, mas isso não pareceu adequado. Além disso, eu tinha apenas encontrado a porta que dava para o caminho da masmorra. Ainda faltava resgatar de verdade Matt e Rhys.

– E agora? – perguntou Loki, parando no meio do corredor.

– Eu vou até lá para buscá-los. – Apontei para as portas enormes que levavam ao porão.

– Não, eu não gosto muito dessa ideia. – Ele balançou a cabeça.

– Claro que não gosta. Você não quer que eu os solte – eu disse. O meu coração estava acelerado e imaginei até onde Loki deixaria que eu fosse.

– Não é por causa disso. É que não parece muito interessante, só isso. – Ele arregaçou as mangas do suéter, deixando à mostra os antebraços bronzeados. – Na verdade, acho toda essa história entediante. Por que não fazemos outra coisa?

– Não, eu vou soltá-los – falei. – Não vou deixar que você nos faça de prisioneiros aqui.

Ele riu sombriamente com aquilo e balançou a cabeça.

– Por que isso é engraçado? – perguntei, cruzando os braços por cima do peito.

– Você fala como se fosse *eu* que estivesse prendendo vocês. – Ele desviou o olhar, mas, quando olhou para mim de novo, sorriu amargamente e seus olhos estavam tristes. – Estamos em Ondarike. Todos nós somos prisioneiros aqui.

– Está esperando que eu acredite que você está sendo mantido aqui à força? – Ergui a sobrancelha demonstrando descrença.

– Você perambula livremente pelo castelo inteiro.

– Assim como você. – Então ele virou-se. – Nem todas as prisões têm grades. Você mais do que ninguém devia saber disso.

– Então você não é o escudeiro principal do rei? – perguntei.

– Também não disse isso. – Loki deu de ombros, aparentemente se cansando da conversa. – Estou dizendo que, como não posso ajudá-la com seus amigos, a gente devia encontrar outra coisa pra fazer.

– Não vou fazer nenhuma outra coisa até buscá-los – insisti.

– Mas você nem escutou o que é que eu preferia fazer. – A expressão dele transformou-se de morosa em brincalhona, e havia algo no seu olhar que me deixou com uma sensação esquisita.

Não era algo ruim e não era da mesma maneira de quando ele me fez desmaiar. Não era um poder mágico dos Vittra ou algo assim. Era apenas um olhar que me deixou... ansiosa.

Antes que eu tivesse tempo de analisar o que estava sentindo ou o que ele queria dizer, uma pancada barulhenta nas portas principais nos interrompeu. O saguão onde estávamos continha dois conjuntos de portas – as que conduziam ao andar de baixo e as portas gigantescas que levavam ao lado de fora. Essas últimas faziam as portas dos aposentos do rei e da rainha parecerem minúsculas.

A pancada ecoou novamente, fazendo com que eu pulasse, e Loki ficou na minha frente. Estaria ele me protegendo ou me escondendo?

As portas foram escancaradas, e uma felicidade tomou conta de mim.

Tove havia assoprado para as portas se abrirem com suas habilidades e estava do lado de fora, parecendo extraordinariamente mau. Tove era um Trylle bastante atraente e muito poderoso que eu conhecera em Förening. Sua personalidade excêntrica e antissocial fizeram eu me afeiçoar a ele, mas ele era também a última pessoa que eu esperava ver ali. Suas habilidades permitiam que ele movesse os objetos com a mente, então poderia, afinal, ser um aliado bem poderoso.

Em seguida, avistei quem estava com ele. Duncan e Finn estavam atrás dele, esperando que ele abrisse as portas para entrar rapidamente. Assim que vi Finn, meu coração pareceu explodir. Eu estava com tanto medo de que ele estivesse machucado ou que eu nunca fosse vê-lo novamente, e lá estava ele.

– Finn! Você está bem! – Corri em direção a ele, deixando Loki para trás.

Joguei os braços ao redor dele, e por um breve segundo ele me abraçou. A força do abraço me fez saber o quanto ele estava preocupado comigo. Mas, quase no mesmo instante em que senti isso, ele me afastou.

– Wendy, temos que sair daqui – disse Finn, como se eu tivesse sugerido que a gente passasse férias ali.

– Matt e Rhys estão aqui. Precisamos ir buscá-los primeiro.

Comecei a contar a Finn sobre a masmorra e vi que Tove havia grudado Loki bem alto da parede. Tove estava mais atrás, estendendo a mão na direção de Loki, que estava suspenso no ar, com o rosto se contorcendo de dor.

— Não, Tove! Não o machuque! – gritei.

Tove olhou para mim e não questionou a minha ordem. Ele baixou Loki até o chão e o soltou, deixando-o ofegante. Loki apoiou a mão ao lado do corpo, encurvando-se.

Tove não era um sujeito violento por natureza, mas, após a batalha horrorosa que tivera com os Vittra uns dias antes, não havia como culpá-lo por ser um pouco precavido.

— Vamos tirar você daqui – disse Duncan, segurando o meu braço como se quisesse me arrastar até lá fora. Fulminei-o com o olhar, e ele imediatamente me soltou. – Desculpe, princesa. Mas precisamos nos apressar.

— Não vou embora sem Matt e Rhys – reiterei e me virei para Loki. – Você me ajuda a pegá-los?

Os olhos dele encontraram os meus, e o seu jeito convencido havia desaparecido por completo. Ele parecia confuso e com dor, e eu sabia que não era só porque Tove o tinha machucado. Um momento antes, ele parecera compreender o que eu estava passando, mas se sentiu incapaz de ajudar. Agora ele tinha a oportunidade, uma justificativa, e eu esperava que a aproveitasse.

— Podemos voltar para buscá-los depois – disse Finn.

Ninguém havia corrido até o saguão para averiguar o tumulto, mas era apenas uma questão de tempo antes que isso acontecesse. E eu sabia que seria melhor se não nos metêssemos com Oren.

— Não. Não podemos ir embora. Se fizermos isso, eles vão matá-los. – Mantive o olhar fixo em Loki, implorando para ele: – Por favor, Loki.

— Princesa... – A voz de Loki foi diminuindo.

Dividida

— Diga ao rei que nós conseguimos dominá-lo. Bote a culpa na gente — eu disse. — Ele nunca precisa saber que você nos ajudou.

Loki não respondeu imediatamente, e para Finn isso foi demorar demais. Ele saiu de perto de mim, foi até Loki e agarrou o braço dele brutalmente.

— Onde estão eles? — perguntou Finn, mas Loki não respondeu.

Sabendo que tínhamos de nos apressar, corri em direção à masmorra, e todos vieram atrás de mim; Finn arrastou Loki junto.

— Por aqui — eu disse com entusiasmo e ansiedade.

Escancarei a porta do porão e quase tropecei nos degraus de tanta pressa, mas Finn segurou o meu braço antes que eu caísse. Duncan, por sua vez, tropeçou de verdade por causa dos cadarços, e eu revirei os olhos, esperando que ele nos alcançasse.

— O que diabos é isso? — perguntou Duncan quando viu o duende que vigiava a cela de Matt e Rhys. Não era Ludlow, mas um duende igual a ele.

Todos pararam por um instante ao vê-lo. A reação de choque de Duncan, Finn e Tove me agradou. Pelo jeito, não era só eu que não conhecia aquele tipo particular de Vittra. Não sabia se isso significava que Oren era muito bom em guardar segredos, ou se Elora é que era boa nisso, mas tinha a impressão de que provavelmente eram os dois.

— Não liguem para ele. — Fui até a porta e empurrei o troll para fora do caminho com facilidade.

Ele não tentou nos enfrentar. Ao ver nós quatro, segurando Loki como refém, percebeu que não tinha chance. Tentou ir embora, mas Tove o impediu, grudando-o na parede e o impedindo de avisar aos demais.

— Que segurança mais fraca — disse Duncan. Ele observava o duende se debater contra a parede enquanto eu fui até a porta para destrancá-la.

— Não imaginávamos que alguém fosse invadir — disse Loki. Ele pronunciava as palavras mais detalhadamente do que precisava, como se estivesse sentindo dor ou falando com uma criança, mas não tentou se soltar de Finn.

— Bom, foi a maior burrice. — Duncan riu. — Quer dizer, ela é a princesa. Não precisa ser um gênio pra imaginar que nós viríamos atrás dela.

— Não, imagino que não — disse Loki firmemente.

— Não estou entendendo! — falei após tentar inutilmente mover as trancas, que não se mexiam. Aquilo devia ser o sistema de trancas mais labiríntico que eu tinha visto na vida. Olhei para Loki. — Você consegue fazer isso?

Ele suspirou, e Finn sacudiu o braço dele. Tanto eu quanto Loki olhamos fixamente para ele, mas Finn só reagiu ao meu olhar.

— Ajude-a — disse Finn, soltando-o relutantemente.

Silenciosamente, Loki foi até a porta e começou a destrancá-la. Eu fiquei observando-o, e mesmo assim não entendi completamente o que ele fez. Os ferrolhos estalaram ruidosamente, e consegui escutar Rhys gritando algo de dentro da cela. Finn não parou de olhar para Loki, prestando atenção para ver se ele não fazia nenhum movimento suspeito, e Duncan olhava ao redor, comentando sobre a escuridão da masmorra.

Assim que a porta se abriu, Matt e Rhys lançaram-se para fora, quase derrubando Loki no meio do caminho. Rhys abraçou-me com entusiasmo e, apesar de eu não conseguir ver o olhar de raiva que com certeza Finn lançou-lhe por causa daquilo, consegui ver Matt fulminando Finn com o olhar.

A situação inteira podia virar a maior catástrofe, mas não tínhamos tempo para aquilo.

– Você teve algo a ver com isso, não teve? – perguntou Matt, com os olhos fixos em Finn.

– Matt, para com isso – falei, soltando-me do abraço de Rhys. – Ele veio aqui para nos resgatar e temos que dar o fora daqui. Então cala a boca e vamos.

– Alguém virá atrás da gente em breve, não é? – perguntou Duncan, espantado com a falta de contra-ataque.

– Vamos logo dar o fora daqui – disse Matt, obedecendo à deixa.

Tove soltou o duende da parede, e todo o pessoal saiu correndo, iniciando a nossa fuga da masmorra.

Parei, olhando para Loki. Ele estava na frente da porta da cela, parecendo estranhamente desamparado. Sua bravata de antes tinha desaparecido por completo e seus olhos dourados pararam em mim.

– Espere alguns minutos antes de dizer a Oren que fugimos, tá? – perguntei.

– Como quiser – disse Loki simplesmente. Algo na maneira como ele olhava para mim fez ressurgir aquele nervosismo que eu tinha sentido lá em cima.

– Obrigada por deixar a gente escapar – agradeci, mas ele não respondeu nada. Depois do que ele tinha dito mais cedo, pensei em convidá-lo para ir com a gente. Na verdade, quase cheguei a convidar, mas Finn me fez esquecer a ideia.

– Wendy! – vociferou Finn.

Corri para alcançá-los, e Finn segurou a minha mão. Senti a força e a segurança daquele mínimo toque e um arrepio quente percorreu o meu corpo. Enquanto subíamos as escadas correndo, segurar a mão de Finn quase me fez esquecer que ele tinha me magoado e que estávamos escapando de uma prisão inimiga.

O ar da noite fria me atingiu quando corremos para fora. Duncan mostrou o caminho, pisando em falso no meio da escuridão com Rhys logo atrás. Tanto Tove quanto Matt paravam o tempo inteiro para se assegurar de que eu e Finn também estávamos indo, e o olhar de Matt estava particularmente receoso.

O chão estava gélido, e gravetos e pedras feriam os meus pés descalços. Toda vez que eu diminuía o passo, Finn apertava a minha mão, e aquilo me encorajava. O ar cheirava a inverno, a gelo e a pinheiros, e escutei uma coruja piando a distância.

Olhei para trás uma vez, mas, como o palácio não tinha janelas para que ficasse iluminado, mal consegui distinguir o seu formato escuro assomando-se atrás da gente.

O Cadillac prateado de Finn estava à nossa espera depois das árvores. A lua iluminava por entre os galhos, brilhando em cima do carro, e eu aprumei o passo. Não tinha energia para correr o caminho inteiro até Förening e estava apreensiva, achando que talvez isso fosse necessário.

Quando chegamos ao carro, Duncan já havia pulado para o banco de trás, e Matt estava parado ao lado da porta aberta, esperando que eu entrasse. Rhys estava ao lado dele, mas parecia bem mais ansioso, trocando o peso do corpo de uma perna para a outra.

– Entre no carro! Vamos! – ordenou Finn, olhando para eles como se fossem idiotas. Tove foi o único que obedeceu, entrando pelo lado do passageiro.

– Wendy – disse Rhys. – Não consigo sentar.
– O quê? – Finn parecia irritado, com os olhos saltando entre mim e Rhys.
– Eu usei a persuasão nele e o fiz ficar emperrado... – Tentei explicar como uma imbecil, mas Finn me interrompeu:
– Diga apenas para ele entrar no maldito carro – disse Finn.
Eu não entendi, então ele detalhou: – Use a persuasão. Faça ele se sentar dentro do carro. Vamos resolver isso de verdade quando chegarmos em casa.

Olhei para Rhys, mal conseguindo enxergar os seus olhos com o luar, mas não sabia se vê-lo era realmente importante. Usando toda a minha concentração, disse para ele entrar no carro. Alguns segundos depois, ele entrou e soltou um imenso suspiro de alívio.

– É tããão bom sentar! – disse Rhys, e a minha culpa se renovou.

Matt entrou no carro depois dele, mas não fechou a porta. Estava esperando que eu entrasse no banco de trás com ele, mas Finn ainda estava segurando a minha mão. Ele deu a volta no carro comigo e eu entrei pelo lado do motorista. Deslizei para o meio para que ele pudesse dirigir e me sentei no braço do banco.

Matt começou a expressar suas reclamações, mas Finn colocou o carro em marcha. Matt soltou um palavrão, batendo a porta do carro com força enquanto Finn acelerava pela estrada. O resto de nós ficou num silêncio tenso. Acho que todos nós esperávamos que os Vittra fossem oferecer algum tipo de resistência, especialmente depois de tanto me perseguirem. Estava quase parecendo... fácil demais.

– Que estranho – disse ele. – Eles não fizeram nada. Nem tentaram nos impedir.

– Acabamos de fazer um estrago no exército deles – disse Tove, oferecendo alguma espécie de explicação. – Com certeza, a maioria deles está se recuperando ou... – A voz dele foi diminuindo, sem querer verbalizar que os Trylle tiveram que matar alguns dos Vittra no ataque.

Duncan fez mais alguns comentários sobre a estranheza daquilo e sobre como Ondarike era diferente do que ele imaginava. Ninguém respondeu, então ele não disse mais nada.

Fiquei o mais confortável que podia naquela posição. Quando me senti segura, a exaustão teve a oportunidade de realmente tomar conta de mim, não importava onde eu estava sentada.

Descansei a cabeça no ombro de Finn, com uma alegria secreta por estar perto dele. Enquanto pegava no sono, fiquei escutando a respiração dele, e aquilo certamente me ajudou a relaxar.

OITO

previsões

Pode até ter sido gostoso adormecer ao lado de Finn, mas não foi nada gostoso acordar. O meu corpo ainda estava dolorido devido ao ataque recente de Kyra, e a posição desconfortável em que dormi me deixou também cheia de cãibras.

Quando Finn estacionou na frente da casa, eu me espreguicei e o meu pescoço estalou alto. Saí do carro, movimentando os ombros, e Matt ficou olhando a mansão, em choque.

Opulenta e maravilhosa, era mesmo um palácio e ficava à margem do rio Mississippi, com videiras cobrindo a fachada branca. Debruçava-se na ribanceira, apoiada por pilares estreitos, e toda a face voltada para o rio era de vidro. Lembrei-me de como a elegância da casa me impressionara assim que cheguei, mas agora eu estava com raiva demais e não queria nem olhar para ela.

Queria conversar com Matt a respeito de tudo, mas tinha que falar primeiro com Elora. Ela havia mentido para mim de novo. Se soubesse que o rei dos Vittra era o meu pai, eu nunca teria levado Rhys para conhecer Matt. Nunca o teria exposto a um perigo desses.

Quando entramos, deixei que Rhys ajudasse a mostrar a casa para Matt. Eu não tinha descoberto ainda como consertá-lo, então me contentei em dizer para ele se levantar, deixando que Finn e Tove o ajudassem a se virar.

Finn disse que eu deveria me acalmar primeiro, mas eu o ignorei e fui em disparada pelo corredor, com raiva, para encontrar Elora. Ela não me assustava mais nem um pouquinho. Oren, sim, seria capaz de me machucar. No pior dos casos, Elora só seria capaz de me humilhar.

O palácio era dividido em duas alas gigantescas, separadas por uma rotunda que servia de átrio de entrada. Todos os negócios oficiais eram feitos na ala sul, onde havia salas de reunião, um salão de baile, uma sala de jantar gigantesca, escritórios e a sala do trono, assim como a área dos funcionários e o quarto da rainha.

Na ala norte era onde ficavam os quartos mais informais da casa, como o meu e o de hóspedes, além da cozinha. A sala de estar de Elora ficava no fim da ala norte. Ficava numa esquina da casa, então duas paredes eram feitas inteiramente de janelas. Era onde ela passava a maior parte de seu tempo livre, pintando e lendo, ou o que quer que fizesse para relaxar.

– Quando você ia me contar que Oren é o meu pai? – perguntei, escancarando a porta.

Elora estava deitada numa chaise-longue, com os cabelos escuros espalhados ao seu redor. Até repousando tinha uma elegância inata. Seu porte e sua beleza foram qualidades que invejei assim que a conheci, mas agora eu via naquilo apenas uma fachada. Tudo que ela fazia era pelas aparências, e eu duvidava de que houvesse algo de mais profundo nela.

Eu estava em pé na sala dela, com os braços cruzados. Ela estava com o braço por cima dos olhos, como se a luz fosse dolorosa demais. Tinha ataques constantes de enxaqueca, o que poderia ser o caso naquele momento. Ou talvez não, pois ela havia deixado abertas as cortinas das janelas de vidro, deixando a luz da manhã entrar.

– Estou feliz em ver que está segura – disse ela, mas sem mexer o braço para me ver.

– Dá para perceber. – Fui até ela e fiquei bem na sua frente. – Elora. Você precisa me dizer a verdade. Não pode ficar escondendo coisas de mim desse jeito, não se quiser que um dia eu governe. Eu seria uma rainha terrível se não soubesse de nada.

Decidi dar uma de sensata, em vez de sair gritando todas as coisas que queria dizer.

– E agora você sabe a verdade. – Ela parecia já ter se cansado da conversa que tinha apenas acabado de começar. Finalmente baixou o braço, encontrando, exausta, o meu olhar irritado com seus olhos escuros. – Por que está me olhando assim?

– É só isso que tem a me dizer? – perguntei.

– O que mais quer que eu diga? – Elora sentou-se com um movimento gracioso e leve. Quando viu que eu não voltei atrás, ela se levantou, aparentemente não gostando muito da ideia de eu olhar para ela de cima.

– Eu acabei de ser sequestrada pelos Vittra, cujo rei é o meu pai, e você não tem *nada* para me dizer? – Encarei-a sem acreditar, e ela se afastou, ficando de costas para mim enquanto se aproximava da janela.

– Eu daria mais valor à sua situação complicada se você não tivesse fugido. – Ela cruzou os braços, quase se abraçando, enquanto encarava o rio correndo lá embaixo. – Eu especificamente a proibi de sair do complexo, e todos nós dissemos que era para a sua própria proteção. Após o ataque, você sabia em primeira mão os perigos de ir embora, e foi embora mesmo assim. Não é culpa minha você ter se colocado nessa situação.

– Por causa do ataque, eu achei que eles estariam machucados e com medo demais para tentar novamente algo daquele tipo! – gritei. – Não achei que os Vittra tivessem motivo para continuar me perseguindo, mas, se soubesse sobre o meu pai, imaginaria que não era bem assim.

– Você tomou a sua vida em suas próprias mãos quando foi embora e sabia muito bem disso – disse Elora simplesmente.

– Droga, Elora! – gritei. – Isso não é para ver de quem é a culpa, tá certo? Quero saber por que você mentiu. Você disse que o meu pai estava morto.

– Era bem mais simples e fácil do que contar a verdade. – Ela disse isso como se assim tudo fosse ficar bem. Era bem mais fácil mentir para mim, então tudo bem. Eu que não queria complicar a vida dela nem nada do tipo.

– Qual é a verdade? – perguntei-lhe diretamente.

– Eu me casei com seu pai porque era a coisa certa a fazer. – Ela não falou mais nada por tanto tempo que achei que não fosse continuar, mas então disse: – Os Vittra e os Trylle têm brigado há séculos, talvez desde sempre.

– Por quê? – Aproximei-me dela, mas ela não olhou para mim.

– Por vários motivos. – Ela encolheu os ombros de um jeito sutil. – Os Vittra sempre foram mais agressivos do que nós, mas somos mais poderosos. Assim se formou uma balança de poder estranha, e eles estão sempre tentando obter à força mais controle, mais terra, mais pessoas.

– Então achou que ao se casar com Oren os séculos de briga chegariam ao fim?

– Os meus pais achavam isso. Eles programaram o casamento antes mesmo de eu vir para Förening. – Elora tinha sido uma changeling, assim como eu, apesar de raramente tocar no assunto.

Dividida

— Eu poderia ter contestado isso, claro, assim como você contestou o seu nome.
Ela disse essa última parte com um tanto de amargura. Como parte do meu retorno aos Trylle, era para eu ter sido submetida a uma cerimônia de batismo e mudar o meu nome para algo mais adequado. Eu não queria e, graças à invasão dos Vittra na cerimônia, acabei não me batizando. Elora tinha cedido e permitido que eu mantivesse o meu próprio nome, e eu fui a primeira princesa a fazer isso na história.

— Mas você não contestou? — perguntei, ignorando a pequena alfinetada que ela tinha me dado.

— Não. Tive que colocar os meus próprios anseios atrás do bem maior do povo. É algo que você vai ter que aprender a fazer. — A luz brilhava no cabelo de Elora, como se ela tivesse uma auréola. Ela virou-se de novo para a janela e a auréola sumiu.

— Se um mero casamento fosse acabar com os aborrecimentos, então eu tinha que aceitar — prosseguiu Elora. — Tinha que pensar na vida e na energia desperdiçada tanto pelos Trylle quanto pelos Vittra.

— Então se casou com ele — concluí por ela. — E o que aconteceu depois?

— Não muita coisa. Não ficamos casados por muito tempo. — Ela massageou o braço, abafando um frio que só ela sentia. — Eu o encontrei diversas vezes antes do casamento, e ele era muito bem-comportado. Eu não o amava, mas...

Ela não concluiu o pensamento, e a maneira como deixou aquilo pairando no ar me fez acreditar que tinha chegado a gostar dele.

Não conseguia imaginar Elora gostando de ninguém. Quando ela flertava com Garrett Strom, parecia um showzinho. Não sabia ao certo se eles estavam namorando ou não, mas ele parecia gostar dela, e os dois passavam muito tempo juntos. Além do mais, ele era um markis, então ela poderia se casar com ele se quisesse.

Tanto Finn quanto Rhys me contaram do caso secreto e demorado que Elora tivera com o pai de Finn quando o meu próprio pai já não estava mais por perto. Ele tinha sido um rastreador e era casado com a mãe de Finn, então nunca poderiam admitir publicamente que estavam juntos, mas, segundo Rhys, ela realmente o amava.

– O que aconteceu depois que vocês casaram? – perguntei.

Elora tinha se perdido em seus próprios pensamentos por um instante e, quando eu a trouxe de volta para a conversa, ela balançou a cabeça.

– Não deu muito certo – disse ela simplesmente. – Ele não era totalmente cruel, o que dificultava as coisas. Eu não podia deixá-lo, não sem uma causa justa. Não com tanta coisa dependendo daquilo.

– Mas foi o que terminou fazendo?

– Sim. Depois que você foi concebida, ele... – Ela parou, procurando a palavra certa. – Era demais, não dava para suportar. Logo antes de você nascer, eu o deixei e depois a escondi. Queria que uma família forte a protegesse e a defendesse, caso ele a procurasse.

– Foi por isso que Finn começou a me rastrear tão cedo? – perguntei.

Os rastreadores normalmente esperam para buscar os changelings quando eles já têm dezoito anos ou perto disso, quando legalmente já são adultos com acesso aos fundos fiduciários. Finn estivera me seguindo sorrateiramente desde o começo do meu último ano no colégio, fazendo com que eu me tornasse uma das changelings mais novas na história a retornar.

Ele alegou que era porque eu me mudava muito, então eles estavam com medo de me perder, mas agora eu suspeitava de que era porque temiam que os Vittra me alcançassem primeiro.

– Sim. – Elora concordou. – Felizmente, eu ainda não era a rainha dos Trylle quando nos separamos. Oren podia até ser o rei dos Vittra, mas aqui ele era apenas um príncipe. Não tinha nenhum domínio sobre o reino. Se não fosse por isso, tudo poderia ter sido bem diferente.

– Quando você se tornou rainha? – perguntei, distraída momentaneamente das informações sobre Oren.

Não conseguia imaginar Elora como uma princesa. Sabia que ela fora jovem e inexperiente um dia, mas tinha um jeito majestoso que fazia parecer que havia sido sempre rainha.

– Não muito tempo após você nascer. – Elora virou-se para mim. – Mas fico contente por estar aqui.

– Quase não consegui voltar viva – falei, tentando fazer com que ela sentisse alguma preocupação. Ela ergueu uma sobrancelha, mas não disse nada. – A rastreadora deles, Kyra, me deu a maior surra. Eu teria morrido se Oren não fosse casado com uma curadora.

– Você não teria morrido. – Ela ignorou o que eu disse, e era o que todo mundo parecia fazer quando eu contava que Kyra havia me machucado.

– Eu estava tossindo sangue! Acho que uma costela quebrada perfurou um pulmão, ou algo assim. – As minhas costelas ainda doíam, e na masmorra eu tive certeza de que morreria.

– Oren nunca deixaria você morrer – disse Elora desdenhosamente. Ela afastou-se da janela e sentou-se na chaise-longue, mas eu continuei em pé.

– Talvez não – admiti. – Mas ele podia ter matado Rhys e Matt.

— Matt? — Ela pareceu confusa por um instante, uma expressão incomum nela.

— Meu irmão. Hum, meu irmão hospedeiro, ou como preferir chamá-lo. — Tinha me cansado de tentar explicar que ele era alguma outra coisa e decidi que daquele momento em diante eu simplesmente o chamaria de meu irmão. Para mim, era isso que ele ainda era.

— Eles estão aqui agora? — A expressão dela mudou de confusa para irritada.

— Sim. Não ia deixá-los lá. Oren iria matá-los só para me magoar. — Não sabia ao certo se isso era verdade ou não, mas parecia ser verdade.

— Vocês todos conseguiram chegar bem aqui então? — Por um instante pareceu estar realmente preocupada. Não era nada em comparação ao nível de preocupação de Matt, mas ao menos se assemelhava a algo humano e afetuoso.

— Sim. Conseguimos. Finn e Tove nos tiraram de lá sem nenhum problema. — Franzi a testa, lembrando como tinha sido fácil escapar.

— Aconteceu alguma coisa? — perguntou Elora, percebendo a minha inquietação.

— Não. — Balancei a cabeça. — É exatamente essa a questão. Não aconteceu *nada*. Nós praticamente saímos de lá andando.

— Bem, é assim que Oren é. — Ela revirou os olhos. — Ele é arrogante demais, isso sempre foi o seu ponto fraco.

— Como assim?

— Ele é poderoso, *bastante* poderoso. — O tom de voz de Elora tinha um quê de admiração que eu não havia testemunhado nela antes. — Mas ele sempre achou que era capaz de pegar o que quisesse sem que ninguém pudesse impedi-lo. É verdade que a maioria dos trolls tem pavor de deixá-lo enfurecido. Ele presumiu incorretamente que eu me encaixaria nessa categoria.

— Mas eu sou sua filha. Ele achou mesmo que você nem tentaria? — perguntei duvidosamente.

— Como falei, ele é muito arrogante. — Ela massageou a têmpora e recostou-se na cadeira.

Elora tinha o dom da precognição, assim como outros poderes telecinéticos. Não sabia o grau deles todos, mas esperava descobrir mais sobre o assunto em breve.

Eu me virei para olhar os quadros dela com mais atenção; ela os usava para prever o futuro. Havia apenas dois completos na sala e um que ela começara recentemente. O novo tinha apenas um pouco de tinta azul no canto, então não dava para tirar nenhuma informação daquilo.

O primeiro quadro completo mostrava o jardim atrás da casa. Ele começava debaixo da varanda e ia até a ribanceira, cercado por um muro de tijolos. Eu fui lá apenas uma vez, e tinha sido idílico, graças à mágica Trylle que o fazia florescer permanentemente.

Em seu quadro, o jardim estava coberto de uma leve camada de neve que brilhava e reluzia como diamantes. Mas o riacho, fluindo como uma cachoeira para dentro da fonte que ficava no centro, não havia congelado. Apesar da cena típica de inverno, todas as flores estavam em plena florescência. Pétalas rosas, azuis e roxas cintilavam por estarem levemente congeladas, fazendo tudo aquilo ficar parecendo uma terra de encantamento exótico.

Elora tinha um talento espantoso para a pintura, e eu teria comentado isso se achasse que ela daria valor à minha opinião. A beleza do quadro do jardim me cativou tanto que levei um instante para perceber que havia algo sombrio à espreita na imagem.

Havia um vulto em pé perto da sebe. Parecia ser um homem de cabelo mais claro que o meu, mas era difícil ter certeza por causa das sombras. Estava mais distante, com o rosto desfocado demais para ser distinguível.

Apesar de eu não conseguir enxergar muita coisa, havia algo de ameaçador nele. Ou ao menos foi o que Elora achou enquanto o pintava. Era essa a sensação que a tela passava.

— Como soube que os Vittra tinham me capturado? — perguntei, percebendo que talvez ela sempre soube.

— Quando Finn me contou — respondeu ela distraidamente. — Ele chegou, chamou Tove, e depois eles foram embora para buscá-la.

— E você simplesmente... — Estava prestes a perguntar por que ela os deixara ir sem nenhuma ajuda, como um exército, talvez. Mas o meu olhar tinha desviado para o outro quadro, e eu parei.

Eu estava retratada naquele quadro; era um close-up da cintura para cima. O fundo era feito de manchas pretas e acinzentadas, sem nenhuma indicação de onde eu estava. A minha aparência era bem similar à atual, apesar de estar mais bem-vestida. O meu cabelo estava solto e os cachos escuros formavam um belo penteado. Usava um vestido branco maravilhoso, decorado com diamantes que combinavam com os dos meus brincos e com o meu colar.

Mas o mais impressionante era que na minha cabeça havia uma coroa, enfeitada com prata trançada e diamantes. Eu estava sem nenhuma expressão no rosto, e não dava para perceber se eu estava contente ou chateada por ter sido coroada, mas lá estava. Uma imagem minha como rainha.

– Quando pintou isso? – Apontei para o quadro e me virei para Elora. Ela estava com o braço por cima dos olhos, mas o ergueu para ver de que eu estava falando.

– Ah, isso. – Ela abaixou o braço. – Não se preocupe com isso. Vai enlouquecer se ficar tentando compreender e evitar o futuro. É bem melhor deixar que as coisas aconteçam sozinhas.

– É por isso que você nunca parece se preocupar com a minha morte? – perguntei, surpresa com a raiva que eu estava sentindo.

Ela sabia que eu não ia morrer. Tinha provas de que eu um dia seria rainha e não se dera o trabalho de me informar sobre aquilo.

Elora suspirou.

– Entre outras coisas.

– O que isso significa? – vociferei, perdendo a paciência. – Por que você sempre tem que ser tão misteriosa o tempo inteiro?

– Não significa nada! – Ela pareceu exasperada. – Pelo que sei, aquele quadro significa que você será a rainha dos Vittra. O futuro é mutável demais para que seja compreendido ou transformado. E só porque eu pinto algo não quer dizer que vai se tornar realidade.

– Mas você previu o ataque na minha cerimônia de batizado – rebati. – Eu vi o quadro. Você pintou o salão de baile pegando fogo.

– Sim, e mesmo assim eu não pude impedir que ele acontecesse – disse ela friamente.

– Você nem tentou! Não me alertou, nem cancelou a cerimônia!

– Tentei impedir, sim! – Ela lançou um olhar irritado que antigamente teria feito eu me encolher, mas não mais. – Eu me reuni com pessoas. Discuti o assunto com todo mundo. Contei para Finn e para todos os rastreadores. Mas não sabia de nada além disso. Só consegui ver o fogo, os candelabros e a fumaça. Nada de pessoas. Nem do lugar. Nem mesmo um período de tempo. Sabe quantos candelabros tem somente na ala sul? O que era para eu fazer? Dizer para todos evitarem os candelabros para sempre?

– Não. Não sei – gaguejei. – Você podia ter feito... algo.

– Apenas depois que compreendo o significado da visão – disse Elora, mais para si mesma do que para mim. – É assim com todas elas. É quase pior poder ver o futuro. Eu não sei o que significa, nem posso impedi-lo. Só depois é que tudo fica parecendo tão óbvio.

– Então o que é que está dizendo? – perguntei. – Que não vou ser rainha?

– Não. Estou dizendo que o quadro não significa nada. – Ela fechou os olhos e massageou a parte superior do nariz. – Estou ficando com enxaqueca. Prefiro não continuar a conversa.

– Tá certo. Que seja. – Joguei as mãos para o ar, sabendo que não dava para forçar as coisas com Elora. Já tinha dado sorte por ela não ter chamado Finn para me tirar dali.

Então me lembrei dele, de Finn. Não pude falar praticamente nada no caminho para Förening, mas com certeza eu ainda tinha muito a dizer para ele.

Deixei a sala a fim de ir atrás de Finn. Eu devia estar mais preocupada com outras coisas, mas naquele momento tudo o que queria era ter um momento a sós com ele. Um momento para que pudéssemos conversar de verdade, para que eu pudesse... não sei. Mas tinha que vê-lo.

No lugar de Finn, encontrei Duncan aguardando um pouco mais à frente no corredor. Estava encostado na parede, brincando com o telefone, mas, quando saí, ele endireitou a postura. Deu-me um sorriso tímido, e sua tentativa de enfiar o telefone rapidamente no bolso só fez com que o derrubasse.

Dividida

– Desculpe. – Duncan se atrapalhou para pegá-lo enquanto eu me aproximava. – Queria apenas deixar que você tivesse um tempo a sós com sua mãe.

– Obrigada. – Continuei andando pelo corredor, e ele veio atrás de mim. – Por que estava me esperando? Precisa de alguma coisa?

– Não. Agora eu sou o seu rastreador. Lembra? – Ele parecia envergonhado. – E os Vittra estão mesmo atrás de você, então eu fico de guarda o tempo inteiro.

– Certo. – Concordei com a cabeça. Estava na esperança de que, como Finn tinha salvado a minha vida mais uma vez, ele seria reempossado como o meu rastreador. – Onde está Finn? Preciso falar com ele.

– Finn? – Duncan deu um passo em falso. – Hum, ele não é mais o seu rastreador.

– Sim, eu sei disso. E não estou falando mal do seu trabalho. – Forcei um sorriso. – Só queria falar com Finn um minuto.

– Não, tudo bem. – Ele balançou a cabeça. – É só que... – Sem saber por que ele estava tão inquieto, parei de andar. – Quero dizer, ele não é mais o seu rastreador. Então... foi embora.

– Foi embora? – Senti aquela familiar pontada no coração.

Não era para eu estar surpresa, nem era para aquilo me magoar mais. Mas a ferida ressurgiu novinha em folha, igual a quando ele foi embora da outra vez.

– Foi. – Duncan ficou olhando para o pé e brincando com o zíper do casaco. – Você está segura e tudo o mais. O trabalho dele está feito, não é?

– É – falei aturdida.

Eu podia ter perguntado para onde Finn tinha ido e talvez devesse ter feito isso. Ele não podia ter ido para tão longe em tão pouco tempo. Tinha certeza de que Finn diria que foi embora para me proteger, para proteger a minha honra ou algo assim. Mas eu não estava nem aí.

Naquele momento, os motivos dele não importavam. Tudo o que eu sabia era que estava cansada de ter o meu coração partido por causa dele.

NOVE

subestimado

Tove não conseguia consertar Rhys, pois suas habilidades não funcionavam para isso. Quando subi depois da conversa com Elora, tive que mandar Rhys descer para que ela o consertasse. Eu poderia ter ido com ele, mas imaginei que Elora já estava saturada de mim pelo resto do dia.

Tove foi descansar na casa dele, e eu o agradeci por tudo o que tinha feito. Sem ele, não sei ao certo se teríamos conseguido escapar. Apesar de a segurança de Oren ter relaxado, foi Tove que abriu as portas e manteve os trolls a distância.

Rhys tinha começado a ajudar Matt a se acomodar num dos quartos desocupados no mesmo corredor que o meu. Fui ver como ele estava, e Duncan parecia contente demais por estar me seguindo. Demorei para convencê-lo, mas consegui fazê-lo esperar lá fora. Duncan não confiava em Matt por ele ser humano, mas, se ele ia ser o meu rastreador, teria que aprender a lidar com isso.

Matt estava no meio do quarto, parecendo um pouco perdido, e ele nunca foi de se sentir assim. Tinha vestido uma calça de moletom que cabia perfeitamente, mas a camiseta estava apertada, então imaginei que ele a tivesse pegado emprestada com Rhys.

– Como você está, depois de toda essa história? – perguntei baixinho, fechando a porta do quarto depois de entrar. Sabia que Duncan estava a postos lá fora e não queria que ele ficasse escutando. Não é que eu planejasse dizer algo em segredo. Eu só queria um momento a sós com o meu irmão.

– Hum... ótimo? – Ele me deu um sorriso triste e balançou a cabeça. – Não sei. Era para eu estar como?

– Mais ou menos assim.

– Nada disso parece real, sabe? – Matt sentou-se na cama e suspirou. – Continuo achando que vou acordar e que isso terá sido apenas um sonho estranho.

– Eu sei *exatamente* como é. – Lembrei-me de como eu tinha achado tudo confuso e assustador assim que cheguei aqui. Na maior parte do tempo, eu ainda achava isso.

– Quanto tempo vou ficar aqui? – perguntou Matt.

– Não sei. Não pensei sobre isso. – Eu me aproximei e me sentei ao lado dele na cama. Para ser sincera, queria que ele ficasse ali para sempre, mas isso seria egoísmo. – Acho que até tudo isso passar. Quando os Vittra deixarem de ser uma ameaça.

– Por que eles estão vindo atrás de você?

– É uma história muito longa, conto para você depois. – Queria contar, mas não tinha forças para dar uma explicação tão longa. Pelo menos não naquele momento.

– Mas eles vão parar, não vão? – perguntou Matt, e eu concordei com a cabeça como se realmente acreditasse naquilo.

– Até lá, quero que fique aqui. Preciso saber que você está em segurança – falei. Não sabia o que Elora acharia daquilo, mas não me importava.

– Sim, sei como é – disse ele com um tom de ansiedade na voz, e a culpa apertou o meu coração.
– Desculpe, Matt, de verdade.
– Você podia ter me contado sobre isso tudo.
– Você não teria acreditado em nada.
– Wendy. Sou eu, tá certo? – Ele se virou para ficar de frente para mim, e eu finalmente olhei para ele. – Tudo bem, é mesmo bem difícil acreditar nisso tudo, e sei que, se eu não tivesse visto com meus próprios olhos, acharia ainda mais difícil. Mas eu *sempre* estive do seu lado. Devia ter confiado em mim.
– Eu sei. Desculpe. – Baixei os olhos. – Mas fico feliz por estar aqui e porque agora estou contando tudo para você. Foi difícil ficar sem lhe contar. Não quero fazer isso de novo.
– Ótimo.
– Mas devia ligar para Maggie – falei. – Ela precisa saber onde estamos e não pode ir para casa. Agora não. Não sei se eles seriam capazes de pegá-la só para me atingir.
– Você está segura aqui? – perguntou Matt. – Tipo, segura de verdade?
– Sim, claro que estou – eu disse com mais convicção do que na verdade sentia. – Duncan está lá fora vigiando exatamente nesse instante.
– Aquele garoto é um imbecil – disse Matt seriamente, e eu ri.
– Não, estamos seguros. Não se preocupe – assegurei-o enquanto me levantava. – Mas você devia ligar para Maggie, e eu devia tomar um banho e vestir minhas próprias roupas.
– O que digo para ela?
– Não sei. – Balancei a cabeça. – Só a convença a não ir para casa.
Prometi a Matt que o encontraria mais tarde e explicaria melhor as coisas para ele, mas agora eu precisava de um momento

para desestressar. Duncan me seguiu pelo corredor e tentou entrar no meu quarto, mas não deixei.

Foi só quando eu estava no chuveiro, protegida pelo barulho da água, que me permiti chorar. Não sei nem por que estava chorando. Tinha um pouco a ver com Finn ter me abandonado de novo daquele jeito, mas boa parte era simplesmente porque tudo aquilo era coisa demais.

Depois de me vestir, eu me senti melhor. Tudo tinha dado certo, no sentido de que todos tínhamos sobrevivido, com apenas ferimentos leves. Além disso, eu tinha a oportunidade de ficar perto de Matt novamente. Não sabia por quanto tempo, mas ao menos ele já sabia da verdade.

E finalmente eu sabia por que os Vittra estavam tão obcecados por mim. Claro que a explicação não facilitava a situação, mas eu entendia o motivo, e isso já era alguma coisa.

Ao ponderar tudo isso, o único sentimento realmente ruim era a ausência de Finn. Aquilo deixava o meu peito com uma dor entorpecente que eu tinha que ignorar. Havia coisas demais acontecendo para eu simplesmente ficar parada sentindo falta dele.

Odiava o mero fato de ele ter vindo. Teria sido mais fácil se ele tivesse apenas me deixado em paz e eu nunca mais o tivesse visto.

Fui até o quarto de Matt e encontrei Rhys fazendo companhia a ele. Elora o tinha consertado, para o meu alívio, e Rhys disse que eu teria que começar o meu "treinamento" em breve para controlar as minhas habilidades. Não sabia exatamente o que isso envolvia, mas não queria pressioná-lo para obter mais informações.

Sentei-me numa cadeira bem acolchoada no quarto de Matt e decidi contar tudo a ele. Rhys havia contado uma parte na masmorra dos Vittra, mas eu queria preencher as lacunas. Mais importante ainda: achei que Matt precisava ouvir aquilo de mim.

Comecei do início, explicando como Elora havia me trocado por Rhys. Disse que Finn tinha sido enviado para me rastrear e me trazer para cá, falei sobre o que significava ser uma princesa e sobre os Trylle e suas habilidades.

Rhys não disse uma palavra enquanto eu falava, apenas prestou atenção, interessado e absorto. Eu não sabia o quanto ele já sabia daquilo.

Matt também não falou muito, fazendo apenas uma ou outra pergunta ocasional. Ele passou a andar de um lado para o outro quando comecei a falar, mas não parecia ansioso nem confuso. Quanto terminei, ele ficou parado por um instante, em silêncio, assimilando tudo aquilo.

– E então? – perguntei depois de um tempo sem ele dizer nada.

– Então... vocês ainda comem? – Matt olhou para mim. – Pois estou morrendo de fome.

– Sim, claro que comemos. – Sorri, sentindo-me aliviada.

– Eu não chamaria de *comida* o que eles comem – zombou Rhys. Antes ele estava sentado na minha cama, mas se pusera de pé assim que a conversa pareceu estar chegando ao fim.

– Como assim? – perguntou Matt.

– Bem, você já morou com Wendy. Deve saber o que ela come. – Rhys pareceu perceber que tinha dito algo errado e logo se corrigiu. – Os Trylle são mais cuidadosos com comida do que a gente. Eles não tomam refrigerante nem comem carne, sério.

Matt encarou Rhys mais um pouco, depois olhou para mim. Havia algo de novo nos olhos de Matt, algo que eu mesma sentia pela primeira vez. Rhys tinha se referido a ele e Matt como "a gente", como um clube a que eu não pertencia.

Eu nunca tinha pensado em Matt como um ser inferior a mim e *nunca* seria capaz disso, mas éramos diferentes. Éramos distintos. E, apesar de todas as diferenças entre nós dois serem tão óbvias, era estranho saber o quanto nós realmente éramos diferentes, era estranho ter alguém dizendo que nós não éramos nem da mesma espécie.

— Felizmente, eu tenho uma geladeira cheia de comida de verdade — prosseguiu Rhys, tentando mudar o clima do quarto. — E sou um cozinheiro bem razoável. Pergunte a Wendy.

— É, ele é mesmo ótimo — menti, mas não estava mais com tanta fome. O meu estômago tinha encolhido, e eu fiquei surpresa por conseguir pelo menos forçar um sorriso para os dois. — Vamos. Vamos comer alguma coisa.

Rhys achou que tagarelar compensaria a sua pequena asneira, e nem eu nem Matt nos opusemos àquilo. Andamos até a cozinha, acompanhados por Duncan desde o instante em que saímos do quarto de Matt.

A presença constante de Duncan me irritava bem mais do que a de Finn, apesar de Duncan não ter feito nada. Talvez fosse simplesmente porque ele estava lá, em vez de Finn.

Puxei um banco de debaixo do balcão da cozinha e fiquei observando Matt e Rhys interagirem. Rhys continuava contando vantagem sobre suas habilidades de cozinheiro, mas, quando Matt o viu em ação, percebeu que era melhor assumir o comando. Eu coloquei a mão no queixo, sentindo várias emoções contraditórias enquanto os dois conversavam, riam e tiravam sarro um do outro.

Parte de mim estava felicíssima por eles terem um ao outro em suas vidas, como devia ter sido desde o princípio. Privar Rhys de um irmão mais velho tão maravilhoso como Matt tinha sido um efeito colateral bastante cruel do processo de changeling.

Dividida

Mas era inevitável que a outra parte de mim achasse que eu estava perdendo o meu irmão.

– Você se incomoda se eu tomar água? – perguntou Duncan, afastando-me de meus pensamentos.

– Por que eu ligaria para isso? – Olhei-o como se ele fosse um imbecil, mas ele não percebeu. Ou talvez recebesse tanto aquele olhar que simplesmente achava normal as pessoas o olharem daquela maneira.

– Não sei. Alguns Trylle não gostam quando os rastreadores usam as coisas deles. – Duncan foi até a geladeira para pegar uma garrafa d'água enquanto Matt tentava ensinar Rhys a virar as panquecas de mirtilo.

– Bom, como é que vocês comem e bebem sem usar as coisas deles? – perguntei a Duncan.

– Compramos nossas próprias coisas. – Com a geladeira ainda aberta, Duncan estendeu uma garrafa para mim. – Quer uma?

– Sim, claro – eu disse, dando de ombros. Ele veio até mim e a entregou. – Você faz isso há muito tempo?

– Quase doze anos, eu acho. – Duncan abriu a tampa e deu um longo gole. – Caramba. Que estranho que faz tanto tempo.

– Você é mesmo o melhor que eles têm? – perguntei, tentando não deixar o ceticismo aparecer na voz.

Ele parecia bastante impressionado com a habilidade de Matt de fazer panquecas. Ele não tinha nem de longe a confiança e a formalidade de Finn, mas, pensando bem, provavelmente era melhor ele ser o mais diferente possível de Finn.

– Não – admitiu Duncan, e, se a minha pergunta o deixou envergonhado, ele não demonstrou. Apenas ficou brincando com a tampa da garrafa. – Mas quase. A minha aparência engana, mas isso é um dos motivos pelos quais eu sou bom. As pessoas me subestimam.

Algo na maneira como ele falou aquilo me fez pensar no filme *Pânico*. Talvez Duncan tivesse um pouco daquele charme maroto, desajeitado e despretensioso.

— Alguém já lhe disse que você parece com o delegado Dewey, daqueles filmes do *Pânico*?

— Com o David Arquette? — perguntou Duncan. — Mas eu sou mais bonito, né?

— Ah, claro, com certeza. — Confirmei com a cabeça. Não me imaginava nunca sentindo atração por ele, mas ele era meio atraente. De seu próprio jeito.

Rhys soltou um palavrão quando uma panqueca se espatifou no chão. Matt estava tentando explicar pacientemente o que ele tinha feito de errado e como corrigir, usando o mesmo tom de voz que usava para me ensinar a amarrar os cadarços, andar de bicicleta e dirigir um carro. Era tão estranho vê-lo sendo o irmão mais velho de outra pessoa.

— Wendy! — gritou Willa atrás de mim, e eu mal tinha me virado quando ela veio correndo em minha direção. Ela jogou os braços ao meu redor, surpreendendo-me com um forte abraço. — Estou tão feliz que você está bem!

— Hum, obrigada — eu disse, separando-me do abraço dela.

Willa Strom era alguns anos mais velha do que eu e a única Trylle além de Finn que me chamava de "Wendy", em vez de "princesa", então acho que isso fazia dela minha amiga. O pai dela, Garrett, era o único amigo de Elora, e Willa tinha sido incrivelmente prestativa e gentil depois que Finn foi embora pela primeira vez. Sem ela, a cerimônia do batizado teria sido um desastre mesmo antes da invasão dos Vittra.

— O meu pai contou que os Vittra a sequestraram e que ninguém sabia direito o que estava acontecendo. — Willa podia até ter um jeito esnobe, mas a preocupação em seu rosto era sincera. — Corri pra cá quando soube que você tinha voltado. Que bom que está aqui.

— É, também acho — falei, mas não sabia se era verdade ou não.

— Duncan? — Willa olhou-o, como se finalmente percebesse que ele estava ali. — Está brincando. Nunca que Elora deixaria você ser o rastreador dela.

— Está vendo só? Subestimado. — Duncan sorriu. Ele parecia sentir algum orgulho daquilo, então fiquei na minha.

— Ah, minha nossa! Tenho que falar com meu pai. — Willa balançou a cabeça, enfiando atrás das orelhas as ondas perfeitamente comportadas de seu cabelo castanho-claro. — Ele não pode ficar encarregado disso de jeito nenhum.

— Está tudo bem. Eu estou bem. — Dei de ombros. — Estou no palácio. O que é que pode acontecer aqui dentro?

Willa olhou para mim com ar de entendida, mas, felizmente, antes que ela pudesse dizer algo, Matt anunciou que o café da manhã estava pronto. Enquanto eu o entretinha com as histórias da vida de um Trylle, convenientemente deixei de mencionar a parte da invasão do palácio pelos Vittra e o fato de Oren ser o meu pai. Achei que aquilo o assustaria demais.

— Vai comer também? — perguntou Matt para Willa. Ele colocou as panquecas em pratos e, educado como sempre, incluiu-a. — Temos para todo mundo.

— São de mirtilo? — Willa enrugou o nariz, parecendo totalmente enojada com a possibilidade de comê-las. — Eca! Nunca.

— Elas são muito boas. — Matt empurrou o prato para ela.

Por motivos que eu não compreendia completamente, havia pouquíssimas comidas que nós gostávamos de verdade. Comíamos mais frutas frescas e vegetais. Eu não gostava de nenhuma espécie de suco, apesar de gostar de vinho. Panquecas eram feitas com farinha processada e açúcar, então elas nunca me pareciam muito apetitosas, apesar de eu comê-las havia anos para agradar Matt.

– Você não vai comer isso, vai? – Willa ficou completamente horrorizada quando eu peguei o garfo e me preparei para comer.

Matt também tinha dado um prato para Duncan. Com certeza as panquecas eram tão apetitosas para ele quanto para mim e Willa, mas Duncan fez o mesmo e ergueu o garfo.

– Estão muito boas – eu disse.

Ao longo dos anos, várias pessoas haviam repetido que elas eram muito boas, apesar de eu não saber como é que alguém podia sentir o gosto delas quando se afogavam tanto em calda como Matt e Rhys faziam. Duncan e eu não quisemos a calda. Nunca conseguiríamos nos forçar a comê-las daquele jeito.

– Cozinho para Wendy há anos – disse Matt, indiferente à reação de Willa. – Sei como fazer comida de que ela gosta.

Em geral, ele era muito bom nisso, mas também havia muitas vezes que eu comia o que ele preparava só para deixá-lo contente. E, claro, eu morreria de fome se não fizesse isso.

– Ah, é, claro – zombou Willa. – Como se eu fosse confiar num mänks de moletom e camisa colada para fazer *panquecas* para mim.

– Willa – falei. – Ele é meu irmão, tá? Então para com isso.

– O quê? – Ela inclinou a cabeça, sem entender o que eu estava dizendo. – Ah. Está dizendo que ele é seu irmão hospedeiro?

– Isso. – Dei uma boa garfada na panqueca e a enfiei na boca.

– Você sabe que ele não é seu *verdadeiro*...

Dividida

— Willa! — exclamei com a boca cheia, e engoli com dificuldade.
— Eu entendi a semântica. Agora esquece isso.

— Entendo que o babaca do Duncan coma isso. — Willa alisou a sua roupa de marca, tentando não parecer ofendida por eu ter perdido a paciência com ela. — Mas você é a princesa. Ele é burro demais para...

— Ei! — disse Matt. Ele estava comendo ao lado de Duncan, mas parou e a fulminou com o olhar. — Já entendi. Você é elegante, bonita e rica. Que legal. Mas, a não ser que queira fazer o café da manhã de todos nós, sugiro que você pare de reclamar e se sente.

— Nossa! — Rhys riu. Ele adorava quando ela era colocada em seu lugar.

Willa fez uma careta para Rhys, mas não falou nada. Quando Matt voltou a comer as panquecas, ela sentou-se no banco ao meu lado.

Desde o instante em que conheci Willa, ficou claro que ela andava por lá se achando. Ela era legal comigo por achar que éramos iguais, mas com certeza não sentia o mesmo em relação às outras pessoas.

— Estou com sede — disse Willa após um instante, soando amuada.

Automaticamente, Duncan levantou-se para pegar a água, mas Matt balançou a cabeça para ele, fazendo-o parar. Meio em dúvida, ele sentou-se novamente. Como rastreador, ele passava boa parte da vida servindo os changelings. Os rastreadores eram considerados funcionários, e a realeza os tratava assim.

— Você sabe onde é a geladeira — disse Matt, entre as mordidas.

Willa abriu a boca, mas não disse nada. Ela virou-se para mim, esperando que eu a ajudasse, mas a ignorei. Afinal, ela sabia mesmo onde ficava a geladeira.

Depois de pensar por um instante, ela levantou-se e foi até a geladeira. Rhys riu baixinho, mas Matt indicou para que ele ficasse quieto.

Achei tudo aquilo incrível. Finn tinha sido o rastreador de Willa e fora bastante rígido. Mas ela nunca prestava atenção nele, nem o tratava com o mesmo respeito com que tinha tratado Matt, que, pelos padrões Trylle, tinha uma posição bem inferior à de Finn.

Após conhecê-la por apenas cinco minutos, Matt havia feito com que ela obedecesse de uma maneira que ninguém jamais tinha conseguido.

Willa ficou comigo o resto da tarde e pareceu aliviada quando nos separamos de Matt e Rhys. Rhys queria jogar algum videogame de guerra ou algo do tipo, mas eu não estava a fim.

Em vez disso, Willa e eu fomos para o meu quarto. Duncan ficou lá fora por um tempo, mas terminei ficando com pena dele, então disse para ele entrar e se sentar.

Ela arrumou as minhas roupas só por gostar de fazer isso; deitei-me no chão enquanto a observava, pensando em como era estranho a minha vida ser aquela. Ela organizou as roupas de alguma maneira que eu não entendi, mesmo depois de ela ter explicado.

O tempo inteiro ela falou sobre como o seu treinamento estava correndo bem. Willa tinha o poder de controlar o vento, e ela não tinha dado muito valor a ele antes do ataque.

Mas agora ela queria ficar o mais preparada e forte possível. Imaginou que o meu treinamento também fosse começar muito em breve, já que era eu que precisava ficar mais preparada do que qualquer outra pessoa dali.

À noite foi o mesmo, e fiquei surpresa quando ela se juntou a nós para jantar. Dessa vez ela até comeu o que Matt cozinhou, e eu fiquei achando que o mundo inteiro estava virando de cabeça para baixo.

Fui me deitar logo depois, mas fiquei me revirando na cama a noite inteira. A minha mente estava acelerada demais para que eu conseguisse dormir. Parecia que tinha acabado de pegar no sono quando alguém me balançou para que eu acordasse. Afastei a pessoa e me aninhei ainda mais nas cobertas.

Só quando afundei o rosto no travesseiro me dei conta de que provavelmente devia estar assustada com a possibilidade de haver alguém no meu quarto. Afinal, com toda essa história de tentativa de sequestro pelos trolls ameaçadores e tal...

DEZ

reposicionamento

— Caraca! – gritou Tove Kroner, e pulou para trás ao lado da minha cama.

Eu tinha me sentado, quase pulando da cama, preparando-me para atacar quem quer que tivesse acabado de me acordar. No fim das contas era Tove, e eu não estava entendendo o que tinha feito com ele.

Até onde sabia, eu ainda não tinha nem reagido, tinha apenas me sentado. Mas Tove tinha se afastado e estava pressionando a palma da mão nas têmporas. Estava encurvado, o cabelo escuro caindo por cima do rosto.

– Tove? – Coloquei os pés para fora da cama e me levantei. Ele não respondeu, então me aproximei dele. – Tove? Você está bem? Eu fiz alguma coisa, foi?

– Fez. – Ele balançou a cabeça e endireitou a postura. Seus olhos estavam fechados, mas tinha tirado as mãos da cabeça.

– Desculpe. O que foi que fiz?

– Não sei. – Tove abriu bem a boca e alongou o maxilar, parecendo que tinha acabado de levar um tapa no rosto. – Eu vim acordá-la para o treinamento. E você...

Dividida

— Eu bati em você? – perguntei.

— Não, foi dentro da minha cabeça. – Tove ficou olhando para a frente com um jeito pensativo. – Não, tem razão. Foi como se você tivesse dado um tapa dentro da minha cabeça.

— Como assim?

— Nunca fez nada assim antes? Talvez quando estivesse com medo? – Ele virou-se e olhou para mim, ignorando a minha confusão para tentar resolver a dele.

— Não que eu saiba, mas eu nem sequer sei o que foi que fiz.

— Hum. – Ele suspirou e passou a mão no cabelo. – As suas habilidades ainda estão se desenvolvendo. Em breve elas vão se mostrar por completo, e talvez isso já tenha sido parte do processo. Ou talvez seja só porque eu sou eu.

— O quê?

— Porque sou psíquico – lembrou-me Tove. – A sua aura está muito escura hoje.

Ele não conseguia ler mentes nem nada do tipo, mas podia sentir as coisas. Eu projetava, então era capaz de entrar na mente das pessoas, assim como Elora, e usar a persuasão. Tove recebia, então ele era capaz de ver auras e era mais sensitivo em relação a emoções.

— O que isso significa? – perguntei.

— Que você está infeliz. – Tove parecia distraído e foi em direção à porta. – Vá se arrumar depressa. Temos muito o que fazer.

Ele saiu do meu quarto antes que eu fizesse mais perguntas, e eu não entendia o que Willa via nele. Não sabia ao certo se ela era a fim dele ou se o interesse dela era só porque a família dele era poderosa. Se eu não pudesse cumprir os meus deveres, os Kroners seriam os próximos na linha de sucessão ao trono, mais especificamente Tove.

Mas Tove era atraente. Seu cabelo escuro tinha um brilho suave e natural em todo o comprimento, apesar de ser um pouco longo e rebelde, indo até debaixo das orelhas. A pele tinha um tom leve e peculiar de cor de musgo, a tez verde que ocorria em certos Trylle poderosos. Ninguém ali tinha pele como aquela, exceto talvez a mãe dele, mas a dela era ainda mais sutil do que a de Tove.

Eu não sabia por que seria Tove que me treinaria. Não sabia bem se Elora o aprovaria, apesar de se conhecerem. Além disso, ele era cabeça de vento e um pouco estranho.

Tove tinha as habilidades mais fortes de todos os Trylle que eu conhecia, o que era particularmente bizarro, pois os homens costumavam ter habilidades mais fracas do que as mulheres.

Mas eu queria aprender a controlar as minhas habilidades, então imaginei que me faria bem passar um dia inteiro fazendo algo em vez de ficar mofando. Eu me vesti rapidamente e, quando saí do quarto, encontrei Tove conversando com Duncan.

– Está pronta? – perguntou Tove sem olhar para mim. Ele começou a andar mesmo antes de eu responder.

– Duncan, não precisa vir com a gente – falei para ele enquanto me apressava para alcançar Tove. Duncan estava me seguindo como sempre fazia, mas diminuiu o passo.

– É melhor ele vir – disse Tove, colocando o cabelo atrás das orelhas.

– Por quê? – perguntei, mas Duncan sorriu, feliz por ter sido incluído.

– Precisamos de alguém que sirva de cobaia – respondeu Tove displicentemente, e o sorriso de Duncan desapareceu na hora.

– Aonde vamos? – Eu estava quase correndo para acompanhar o ritmo de Tove, querendo que ele fosse mais devagar.

— Escutou isso? — Tove parou bruscamente, e Duncan quase esbarrou nele.

— O quê? — Duncan olhou ao redor, como se esperasse que um agressor estivesse aguardando atrás de uma das portas fechadas.

— Não escutei nada — eu disse.

— Não, é óbvio que não. — Tove apontou para mim.

— Por que eu não escutaria? O que quer dizer?

— Porque foi você que fez o som. — Tove suspirou, ainda olhando para Duncan. — Tem certeza de que não ouviu nada?

— Não — disse Duncan. Ele olhou para mim, esperando que eu pudesse esclarecer o motivo do comportamento inesperado de Tove, mas dei de ombros. Não fazia ideia do que ele estava falando.

— Tove, o que está acontecendo? — perguntei, falando mais alto para que ele prestasse atenção em mim.

— Você precisa tomar cuidado. — Tove inclinou a cabeça, escutando. — Você está quieta agora. Mas, quando fica chateada, irritada, com raiva ou com medo, você emite coisas. Você não consegue controlá-las, acho que não. Eu consigo perceber porque sou sensitivo. Duncan não consegue, e o Trylle comum também não, porque você não está direcionando a emoção para eles. Mas se eu consigo escutar, outros provavelmente também conseguem.

— O quê? Eu não falei nada — eu disse, ficando cada vez mais frustrada com ele.

— Você pensou: *Queria que ele fosse mais devagar* — disse Tove.

— Eu não estava usando persuasão nem nada — falei, embasbacada.

— Eu sei. Mas você vai pegar o jeito — garantiu ele, depois continuou a andar.

Ele nos levou para o andar de baixo. Não sabia muito bem para onde iria nos levar, mas certamente fiquei surpresa ao descobrir: o salão de baile que tinha sido devastado pelo ataque dos Vittra. O lugar antigamente era luxuoso, parecia mesmo um salão de baile de um conto de fadas da Disney. Pisos de mármore, paredes brancas com detalhes dourados, claraboias e candelabros com diamantes.

Após o ataque, ficara diferente. O teto de vidro tinha sido quebrado e, para que nada entrasse, haviam colocado lonas azuis e transparentes em cima dele, deixando o ambiente com uma coloração estranha. Ainda havia vidro e candelabros quebrados no chão, assim como cadeiras e mesas destruídas. O piso e as paredes estavam escurecidos por causa do incêndio e da fumaça.

– Por que estamos aqui? – perguntei. A minha voz ainda ecoava graças à amplitude do salão, embora amenizada pelas lonas.

– Eu gosto daqui. – Tove estendeu as mãos, usando a telecinese a fim de afastar os escombros para as laterais do salão.

– A rainha sabe que estamos aqui? – perguntou Duncan. Ele não estava se sentindo à vontade ali, e tentei lembrar se ele estava presente na hora do ataque. Eu não prestara muita atenção, e conheci tanta gente naquela noite que não dava para saber.

– Não sei – disse Tove, dando de ombros.

– Ela sabe que você vai me treinar? – perguntei. Ele fez que sim com a cabeça, de costas para mim, olhando ao redor. – Por que é você que vai me treinar? As suas habilidades não são as mesmas que as minhas.

– Elas são parecidas. – Tove virou-se para olhar para mim. – E não existem duas pessoas exatamente iguais.

Dividida

– Já treinou alguém antes?
– Não. Mas sou a pessoa mais adequada para treiná-la – disse ele, e começou a dobrar as mangas da camisa.
– Por quê? – perguntei, e percebi que Duncan também estava com uma expressão questionadora.
– Porque você é poderosa demais para as outras pessoas. Elas não seriam capazes de ajudá-la a usar o seu potencial porque não o compreendem tanto quanto eu. – Ele terminou de arregaçar as mangas e colocou as mãos nos quadris. – Está pronta?
– Acho que sim – eu disse sem convicção, sem saber para o que é que eu precisava estar pronta.
– Mova isso. – Ele apontou vagamente para a bagunça espalhada pelo salão.
– Quer dizer, com a mente? – Balancei a cabeça. – Não sei fazer isso.
– Já tentou? – rebateu Tove, com os olhos brilhando.
– Bom... não – admiti.
– Tente.
– Como?
– Se vira – disse ele.
– Você é excelente nessa coisa de treinamento – falei, suspirando.
Tove riu, mas fiz o que ele mandou. Decidi começar com algo mais fácil, então escolhi uma cadeira quebrada perto de nós. Fixei o olhar nela, concentrada. A única coisa que eu sabia usar era a persuasão, então pensei em movê-la assim. Na minha mente, repeti: *Quero que a cadeira se mova, quero...*
– Não! – disse Tove, fazendo com que eu me desconcentrasse.
– Está pensando da maneira errada.

— E era para eu pensar como?

— Não é uma pessoa. Você não pode dizer para ela o que fazer. *Você* é que tem que movê-la — disse Tove, como se isso esclarecesse o que queria dizer.

— Como? — perguntei novamente, mas ele não disse nada. — Seria mais fácil se você me explicasse.

— Não posso explicar. Não é assim que funciona.

Resmunguei algumas coisas inadequadas e me virei para a cadeira, preparando-me para me concentrar.

Então eu não podia dizer para a cadeira se mover. *Eu* é que tinha que movê-la. Mas como transformar isso em pensamento? Espremi os olhos, esperando que aquilo ajudasse de alguma maneira, e repeti: *Mova a cadeira, mova a cadeira.*

— Veja só o que você fez — disse Tove.

Eu achava que nada tinha acontecido, mas então vi Duncan indo em direção à cadeira.

— Duncan, o que está fazendo?

— Eu, hum... estou movendo a cadeira. Eu acho. — Ele pareceu confuso, mas lúcido, e após erguer a cadeira, me deu um olhar ainda mais perplexo. — Só não sei para onde.

— Coloque em qualquer canto — eu disse para ele e me virei para Tove. — Eu que fiz isso?

— Claro que sim. Eu a escutei entoar em alto e bom som, e, se você tivesse um domínio melhor disso, eu é que estaria lá erguendo a cadeira. — Ele cruzou os braços, lançando um olhar que beirava a desaprovação.

— Eu não estava tentando fazer isso. Não estava nem olhando para ele.

— O que só piora a situação, não é? – perguntou Tove.

— Não entendo – disse Duncan. Ele havia colocado a cadeira no chão e, tendo cumprido o seu dever, veio na nossa direção. – O que esperava que eu fizesse?

— Você precisa aprender a controlar sua energia antes que alguém se machuque. – Tove olhou para mim solenemente, com os olhos cor de musgo bem fixos nos meus por quase um minuto inteiro. Ele fez um gesto ao redor da cabeça, assim como Loki fez quando me explicou que sabia que eu tinha persuasão. – Tem tanta coisa acontecendo dentro de você. Parece uma...

— Estática? – sugeri.

— Exatamente! – Ele estalou os dedos e apontou para mim. – Você precisa sintonizá-la, colocar suas frequências no lugar certo, como um rádio.

— Adoraria fazer isso. Mas me diga como.

— Não é uma questão de apertar um botão. Você não tem um botão de ligar e desligar. – Ele andava formando um círculo enorme e preguiçoso. – É algo que você tem que praticar. É como aprender a usar o penico. Você tem que aprender quando segurar e quando soltar.

— Que comparação mais sexy – eu disse.

— Você é capaz de mover a cadeira. – Tove parou repentinamente. – Mas isso pode esperar. Você precisa aprender a controlar a sua persuasão. – Ele olhou para Duncan. – Duncan, você não se importa de testarmos em você, não é?

— Hum... acho que não...

— Diga para ele fazer alguma coisa. Qualquer coisa. – Tove inclinou a cabeça, ainda olhando para Duncan, depois se virou para mim. – Mas se certifique de que eu não vou escutar.

— Como? Eu nem sabia que você estava escutando — salientei.

— Concentre-se. Você tem que concentrar sua energia. É imprescindível.

— Como? — repeti.

Ele continuava dizendo que eu devia fazer as coisas sem me dar nenhuma pista de como fazê-las. Ele podia muito bem estar dizendo para eu construir um maldito foguete. Eu não tinha ideia do que fazer.

— Você ficava mais concentrada quando estava perto de Finn — disse Tove. — Ficava mais equilibrada.

— Bem, ele não está aqui — falei sem paciência.

— Não importa. *Ele* não fez nada — prosseguiu Tove, indiferente. — É você que tem o poder. Você é quem tinha os pés no chão quando ele estava por perto. Então é você quem vai saber como fazia isso.

Não queria pensar em Finn ou na maneira como eu ficava perto dele. Uma das razões pelas quais me animei com esse treinamento foi porque seria uma distração e assim eu não pensaria nele. E agora Tove estava dizendo que Finn era a chave do meu sucesso. Perfeito.

Em vez de gritar com Tove, eu me afastei dele. Odiava a maneira como ele parecia saber de tudo sem ter a habilidade de articular nada. Estiquei os braços e alonguei o pescoço, aliviando a tensão. Duncan estava prestes a dizer algo, mas Tove pediu para que ele ficasse quieto.

Finn. Quando eu estava perto de Finn, o que é que eu fazia de diferente? Ele me enlouquecia. Fazia o meu coração disparar e o meu estômago revirar, e era difícil não olhar para ele. Toda vez que ele estava por perto, eu mal conseguia pensar em alguma coisa.

Então era isso. Era quase simples demais.

Quando Finn estava por perto, eu me concentrava nele, o que de alguma maneira reprimia a minha energia. Se a minha mente consciente se concentrava em algo, o restante da mente também ia junto. Talvez a minha energia estivesse surtando agora porque eu estava tentando *não* pensar em Finn.

Finn não era a chave. Mas, quando ele estava por perto, eu tinha deixado a minha mente se concentrar. Quando não estava, eu tentava não pensar em nada, pois parecia que tudo me lembrava dele. Tudo, em todos os cantos, agarrando-se a qualquer coisa que pudesse.

Fechei os olhos. *Pense em alguma coisa. Concentre-se em qualquer coisa.*

Pensei primeiramente em Finn, como sempre acontecia, mas o afastei dos pensamentos. Logo depois pensei em Loki, e aquilo me chocou, então o descartei imediatamente. Não queria me concentrar nele. Nem em ninguém, na verdade.

Pensei no jardim atrás do palácio. Era maravilhoso, e eu o adorava. Elora tinha pintado um belo quadro dele, mas que não fazia jus ao lugar. Lembrei o cheiro das flores, a sensação fria da grama nos meus pés descalços. Borboletas voavam pelos cantos, e dava para ouvir o barulho do riacho passando perto de mim.

– Tente agora – sugeriu Tove.

Eu me virei para olhar Duncan. Ele estava com as mãos nos bolsos e engoliu em seco, como se tivesse medo de que eu fosse dar um tapa nele. Com a imagem do jardim ainda na cabeça, comecei a repetir: *Assobie "Brilha, brilha, estrelinha"*. Parecia uma coisa comum, mas era exatamente o que eu queria. Não queria machucá-lo.

O rosto dele relaxou, seus olhos ficaram sem expressão, e ele começou a assobiar. Sentindo-me contente comigo mesma, olhei para Tove.

— E então? — perguntei esperançosamente.

— Não escutei. — Tove sorriu. — Excelente trabalho.

Passei o resto do dia testando coisas em Duncan. Ao ver que as primeiras tentativas não causaram nenhuma dor, Duncan relaxou mais em relação àquilo. Ele foi bem gente boa, considerando que eu o fiz assobiar, dançar, bater palmas e fazer um monte de coisas bobas.

Tove pôs-se a explicar o que tinha dado errado com Rhys, com a incapacidade dele de se sentar. Aparentemente, quanto mais concentração e intensidade eu usava ao tentar persuadir as pessoas, mais permanente era a ordem.

Rhys era humano, então a sua mente já era mais maleável do que a de um Trylle, assim ele era mais suscetível à persuasão. Eu pouco precisava me esforçar para que funcionasse nele. Tinha usado bem mais energia do que o necessário. Precisava aprender a controlar as doses da minha persuasão de acordo com o alvo.

Claro que eu era capaz de desfazer qualquer ordem que desse, assim como fiz Rhys parar de ficar sentado para ficar em pé, e vice-versa. Mas com a energia desconcentrada era possível persuadir as pessoas sem nem sequer tentar, e por isso fiz Duncan mover a cadeira.

Passei o resto do dia tentando conter a minha energia, pois ela podia ser muito perigosa. Quando o dia acabou, eu estava exausta. O fato de eu não ter feito nem um intervalo de almoço piorava a situação, mas eu não estava mesmo a fim de comer.

Tove tentou me assegurar de que com o tempo tudo aquilo seria natural para mim, como respirar ou piscar. Mas, levando em conta como eu me sentia naquele momento, não acreditei nele.

Dividida

Acompanhei Tove até a porta da frente, depois fui ao meu quarto para tomar um banho e cochilar. Duncan foi ao seu quarto, tendo coragem de me deixar sozinha para que ele mesmo pudesse tirar um cochilo. Dar uma de ratinho de laboratório também tinha sido cansativo.

Quando eu estava indo para o quarto, vi algo que me tirou dos devaneios.

– Essa é a rainha Sybilla – dizia Willa, apontando para um quadro na parede. Matt estava ao lado dela, admirando a obra de arte enquanto ela explicava: – Ela é uma das monarcas mais reverenciadas. Acho que nos governou durante a Guerra do Longo Inverno, o que deve ter sido bem pior do que parece.

– Um longo inverno? – Matt deu um baita sorriso, e ela riu. Foi bom ouvir aquele som; acho que nunca a tinha escutado rir daquela maneira antes.

– Eu sei. É bobo mesmo. – Ela estava com o cabelo preso num rabo de cavalo, o que a deixava com uma aparência mais descontraída, e alisou um fio de cabelo solto. – Para ser bem sincera, isso é quase tudo sem graça.

– É, dá pra ver. – Matt sorriu.

– Oi, pessoal – eu disse hesitantemente, indo na direção deles.

– Ah, oi! – Willa sorriu mais ainda, e os dois se voltaram para mim.

Como sempre, ela estava super bem-vestida e deslumbrante. A blusa era cavada, com um pingente de diamante logo acima do decote. Ela usava muitas joias – pulseiras com berloques, tornozeleira, brincos e anéis –, mas aquilo tudo era uma característica dos Trylle. Nós éramos fascinados por penduricalhos. Eu não era tão exagerada quanto Willa, mas sempre tive um fraco por anéis.

– Onde você estava? – perguntou Matt, mas ele não parecia preocupado nem contrariado. Apenas curioso.

– Treinando com Tove. – Dei de ombros, diminuindo a relevância do acontecimento. Imaginei que Willa fosse dar um gritinho e insistir para que eu contasse mais detalhes, mas ela não mostrou nenhum entusiasmo. – O que estão fazendo?

– Eu vim ver se você queria alguma coisa, e o seu irmão estava perambulando feito um cãozinho perdido. – Ela riu um pouco, e ele balançou a cabeça e massageou a parte de trás do pescoço.

– Não sou um cãozinho perdido. – Ele sorriu, mas seu rosto corou. – Eu não tinha nada para fazer.

– Isso. Daí pensei em mostrar a casa a ele. – Willa apontou para os corredores. – Estava tentando explicar a sua formidável linhagem.

– Eu não entendo mesmo – disse Matt, meio cansado.

– Eu também não – admiti, e os dois riram.

– Está com fome? – perguntou Matt, e fiquei feliz ao vê-lo retomar um assunto mais normal. Como se preocupar em saber se eu tinha comido. – Eu ia agorinha lá embaixo fazer um jantar para mim, para Rhys e aquela garota do nome estranho.

– Rhiannon? – lembrou Willa.

– Isso, ela. – Matt concordou com a cabeça.

– Ah, ela é bem legal – disse Willa, e o meu queixo caiu.

Rhiannon era a mänsklig de Willa, o que significava que ela era a garota por quem Willa tinha sido trocada ao nascer. Rhiannon era amiga de Rhys e era incrivelmente meiga, mas eu nunca tinha escutado Willa falando dela desse jeito.

– Ela e Rhys estão namorando ou algo assim? – perguntou Matt, olhando para Willa.

– Sei lá. Ela é super a fim dele, mas não sei o que ele sente por ela. – Willa pareceu feliz com aquela possibilidade. Normalmente, quando falava de Rhys ou de qualquer mänks, ela soava entediada.

– Então, o que acha? – Matt virou-se para mim. – Vai jantar?

– Não, obrigada. – Balancei a cabeça. – Estou bem acabada. Preciso tomar um banho e tirar um cochilo.

– Tem certeza? – perguntou Matt, e eu concordei. – E você, Willa? Tem planos para o jantar?

– Hum, não. – Ela sorriu para ele. – Adoraria comer aqui.

– Ótimo – disse Matt.

Eu me livrei daquela conversa o mais rápido possível. Era estranha demais, não dava para lidar com aquilo. Willa estava sendo boazinha demais e agora estava até disposta a comer de boa vontade algo preparado por um mänks.

Sem falar na maneira como Matt estava se comportando, que parecia... ter algo de errado. Era difícil entender o que estava acontecendo exatamente, mas fiquei aliviada ao sair de perto deles.

ONZE

estrelinha

Ter mais um longo dia de treinamento não melhorou o meu humor em nada. O meu controle estava melhorando, o que era bom. Mas estava ficando cada vez mais difícil não pensar em Finn. Achei que com o tempo ficaria mais fácil, mas não ficou. A dor só parecia aumentar.

Passamos a manhã na sala do trono, aonde eu nunca tinha ido antes. Era na verdade um átrio, com uma claraboia abobadada bem no alto. A sala era circular, com a parede curvada atrás do trono feita inteiramente de vidro. Havia videiras crescendo por cima dos desenhos dourados e prateados feitos nas paredes, parecendo o exterior do palácio.

Considerando-se a altura do teto, a sala em si não parecia tão grande, mas não precisava ser. Tove mencionou casualmente que ela era usada apenas para encontrar dignitários.

Havia um trono solitário no centro da sala, acolchoado com um veludo vermelho luxuoso. Havia uma cadeira menor em cada lateral dele, mas não eram tão elegantes. Em vez de madeira, o trono era feito de uma platina que se entrançava, formando padrões de renda. Havia diamantes e rubis incrustados no metal.

Dividida

Fui até ele e toquei delicadamente o veludo macio. Parecia novo em folha, estava felpudo demais para que já tivesse sido usado. Senti com as pontas dos dedos os braços pesados de metal, surpreendentemente lisos. Passei a mão em torno dele, percorrendo os formatos em espiral da treliça.

— Se está planejando mover isso com a mente, sugiro que comece a praticar — disse Tove.

— Por que viemos praticar aqui? — Eu me virei para ele, afastando-me da cadeira. Não sei por que, mas havia algo nela que me cativava, que fazia aquilo tudo ficar mais real.

— Gosto daqui porque é espaçoso. — Ele apontou ligeiramente para a amplitude da sala. — Ajuda os meus pensamentos. E estão trabalhando no salão de baile hoje, então não podíamos ficar lá.

Quase relutantemente, saí de perto do trono e fui até Tove para ver que aula críptica ele tinha à minha espera. Duncan ficou na lateral da sala a maior parte da manhã, ganhando um descanso de ser minha cobaia. Tove queria que eu trabalhasse novamente no controle dos meus pensamentos, dessa vez usando táticas que faziam ainda menos sentido para mim.

Fiquei parada olhando para uma parede, e, enquanto contava até mil, deveria imaginar o jardim e usar a persuasão. Já que eu não estava usando em ninguém, não sabia exatamente como seria capaz de dizer se estava funcionando ou não, mas Tove disse que o objetivo era que eu aprendesse a flexionar os meus músculos psíquicos. A minha mente teria que aprender a conciliar um monte de ideias, algumas contraditórias entre si, para que eu pudesse ter controle sobre isso.

Enquanto eu praticava, ele ficou esparramado no mármore frio do chão. Duncan terminou se cansando e foi até o trono, sentando-se nele com as pernas cruzadas. Fiquei um pouco irritada com isso, mas não sabia o motivo, então não disse nada. Eu não tolerava a aristocracia e não ia obrigar Duncan a obedecer as regras dela.

– Como você está? – perguntou Tove, falando pela primeira vez em cerca de meia hora. Todos ficaram em silêncio enquanto eu tentava dominar o que quer que fosse que devia dominar.

– Fantástica – resmunguei.

– Ótimo. Vamos incluir uma música. – Ele olhou para a claraboia, observando as nuvens passando em cima da gente.

– O quê? – Parei de contar e esqueci a persuasão por um instante para poder me virar na direção dele. – Por quê?

– Ainda consigo escutá-la – disse Tove. – Está ficando mais fraco, mas é como o zunido que a pessoa escuta dos fios de alta tensão. Você precisa silenciar o barulho dentro de sua própria cabeça.

– E fazer um milhão de coisas ao mesmo tempo vai ajudar? – perguntei ceticamente.

– Sim. Você está ficando mais forte, o que significa que está aprendendo a manter as coisas dentro de si mesma. – Ele deitou, encerrando o assunto. – Agora acrescente uma música.

– O que devo cantar? – Suspirei, virando-me para a parede.

– Nada de "Brilha, brilha, estrelinha". – Duncan fez uma careta. – Estou com essa música na cabeça por algum motivo.

– Sempre gostei dos Beatles – disse Tove.

Olhei para Duncan, que ficou surpreso e deu um grande sorriso. Suspirando novamente, comecei a cantar "Eleanor Rigby". Errei a letra algumas vezes, mas Tove não reclamou, o que foi até bom. Era difícil tentar fazer isso *e ao mesmo tempo* lembrar a letra de uma música que eu não escutava havia anos.

– Espero não estar atrapalhando. – A voz de Elora arruinou minha tentativa de concentração, então parei de cantar e me virei para ela.

Dividida

Duncan saiu atrapalhadamente da cadeira, mas não antes de eu ver o olhar fulminante que ela lhe lançou. Ele olhou para baixo a fim de que o cabelo cobrisse as faces cor de carmim.

– Não está – eu disse, sem mostrar surpresa. Dessa vez fiquei até contente em ver Elora, pois a sua chegada significava que eu poderia descansar um pouco.

Elora examinou a sala com desdém, mas eu não sabia direito o que ela reprovava, pois ela devia ter, no mínimo, influenciado o projeto do lugar. Entrou na sala, o vestido longo cercando os seus pés. Tove não se levantou e observou-a com interesse, sem constrangimento.

– Posso ter um instante a sós com a princesa? – perguntou Elora sem olhar para ninguém. Ela parou propositalmente de costas para nós três.

Duncan balbuciou um pedido de desculpas ao sair da sala, tropeçando nos próprios pés. Tove saiu mais lentamente, sempre contente por fazer as coisas no seu próprio tempo. Ele passou a mão no cabelo bagunçado e distraidamente fez um comentário para que eu o procurasse quando terminasse.

– Eu nunca gostei muito desta sala – disse Elora depois que eles foram embora. – Sempre achei que tinha mais jeito de estufa do que de sala do trono. Sei que era essa a ideia, para nos ajudar a manter nossas raízes mais orgânicas, mas nunca achei que tivesse dado certo.

– Eu acho bonita. – Entendi o que ela quis dizer, mas ainda assim era uma bela sala. Todo aquele vidro deixava o ambiente com um ar elegante e opulento.

– O seu "amigo" ainda está aqui no palácio. – Ela escolheu as palavras cuidadosamente e se aproximou do trono. Passou os dedos pelos braços dele, assim como eu fizera, deixando as unhas com esmalte preto passearem pelos detalhes.

— O meu amigo?

— Sim. O... garoto. Matt, não é? — Elora levantou a cabeça, encontrando o meu olhar para ver se estava correta.

— Quer dizer, o meu irmão — eu disse afirmativamente.

— Não o chame assim. Pense nele como quiser, mas se alguém ouvir você falando isso... — A voz dela foi baixando — Quanto tempo ele vai ficar conosco?

— Até eu achar que é seguro ele ir embora. — Endireitei a postura, preparando-me para outro confronto, mas ela não falou nada. Elora simplesmente concordou com a cabeça uma vez e olhou para a janela. — Não vai me contestar?

— Sou rainha há algum tempo, princesa. — Ela sorriu de leve para mim. — Sei escolher minhas batalhas. Acho que essa é uma que eu não seria capaz de vencer.

— Então, por você tudo bem? — perguntei, incapaz de disfarçar o contraste na minha voz.

— Aprende-se a tolerar as coisas que não se pode mudar — disse Elora, simplesmente.

— Quer conhecê-lo ou algo assim? — Não sabia direito o que devia fazer.

Não sabia por que ela tinha vindo falar comigo se não era para me impedir de fazer algo nem para dizer que eu havia feito algo errado. Parecia que ela só me procurava por essas razões.

— Tenho certeza de que vou vê-lo no momento certo. — Ela alisou o cabelo preto e veio um pouco mais para perto de mim. — Como vai o treinamento?

— Vai bem — eu disse displicentemente. — Não compreendo muita coisa, mas está tudo bem. Eu acho.

— Está se dando bem com Tove? — Os olhos escuros dela encontraram os meus novamente, como se estivesse me analisando.

– Sim. Ele é legal.

Não sei o que foi que ela viu em mim, mas algo a agradou, pois concordou com a cabeça e sorriu. Elora continuou conversando comigo mais uns minutos, fazendo mais perguntas sobre o treinamento, mas perdeu rapidamente o interesse pela conversa. Disse que tinha que ir embora por causa de negócios a cuidar.

Depois que ela saiu, Tove voltou para continuarmos o treinamento, mas sugeri que em vez disso nós fôssemos almoçar. Fomos até a cozinha e encontramos Matt preparando algo para ele e Willa. Rhys estava no colégio, então só encontramos eles dois.

Willa jogou uma uva para Matt, ele a jogou de volta, e ela deu risadas. Se Tove percebeu algo de estranho na brincadeira dos dois, não falou nada, mas ele mal tirava os olhos do prato. Ele comeu em silêncio absoluto enquanto eu observava Matt e Willa, confusa e paralisada.

Comi com pressa, e, em seguida, eu e Tove voltamos para o treinamento. Matt e Willa continuaram comendo. Eles não pareceram se importar por estarmos indo embora.

Durante o resto do dia não tive muito tempo para pensar em como o comportamento de Matt e Willa era encenação. O treinamento prosseguiu na sala do trono quase da mesma maneira como tinha acontecido pela manhã. No fim do dia, comecei a me sentir cansada, mas só parei quando Tove encerrou tudo.

Depois que Tove foi embora, Duncan me seguiu até o andar de cima. Eu não conseguia me livrar dele de jeito nenhum, não importava o que eu dissesse. Queria ficar sozinha, mas deixei Duncan ficar no quarto. Sentia-me estranha e cruel fazendo-o ficar lá fora no corredor o tempo todo.

Sabia que era para Duncan ser um guarda-costas, mas ele não era um sujeito qualquer com um aparelho de escuta no ouvido. Era apenas um garoto de calça jeans colada, então era difícil tratá-lo como funcionário.

— Não entendo por que você odeia tanto isso aqui — disse Duncan, admirando o meu quarto.

— Eu não odeio — falei, mas não sabia se era verdade.

O meu cabelo estava preso num coque bagunçado, e eu o soltei, passando os dedos entre os cachos e nós. Duncan estava vendo os objetos na minha mesa, tocando no meu computador e nos meus CDs. Eu não teria gostado disso se as coisas fossem minhas de verdade. Tudo já estava no quarto quando eu me mudei. Apesar de aquele ser o meu quarto, parecia que quase nada dali era mesmo meu.

— Então por que fugiu? — Duncan pegou um CD do Fall Out Boy e analisou a lista de músicas.

— Achei que soubesse o motivo. — Fui para a cama, mergulhando no exagero de travesseiros e cobertores. Dobrei um travesseiro debaixo da cabeça para poder enxergá-lo melhor. — Você parecia saber de tudo.

— Quando? — Ele colocou o CD de volta na mesa e olhou para mim. — Eu nunca aparento como se soubesse de tudo.

— É verdade — eu disse, afastando um cacho escuro da testa. — Mas na minha casa, quando você foi me buscar, achei que soubesse.

Quando o conheci, ele falou alguma coisa. Não lembrava exatamente o quê, mas ele indicou que sabia o que tinha acontecido entre Finn e mim. Ou ao menos sabia que Finn tinha sido dispensado por causa do que sentia por mim.

Mas eu não tinha mais certeza sobre os sentimentos de Finn. Duvidava que eles fossem reais agora, se é que tinham sido em algum momento. Naquela mesma cama havíamos nos beijado e nos abraçado. Eu queria ter feito mais coisas, mas Finn parou, dizendo que não queria me causar nenhum problema. Mas talvez ele nunca tivesse gostado de mim de verdade.

Se tivesse, não teria ido embora daquele jeito. Era impossível.

– Não sei do que está falando. – Duncan balançou a cabeça. – Acho que nunca entendi por que você foi embora.

– Devo ter imaginado, então. – Deitei-me de costas para olhar para o teto. Antes que ele pudesse me perguntar mais sobre aquilo, mudei de assunto. – E o que aconteceu com vocês, afinal?

– Quando? – Ele tinha deixado os CDs e estava vendo atentamente a minha pequena coleção de livros.

Eles não eram tão ruins, mas todos tinham sido escolhidos por Rhys e Rhiannon, então não faziam muito o meu tipo. A não ser por um livro de Jerry Spinelli, não havia nada que eu teria comprado para mim.

– Lá na minha casa. Vocês foram embora e os Vittra me sequestraram. O que vocês fizeram? Para onde foram?

– Não chegamos muito longe. Finn queria ficar por perto. Ele achou que você terminaria mudando de ideia. – Duncan ergueu um livro e o folheou de um jeito distraído. – Uma quadra adiante eles vieram pra cima de nós. Bastou um cara de cabelo loiro bagunçado olhar para a gente que nós apagamos.

– Loki – eu disse, suspirando.

– Quem? – perguntou Duncan, e eu balancei a cabeça.

Os Vittra deviam estar à espreita, esperando a oportunidade de surpreender Finn e Duncan. Quando conseguiram, Loki cuidou deles. Finn teve sorte por ter apenas desmaiado. Kyra parecia estar louca para me destruir.

Ela provavelmente tinha sido enviada para me pegar primeiro, e em seguida Loki neutralizou Finn e Duncan. Loki não parecia gostar muito de violência. Na verdade, se ele não tivesse interrompido, Kyra podia até ter me matado.

– Espera. – Duncan estreitou os olhos na minha direção, como se tivesse percebido algo. – Pensou que nós tínhamos abandonado você lá?

– Eu não sabia o que pensar – falei. – Vocês simplesmente foram embora, e eu não esperava que fossem fazer isso. Não queria ir com vocês, mas vocês partiram sem nem discutir. Achei que talvez...

– É por isso que está tão deprê?

– Não estou deprê! – Estava um pouco triste desde que voltei. Bom, desde antes, na verdade, mas não achei que estivesse *deprê*.

– Não, está sim – garantiu-me ele com um sorriso. – Nunca a abandonaríamos daquele jeito. Você era um alvo fácil. Finn nunca deixaria que acontecesse algo com você. – Ele tinha se virado para as minhas coisas e pegado o meu iPod. – Nem agora ele consegue abandoná-la, e olha que aqui você está completamente segura.

– O quê? – O meu coração disparou. – Do que você está falando?

– O quê? – Duncan percebeu tarde demais que tinha falado muito, e ele ficou pálido. – Nada.

– Não, Duncan, o que está dizendo? – Eu me sentei, sabendo que devia ao menos fingir que aquilo não me interessava tanto, mas não consegui me conter. – Finn está aqui? Está dizendo que ele está *bem aqui*?

– Não é para eu dizer nada. – Ele mudou de posição, inquieto.

– Tem que me contar – insisti, indo rapidamente para a beirada da cama.

– Não, Finn me mataria se soubesse que eu falei alguma coisa. – Duncan ficou olhando para os pés e brincando com o gancho quebrado do cinto. – Desculpe.

— Ele disse para você não me contar que ele está aqui? — perguntei, mais uma vez sentindo uma pontada dolorosa no coração.

— Ele não está aqui, tipo dentro do palácio. — Duncan gemeu e olhou para mim envergonhadamente. — Se eu me encrencar em seja lá o que vocês têm juntos, nunca vou conseguir trabalho novamente. Por favor, princesa. Não me faça contar nada.

Só quando as palavras saíram da boca dele é que percebi que eu era *sim* capaz de fazer com que ele me contasse. Minha persuasão não era forte o suficiente para pessoas como Tove e Loki, mas eu tinha usado Duncan para treinar. Ele era bastante suscetível aos meus apelos.

— Onde ele está, Duncan? — perguntei, olhando bem para ele.

Nem precisei entoar na minha cabeça. Assim que falei, o maxilar dele relaxou e os olhos ficaram sem expressão. A mente dele estava extremamente influenciável, e eu me senti mal. Teria de compensá-lo depois por isso.

— Ele está em Förening, na casa dos pais — disse Duncan, piscando com força para mim.

— Na casa dos pais?

— Sim, eles moram aqui perto. — Ele apontou para o sul. — É só seguir a rua principal em direção ao portão, pegar a terceira à esquerda no caminho de cascalhos. Desça um pouco pela lateral da ribanceira; eles moram numa casa pequena. É a que tem as cabras.

— Cabras? — perguntei, imaginando se Duncan não estava brincando.

— A mãe dele cria cabras angorás. Ela faz suéteres e cachecóis com o pelo e vende. — Ele balançou a cabeça. — Já falei demais. Estou lascado.

— Não, você vai ficar bem. — Assegurei-o enquanto pulava da cama.

Corri até o closet para trocar de roupa. Não estava feia, mas, se era para ver Finn, tinha que ficar bonita. Duncan não parava de resmungar que era um idiota por ter me contado. Tentei acalmá-lo, mas a minha mente estava acelerada demais.

Não estava acreditando no quanto eu tinha sido burra. Imaginei que, assim que designaram que não era mais para ele ficar comigo, tinham enviado Finn para rastrear outra pessoa. Mas só nesse momento pensei que ele tinha que ter um intervalo antes do trabalho seguinte, logo tinha que ficar em algum lugar. Se não estava morando no palácio, a casa dos pais era a escolha que mais fazia sentido. Ele tinha falado pouco a respeito deles, e nunca imaginei que eles pudessem ser vizinhos.

– Elora vai descobrir. Ela sabe de tudo – murmurou Duncan enquanto eu saía do closet.

– Prometo de verdade que não vou contar pra ninguém. – Olhei-me no espelho. Eu estava pálida, dispersa e apavorada. Finn gostava mais do meu cabelo solto, então o deixei assim, apesar de estar bagunçado.

– Ela vai descobrir mesmo assim – insistiu Duncan.

– Vou proteger o seu emprego – eu disse, mas ele ainda parecia cético. – Sou a princesa. Tenho alguma influência por aqui. – Ele ignorou, mas percebi que eu tinha conseguido atenuar parte de seus temores. – Tenho que ir. Não pode dizer pra ninguém onde estou.

– Eles vão surtar se não souberem onde você está.

– Bem... – Olhei ao redor, pensando. – Fique aqui. Se alguém aparecer me procurando, diga que estou tomando banho e que não quero ser incomodada. Somos os álibis um do outro.

– Tem certeza? – Ele ergueu uma sobrancelha.

– Sim – menti. – Tenho que ir. E obrigada.

Dividida

Duncan ainda não parecia convencido de que aquilo era uma boa ideia, mas ele não teve escolha. Saí correndo do palácio, tentando ser o mais discreta possível. Elora tinha colocado mais alguns rastreadores perambulando pelos cantos para vigiar o local, mas passei furtivamente por eles sem que me percebessem.

Quando abri as portas da frente, percebi que nem sabia por que estava com tanta pressa de ver Finn. O que eu pretendia fazer quando o encontrasse? Convencê-lo a vir comigo? Será que eu queria mesmo isso?

Do jeito que as coisas ficaram entre a gente, eu estava indo atrás de quê?

Não dava para responder ao certo. Só sabia que precisava vê-lo. Corri pela rua sinuosa, indo para o sul, e tentei me lembrar do caminho que Duncan explicou.

DOZE

parente

O caminho de cascalhos chegava ao fim num declive íngreme. Não saberia se estava na direção certa se não fosse pelo balido das cabras.

Quando fiz a curva, vi a pequena casa de campo na encosta. Era tão coberta por moitas e videiras que não a teria avistado se não fosse pela fumaça saindo da chaminé.

O pasto das cabras era um pouco mais nivelado do que o resto da ribanceira; ficava num planalto. Elas ficavam isoladas por uma cerca de madeira. O pelo comprido delas era de um branco desbotado.

Mas o céu escuro e o frio do ar não davam muito colorido ao lugar. Até as folhas que cobriam o jardim ao redor da casa de Finn, já douradas e vermelhas, pareciam esmaecidas.

Agora que tinha chegado ali, não sabia o que fazer. Coloquei os braços ao redor do corpo e engoli em seco. Será que devia bater na porta? E o que é que eu tinha a dizer para ele? Ele foi embora. A escolha foi dele, e eu já sabia disso.

Olhei na direção do palácio, imaginando se não seria melhor voltar para casa sem falar com Finn. Mas a voz de uma mulher me interrompeu, e eu me virei para a casa de Finn.

Dividida

— Já alimentei vocês – dizia a mulher para as cabras.

Ela estava caminhando no meio do pasto, vindo do pequeno celeiro, que ficava mais adiante no campo. Seu vestido surrado arrastava-se no chão, e a bainha estava imunda. Um manto escuro cobria os ombros, e o cabelo castanho estava preso em dois coques apertados. As cabras aglomeravam-se ao redor dela, implorando por uma esmola. Ela estava ocupada demais tentando afastá-las, por isso demorou a perceber que eu estava ali.

Quando me viu, os seus passos ficaram tão lentos que ela quase parou de vez. Os seus olhos eram tão pretos quanto os de Finn e, apesar de ela ser muito bonita, o seu rosto era o mais cansado que eu tinha visto ali. Não devia ter mais do que quarenta anos, mas a pele tinha uma aparência bronzeada e desgastada por uma vida de trabalho árduo.

— Posso ajudá-la? – perguntou ela, acelerando os passos enquanto se aproximava.

— Hum... – Eu me abracei mais ainda e olhei para a rua. – Acho que não.

Ela abriu o portão, fazendo um barulho de clique para as cabras se afastarem, e saiu de lá. Parou a alguns metros de distância de mim, observando-me de uma maneira que eu sabia não ser positiva, e limpou as mãos no vestido, sujas por ter mexido com os animais.

Ela balançou a cabeça e exalou profundamente.

— Está ficando frio aqui fora – disse ela. – Quer entrar?

— Obrigada, mas eu... – Eu ia dizer que tinha que ir embora, mas ela me interrompeu.

— Acho que você devia entrar.

Ela se virou e foi em direção à casa. Fiquei parada um minuto, pensando se devia ou não fugir, mas ela deixou a porta da casa aberta, deixando sair o ar quente. Senti um cheiro raro, delicioso, de cozido de legumes, algo caseiro e tentador.

Quando entrei na casa, ela já tinha pendurado o manto e se aproximado do grande fogão a lenha que ficava no canto. Havia sobre ele uma panela preta, onde aquele cozido de cheiro maravilhoso borbulhava, e ela o mexia com uma colher de pau.

A casa parecia tão pitoresca e humilde quanto eu esperava da casa de um troll. Ela me lembrava daquela em que os sete anões moravam com a Branca de Neve. O chão estava sujo e já levemente escurecido de tão gasto.

A mesa no centro da cozinha era feita de uma madeira maciça e cheia de marcas. Havia uma vassoura apoiada num canto e um vaso de flores embaixo de cada uma das pequenas janelas redondas. Assim como as flores do jardim de casa, aquelas, roxas e rosas, estavam desabrochando, apesar de a estação delas já ter passado havia muito.

– Vai ficar para a refeição? – perguntou ela, salpicando algo na panela em cima do fogão.

– O quê? – perguntei, surpresa com o convite.

– Preciso saber. – Ela virou-se na minha direção, limpando a mão no vestido para tirar os temperos. – Vou ter que fazer pãezinhos se for para alimentar outra pessoa.

– Ah, não, eu estou bem. – Balancei a cabeça, percebendo que não era um convite. Ela estava com medo de que eu fosse me aproveitar da refeição dela e de sua família, e o meu estômago revirou amargamente. – Mas obrigada.

– O que é que você quer então? – Ela colocou as mãos nos quadris, e os olhos dela estavam tão sombrios e sérios quanto os de Finn quando ficava chateado.

– O quê? Você... – Eu me atrapalhei, surpresa por ela ter sido tão direta. – Você que me convidou para entrar.

Dividida

— Você estava à espreita. Sei que quer alguma coisa. — Ela agarrou um pano da bacia de metal que servia como pia e começou a limpar a mesa, apesar de ela não parecer suja. — Prefiro que você fale logo e pronto.

— Você sabe quem eu sou? — perguntei baixinho.

Não queria sair alardeando nenhuma superioridade, mas não estava entendendo por que ela reagiu daquele jeito. Não sabia por que ela estava sendo tão rude, especialmente se soubesse que eu era a princesa.

— Claro que sei quem você é — disse ela. — E imagino que você saiba quem eu sou.

— Quem é você? — perguntei, apesar de saber.

— Meu nome é Annali Holmes, humilde serva da rainha. — Ela parou de limpar a mesa para me fulminar com o olhar. — Sou a mãe de Finn. E, se você veio aqui atrás dele, ele não está aqui.

O meu coração teria caído se eu não estivesse tão confusa com a maneira como ela estava me tratando. Parecia que ela estava me acusando de algo, e eu nem sabia de quê.

— Eu... eu não... — gaguejei. — Saí para dar uma caminhada. Precisava de ar fresco. Não fiz nada de propósito.

— Você nunca faz — disse Annali com um sorriso tenso.

— Você acabou de me conhecer.

Ela concordou com a cabeça.

— Talvez. Mas eu conheço a sua mãe muito bem. — Ela virou-se, colocando a mão na parte de trás de uma das cadeiras da sala de jantar. — E conheço o meu filho.

Entendi tarde demais a origem da raiva dela. O marido dela e a minha mãe tiveram um caso anos antes. Annali sabia, então claro que descontou em mim. Não sei por que demorei tanto a perceber.

Lá estava eu, bagunçando a vida do seu filho, após a minha mãe ter quase arruinado a sua vida. Engoli em seco e percebi que não devia ter ido ali. Não precisava incomodar Finn ou magoar a sua família ainda mais.

— Mãe! – gritou uma garota de outro lugar, e Annali imediatamente se recompôs, forçando um sorriso.

Uma garota de cerca de doze anos entrou na cozinha carregando um livro de escola gasto. Estava com um vestido surrado por debaixo de um suéter de lã, parecendo esfarrapada e também com frio, apesar do calor da casa. O cabelo dela era escuro e desarrumado, como o meu sempre tinha sido, e ela estava com uma mancha de sujeira no rosto.

Assim que me viu, seu queixo caiu e os olhos se esbugalharam.

— É a princesa! – disse ela, de sobressalto.

— Sim, Ember, eu sei quem ela é – disse Annali com o máximo de doçura que conseguiu.

— Desculpe. Descuidei-me das boas maneiras. – Ember jogou o livro em cima da mesa e fez uma rápida reverência.

— Ember, não precisa fazer isso, não dentro de sua própria casa – repreendeu-a Annali com cansaço.

— Ela tem razão. E eu me sinto meio boba quando as pessoas fazem isso – eu disse.

Annali me olhou de lado, e, por alguma razão, acho que o fato de eu ter concordado a incomodou ainda mais. Como se eu estivesse querendo me intrometer na maneira como ela criava a filha.

— Meu Deus, princesa! – Ember soltou um gritinho e correu ao redor da mesa para me cumprimentar. – Não acredito que está na minha casa! O que está fazendo aqui? É por causa do meu irmão? Ele saiu com o meu pai, mas vai voltar logo. Devia ficar e jantar com a gente. Todos os meus amigos da escola vão ficar com tanta inveja. Meu Deus! Você é ainda mais bonita do que Finn falou.

Dividida

— Ember! — Annali perdeu a paciência quando percebeu que a filha não iria parar de falar.

Eu corei e desviei o olhar, sem saber como respondê-la. Teoricamente eu compreendia por que conhecer uma princesa era emocionante, mas não via nada de emocionante em me conhecer.

— Desculpe — disse Ember, mas isso não diminuiu em nada o seu deleite. — Estava implorando para Finn para que me deixasse conhecer você, e ele...

— Ember, você precisa fazer o dever de casa — falava Annali sem olhar para nós.

— Eu saí do quarto porque não estava entendendo o dever. — Ember apontou para o livro.

— Bem, então vá fazer outra coisa — disse Annali para ela.

— Mas, mãe! — lamentou Ember.

— Agora, Ember — disse Annali firmemente, num tom que eu reconhecia depois de tantos anos sendo repreendida por Maggie e Matt.

Ember suspirou e pegou o livro antes de sair de má vontade para o quarto. Ela murmurou alguma coisa a respeito de a vida não ser justa, mas Annali a ignorou.

— A sua filha é encantadora — eu disse, depois que Ember tinha ido embora.

— Não fale sobre os meus filhos comigo — exclamou Annali.

— Desculpe. — Massageei os braços, sem saber o que fazer. Nem ao menos sabia por que estava ali. — Por que me convidou para entrar se não me queria aqui?

— Como se eu tivesse escolha. — Ela revirou os olhos e foi até o fogão. — Você veio aqui atrás do meu filho, e sei que não posso impedi-la disso.

— Eu não... — Parei de falar. — Queria falar com Finn, não tirá-lo de você. — Suspirei. — Só queria me despedir.

— Você vai a algum lugar? — perguntou Annali, de costas para mim enquanto mexia o cozido.

— Não. Não, não posso ir a lugar nenhum, mesmo se tivesse outro lugar para ir. — Arregacei as mangas da camisa e olhei para o chão. — Eu não queria chateá-la de jeito nenhum. Não sei nem por que vim aqui. Sabia que não devia ter vindo.

— Não veio mesmo para levá-lo? — Annali virou-se na minha direção, estreitando os olhos.

— Ele foi embora — eu disse. — Não posso obrigá-lo a voltar. Mesmo se pudesse, não gostaria de fazer isso. — Balancei a cabeça. — Desculpe o incômodo que lhe causei.

— Você não é nada parecida com sua mãe. — Annali parecia surpresa com aquilo, e eu olhei para ela. — Finn disse que você não era, mas não acreditei nele.

— Obrigada — falei. — Quer dizer... eu não quero ser como ela.

Escutei vozes masculinas aproximando-se pela rua. As paredes da casa eram assustadoramente finas, e eu olhei pela pequena janela ao lado da porta. O vidro estava empenado e embaçado, mas dava para ver dois vultos andando em direção à casa.

— Eles chegaram. — Annali suspirou.

O meu coração martelava o peito, e eu tive que apertar uma mão na outra para que não tremessem. Ainda não fazia ideia do que estava fazendo ali, e, com a rápida aproximação de Finn, desejei a princípio nem ter ido. Não conseguia pensar em nada para lhe dizer. Na verdade, havia muitas coisas que eu queria falar, mas a hora e o lugar não poderiam ser mais inadequados.

A porta da casa abriu-se, fazendo um vento frio entrar, e eu queria escapar em direção a ele. Mas um homem bloqueou o meu caminho, parecendo tão impactado e contrariado quanto eu. Ele parou bem na entrada, então Finn não passou à frente dele e ficou somente me olhando por um instante.

Dividida

Os seus olhos eram mais claros do que os de Finn, e a pele, mais bronzeada, mas dava para ver semelhanças entre os dois, dava para saber que eram pai e filho. E ainda assim havia certa beleza delicada nele, com a sua pele mais macia e as maçãs da face mais altas. Finn era bem mais forte e masculino, como eu preferia.

– Princesa – disse ele, depois de um longo silêncio.

– Sim, Thomas – disse Annali sem nem tentar disfarçar a irritação da voz. – É a princesa; agora entre, antes que todo o ar quente vá embora.

– Peço desculpas. – Thomas fez uma reverência para mim, depois deu um passo para o lado para que Finn pudesse entrar.

Finn não se curvou e não disse nada. Ele continuava sem expressão, e seus olhos estavam sombrios demais, era impossível entendê-los. Ele cruzou os braços e não tirou os olhos de mim, então desviei o olhar. O ar parecia pesado demais, não dava para respirar, e eu não queria mesmo estar ali.

– A que devemos o prazer? – perguntou Thomas depois de algum tempo de silêncio. Ele tinha ido para perto de Annali e colocara o braço ao redor dos ombros da esposa. Ela revirou os olhos nesse momento, mas não afastou o braço dele.

– Eu vim pegar um pouco de ar fresco – murmurei. A minha boca estava dormente, e eu tive que me forçar a falar.

– Não está na hora de você voltar? – sugeriu Annali.

– Sim. – Concordei rapidamente com a cabeça, feliz por ter uma desculpa para escapar.

– Eu vou com você – disse Finn, falando pela primeira vez.

– Finn, não acho que seja necessário – disse Annali.

– Preciso garantir que ela vai chegar em casa – disse Finn. Ele abriu a porta, deixando o ar gélido entrar, o que foi um alívio maravilhoso, pois a cozinha tinha ficado bem abafada de repente. – Está pronta, princesa?

— Sim. — Eu concordei com a cabeça e fui para a porta. Acenei rapidamente para Annali e Thomas, sem querer olhar de verdade para eles. — Foi um prazer conhecê-los. Diga a Ember que deixei um abraço.

— Será sempre bem-vinda aqui, princesa — disse Thomas, e cheguei a escutar Annali batendo no braço dele enquanto eu saía da casa.

Respirei fundo e andei pelo caminho de cascalhos, que machucavam os meus pés descalços, mas eu achava bom. Servia para me desviar da tensão desagradável que havia entre Finn e mim.

— Você não precisa ir comigo — eu disse baixinho quando chegamos ao topo do caminho de cascalhos. A partir dali, o caminho era feito de asfalto liso até o palácio.

— Preciso — respondeu Finn friamente. — É o meu dever.

— Não é mais.

— Ainda é o meu dever atender aos desejos da rainha, e manter a princesa em segurança é o maior deles — disse ele de uma maneira quase provocadora.

— Estou perfeitamente segura sem você. — Passei a caminhar mais rapidamente.

— Alguém sabe que você saiu do palácio? — perguntou Finn, olhando para mim de lado enquanto tentava acompanhar o meu passo, e eu balancei a cabeça. — Como é que sabia onde eu morava? — Não respondi porque não queria criar problemas para Duncan, mas Finn percebeu sozinho. — Duncan? Que maravilha.

— Duncan está fazendo um trabalho bastante razoável! — exclamei. — E você deve achar o mesmo, caso contrário não teria me deixado aos cuidados dele.

— Eu não influencio em nada a escolha da pessoa que vai cuidar de você — disse Finn. — Sabe disso. Não sei por que está com raiva de mim por causa disso.

— Não estou! – Andei mais rapidamente ainda, estava quase correndo. Isso terminou não sendo muito bom, pois pisei numa pedra afiada. – Droga!

— Você está bem? – perguntou Finn, parando para ver qual era o problema.

— Estou, só pisei numa pedra. – Massageei o pé. Não parecia estar sangrando e tentei andar. Ardia um pouco, mas eu sobreviveria. – Por que a gente não pegou o seu carro?

— Eu não tenho carro. – Finn enfiou as mãos nos bolsos e passou a ir mais devagar.

Eu manquei um pouco, e ele não se ofereceu para me ajudar. Na verdade, eu não teria aceitado, mas não era essa a questão.

— E o que é aquele Cadillac que você está sempre dirigindo? – perguntei.

— É de Elora – disse ele. – Ela me empresta o carro para o trabalho. Ela empresta carros para todos os rastreadores. Mas não somos donos deles. Eu, na verdade, não sou *dono* de nada.

— E suas roupas? – perguntei, mais para irritá-lo. Imaginei que ele fosse o verdadeiro dono delas, mas queria discutir com ele a respeito de alguma coisa.

— Você viu aquela casa ali, Wendy? – Finn parou e apontou para a casa dele. Nós estávamos muito longe e não dava mais para enxergá-la, mas olhei para as árvores que ficavam na frente dela. – É a casa em que cresci, a casa em que moro, provavelmente a casa em que vou morrer. É o que eu tenho. É *tudo* o que tenho.

— Eu também não tenho nada que seja meu de verdade – eu disse, e ele riu sombriamente.

— Você ainda não entendeu, Wendy. – Finn fixou o olhar em mim, e sua boca se contorceu, formando um sorriso amargo. – Sou apenas um rastreador. Tem que parar com isso. Você tem que ir e ser a princesa, fazer o que é melhor para você e deixar que eu faça o meu trabalho.

— Eu não queria incomodá-lo de jeito nenhum, e você não precisa me acompanhar até em casa. — Eu me virei e voltei a andar, mais rapidamente do que meus pés gostariam.

— Quero garantir que você chegue lá em segurança — disse Finn, um passo atrás de mim.

— Se está só fazendo o seu trabalho, então vá fazê-lo! — Parei e me virei para ele. — Eu não sou mais o seu trabalho, não é?

— Não, não é! — gritou Finn e se aproximou de mim. — Por que apareceu na minha casa hoje? O que achou que ia conseguir com isso?

— Não sei! — gritei. — Mas você nem se despediu!

— Como eu me despedir ajudaria em alguma coisa? — Ele balançou a cabeça. — Não ajuda em nada.

— Ajuda! — insisti. — Não pode simplesmente me abandonar!

— É o que tenho que fazer! — Os olhos escuros dele estavam em brasa, fazendo o meu estômago revirar. — Você *tem* que ser a princesa, e eu não posso arruinar isso. Não vou arruinar.

— Eu entendo, mas... — As lágrimas se acumularam nos meus olhos, e eu engoli em seco. — Não pode continuar indo embora assim. Tem que se despedir pelo menos.

Finn aproximou-se de mim. Seus olhos flamejavam de uma maneira que só ele era capaz de fazer, e o frio no ar pareceu desaparecer completamente. Eu me inclinei na direção dele, apesar de estar com medo de ele conseguir sentir a força com que o meu coração martelava o peito.

Encarei-o, desejando que ele me tocasse, mas não tocou. Não se mexeu nem um milímetro.

Dividida

— Adeus, Wendy — disse Finn, tão baixinho que eu mal o escutei.

— Princesa! — gritou Duncan.

Desviei o olhar de Finn e vi que Duncan estava um pouco mais à frente, acenando com os braços como um maluco. O palácio ficava logo depois, e eu não tinha percebido o quanto estávamos perto. Quando olhei para Finn, ele já tinha se distanciado, indo em direção à sua casa.

— Ele acompanha você no resto do caminho. — Finn apontou para Duncan e deu outro passo para trás. Eu não disse nada, então ele parou. — Não vai dizer adeus?

— Não. — Balancei a cabeça.

— Princesa! — gritou Duncan novamente, e eu o escutei enquanto corria em nossa direção. — Princesa, Matt percebeu que você não estava lá e queria alertar todos os guardas. Preciso levá-la de volta antes que ele faça isso.

— Estou indo. — Eu me virei para Duncan, ficando de costas para Finn.

Caminhei ao lado de Duncan até o palácio, sem olhar para trás uma única vez. Estava bem orgulhosa de mim mesma. Não tinha gritado com ele por não ter me contado sobre o meu pai, mas tinha dito algumas das coisas que queria dizer.

— Sorte minha ter sido Matt a perceber que você tinha sumido, não Elora — disse Duncan enquanto fazíamos a curva para chegar ao palácio. O asfalto do caminho dera lugar a pedras arredondadas na entrada, o que era bem melhor para meus pés.

— Duncan, é assim que você vive? — perguntei.

— Como assim?

— Numa casa como a de Finn. — Apontei em direção a ela com o polegar. — Mora numa casa como aquela? Quero dizer, quando não está rastreando?

– Sim, quase igual. – Duncan concordou com a cabeça. – Acho que a minha é um pouco melhor, mas moro com o meu tio, e ele era um rastreador excelente antes de se aposentar. Agora ele é professor na escola dos mänks, o que não é tão ruim assim.

– Você mora aqui perto?

– Sim. – Ele apontou para um monte ao norte do palácio. – Fica bem escondido na ribanceira, mas é bem pra lá. – Ele olhou pra mim. – Por quê? Quer ir lá?

– Não, agora não. Mas obrigada pelo convite – eu disse. – Só estava curiosa. É assim que todos os rastreadores vivem?

– Como eu e Finn? – Duncan ficou pensativo por um instante, depois concordou com a cabeça. – Sim, é mais ou menos assim. Pelo menos todos os rastreadores que ficam por aqui.

Duncan foi na frente e abriu as portas, mas eu parei e fiquei olhando para o palácio, para as videiras entrelaçadas que cobriam o exterior branco e gigantesco. Quando a luz do sol batia, ele ficava com um brilho belíssimo, mas era um branco que quase nos cegava.

– Princesa? – Duncan estava me esperando nas portas abertas. – Está tudo bem?

– Você morreria para me salvar? – perguntei a ele diretamente.

– O quê?

– Se eu estivesse correndo perigo, você estaria disposto a morrer para me proteger? – perguntei. – Algum outro rastreador já fez isso?

– Sim, claro. – Duncan concordou com a cabeça. – Muitos outros rastreadores deram a vida em nome do reino, e eu ficaria honrado em fazer o mesmo.

– Não faça. – Fui até ele. – Se chegar ao ponto de ter que escolher entre mim e você, salve a si mesmo. Não vale a pena morrer por minha causa.

Dividida

— Princesa, eu...

— Não vale a pena morrer por nenhum de nós — falei, olhando para ele seriamente. — Não pela rainha, nem por nenhum dos markis ou marksinnas. É uma ordem direta da princesa, e você tem que obedecê-la. Salve a si mesmo.

— Não estou entendendo. — O rosto inteiro de Duncan estava se contraindo, confuso. — Mas... se é o que deseja, princesa.

— É sim. Obrigada. — Sorri para ele e entrei no palácio.

TREZE

presa

Os destroços do salão de baile haviam sido removidos, para desgosto de Tove, mas as claraboias ainda estavam cobertas com lona. Tove gostava de ter todo aquele lixo espalhado porque assim eu tinha algo em que praticar, mas de todo jeito ele decidiu que seria mais fácil com as lonas.

Duncan tinha preferido não vir hoje. Acho que o cérebro dele estava pifando de tanto eu brincar com ele. E também como ele às vezes era atingido pelas ondas cerebrais perdidas quando eu me esforçava muito, todos nós achamos que seria melhor se ele ficasse em outro lugar por um tempo.

Eu estava tentando mover as lonas havia horas, e só tinha conseguido fazer com que elas se ondulassem um instante. E mesmo isso era questionável. Tove disse que provavelmente tinha sido eu, mas eu suspeitei que era apenas uma forte rajada de vento.

A minha cabeça estava até começando a doer, e eu me sentia uma babaca, estendendo os braços para cima, sem conseguir mover nada.

– Não está acontecendo nada. – Suspirei e abaixei os braços.

– Tente com mais força – respondeu Tove. Ele estava deitado no chão ao meu lado, com os braços dobrados debaixo da cabeça.

— Não dá pra tentar com mais força. — Sentei-me no chão de um jeito pesado, indigno de uma dama, mas sabia que Tove não se importaria. Eu tinha a impressão de que ele mal percebia que eu era uma garota. — Não é para resmungar, mas tem certeza de que sou mesmo capaz de fazer isso?

— Quase certeza.

— Bem, e se eu terminar tendo um aneurisma de tanto tentar algo que nem sei fazer?

— Não vai ter — respondeu ele simplesmente. Ergueu o braço, e, estendendo a palma, fez a lona acima dele subir e tensionar as cordas elásticas que a seguravam. Ela caiu novamente, e ele olhou para mim. — Faça isso.

— Posso descansar um pouco? — perguntei, quase implorando. A minha testa tinha começado a suar, e cachos soltos estavam grudando nas minhas têmporas.

— Se precisar. — Ele baixou o braço e o dobrou debaixo da cabeça novamente. — Se está mesmo tendo dificuldade com isso, talvez deva treinar com algo mais fácil primeiro. Amanhã poderia praticar com Duncan novamente.

— Não, não quero praticar nele. — Puxei o joelho para o peito e apoiei o rosto nele. — Não quero quebrá-lo.

— E Rhys? — perguntou Tove. — Praticaria nele?

— Não. Ele está completamente fora de questão. — Fixei o olhar no piso de mármore e pensei por um instante. — Não quero praticar em pessoas.

— É só assim que vai melhorar — disse Tove.

— Eu sei, mas... — falei, suspirando. — Talvez eu não queira melhorar. Quer dizer, aprender a controlar eu quero. Mas não quero ser capaz de usar controle da mente em ninguém. Nem em pessoas más. Não acho certo.

— Eu compreendo. — Ele sentou-se, cruzando as pernas debaixo do corpo enquanto se virava para mim. — Mas aprender a dominar o seu poder não é algo ruim.

— Eu sou mais forte do que Duncan, não sou?

— Sim, claro que é. — Tove concordou com a cabeça.

— Então por que ele está *me* protegendo? — perguntei. — Se sou eu que tenho mais poderes?

— Porque ele é mais substituível — respondeu Tove simplesmente. Devo ter feito uma cara de horrorizada, porque Tove tratou logo de explicar melhor: — É assim que a rainha pensa. Que a sociedade Trylle pensa. E... para ser bem sincero, eu concordo com eles.

— Acredita mesmo que a minha vida tem mais valor só porque sou uma princesa? — perguntei. — Os rastreadores estão vivendo na miséria, e ainda assim nós esperamos que eles morram por nós.

— Eles não vivem na miséria, mas você tem razão. O sistema é totalmente errado — disse Tove. — Os rastreadores nascem com uma dívida que dura a vida inteira só porque nascem aqui, porque não são abandonados lá fora para receber uma herança. Eles são servos por contrato, o que é apenas um nome educado para escravos. E isso não é nada certo.

Foi apenas quando Tove falou que percebi que era exatamente isso. Os rastreadores eram um pouco mais do que escravos. Fiquei nauseada.

— Mas você precisa de guardas — prosseguiu Tove. — Todo líder no mundo livre precisa de algum tipo de guarda-costas. Até as estrelas do pop têm. Não é algo horrível.

— Sim, mas no mundo livre os guarda-costas são contratados. São eles que escolhem trabalhar com isso — eu disse. — Eles não são forçados a nada.

— Acha que Duncan foi forçado? Ou Finn? — perguntou Tove.

— Os dois se ofereceram. Todos eles se oferecem. Proteger você é uma honra e tanto. Além disso, morar no palácio também não é nada mal.

— Não quero que ninguém se machuque por minha causa — disse eu, e olhei diretamente para ele.

— Ótimo. — Sua boca encurvou-se num sorriso. — Então aprenda a se defender. Mova a lona.

Eu me levantei, preparando-me para vencer a lona de uma vez por todas, mas o barulho alto de uma sirene interrompeu tudo.

— Está ouvindo isso, não é? — perguntou Tove, levantando a cabeça para mim.

— Sim, claro que estou! — gritei para ele me escutar mesmo com aquele barulho.

— Só queria garantir que não era só eu — disse Tove.

Isso me fez ficar imaginando como era dentro da cabeça dele. Sabia que ele escutava coisas que ninguém mais escutava, mas se isso também incluía sirenes altas, dava para entender por que ele estava sempre tão distraído.

— O que é isso? — perguntei.

— Alarme de incêndio, talvez? — Tove deu de ombros e se levantou. — Vamos ver o que é.

Cobri os ouvidos com as mãos e o segui para fora do salão de baile. Mal tínhamos chegado ao corredor quando o alarme parou de soar, mas meus ouvidos continuaram zumbindo. Estávamos na ala sul, onde se tratavam de negócios, e alguns do séquito da rainha estavam no corredor, olhando ao redor.

— Por que essa coisa está disparando? — gritou Elora do saguão de entrada. As palavras dela também ecoaram dentro da minha cabeça, e eu odiava o fato de ela fazer isso, de falar pela mente quando estava com raiva.

Não consegui ouvir a resposta para a pergunta dela, mas havia mesmo algum tumulto acontecendo. Resmungos, gritos, batidas de portas, discussões. Algo estava acontecendo na rotunda. Tove continuou caminhando sem hesitação, então acelerei o passo.

– Onde o encontrou? – perguntou Elora, dessa vez sem escutá-la dentro da minha cabeça. Mas estávamos perto o suficiente do saguão e ela estava falando bem alto.

– Ele estava pelo entorno – disse Duncan, e eu corri ao ouvir a voz dele. Não sabia em que ele tinha se metido, mas não era algo bom. – Ele tinha apagado um dos guardas quando eu o vi.

Quando cheguei ao saguão, Elora estava na metade da escada em espiral. Ela estava com um roupão comprido, então presumi que devia estar deitada por causa de mais uma de suas enxaquecas quando o alarme disparou. Esfregando a têmpora, ela verificou o local com o mesmo desdém de sempre.

As portas da frente ainda estavam abertas, deixando entrar uma neve um pouco fora de época. Um grupo de guardas estava brigando no centro da rotunda, e o vento soprava para dentro, chacoalhando o candelabro acima deles. Para o meu alívio, Duncan estava mais na lateral, pois a luta não parecia estar correndo tão bem.

No mínimo cinco ou seis guardas tentavam segurar alguém que estava no meio deles. Uns dois eram bem enormes e musculosos, e mesmo assim não conseguiam pegar o sujeito. Não consegui ver bem quem era, pois ele não parava de escapar deles.

– Basta! – gritou Elora, e uma dor perfurou o meu crânio.

Tove colocou as duas mãos na cabeça, pressionando-a com força, e continuou fazendo isso mesmo depois que a minha dor passou.

Os guardas se afastaram em obediência à Elora, deixando bastante espaço para o sujeito no centro, e eu finalmente vi o motivo de toda aquela confusão. Ele estava de costas para mim, mas era o único troll que eu havia visto que tinha o cabelo tão claro.

Dividida

— Loki? — eu disse, com mais surpresa do que qualquer outra coisa, e ele se virou para mim.

— Princesa. — Ele me deu um sorriso torto, e seus olhos brilharam.

— Você o conhece? — perguntou Elora, com o veneno pingando das palavras.

— Sim. Quer dizer, não — falei.

— Vamos lá, princesa, somos velhos amigos. — Loki piscou para mim e virou-se para Elora, tentando sorrir da maneira mais cativante possível, e abriu bem os braços. — Nós todos somos amigos aqui, não somos, Vossa Alteza?

Elora olhou intensamente para Loki, e ele repentinamente caiu de joelhos. Fez um som gutural terrível e apertou a barriga.

— Pare! — gritei e corri na direção dele. No mesmo instante, a porta da frente bateu com força, e o candelabro tremeu.

Elora tirou os olhos dele e desviou furiosamente o olhar para mim, mas felizmente ela não fez eu me contorcer de dor. Parei antes de alcançar Loki. Ele estava encurvado, com a testa apoiada no piso de mármore. Ofegava, e virou a cabeça para que eu não visse o quanto sentia dor.

— Por que diabos eu pararia? — perguntou Elora. Ela estava com a mão no corrimão e os nós de seus dedos ficavam brancos à medida que ela o apertava com mais força. — Esse troll estava tentando invadir. Não é, Duncan?

— Sim. — Duncan parecia estar em dúvida, e seus olhos saltaram para mim por um instante. — Acredito que sim, pelo menos. Ele parecia... suspeito.

— Comportamento suspeito não dá carta branca para você torturar uma pessoa! — gritei para ela, e sua expressão ficou mais fria ainda. Eu sabia que não estava ajudando em nada, mas não consegui me conter.

– Ele é um Vittra, não é? – perguntou Elora.
– É, mas... – Lambi os lábios e fui até Loki. Ele tinha se sentado e se recomposto um pouco, mas seu rosto ainda estava cansado. – Ele me tratou bem quando eu estava lá. Não me machucou e até me ajudou. Então... nós deveríamos no mínimo tratá-lo com o mesmo respeito.
– É verdade? – perguntou-o Elora.
– É. – Ele se sentou nos calcanhares para olhá-la. – Descobri que consigo o que quero mais vezes com educação do que com crueldade desnecessária.
– Qual o seu nome? – perguntou Elora, indiferente ao que ele tinha dito.
– Loki Staad. – Ele ergueu o queixo, como se falasse com orgulho.
– Eu conheci o seu pai. – Os lábios de Elora se abriram num leve sorriso, mas não era nada agradável. Era o tipo de sorriso que uma pessoa daria após roubar doce de criança. – Eu o odiava.
– Isso me surpreende, Majestade. – Loki abriu um grande sorriso para ela, fazendo sumir qualquer sinal da agonia que sentira uns momentos antes. – O meu pai era um canalha insensível. Achei que era exatamente esse o seu tipo.
– Engraçado, pois ia dizer que você se parece muito com ele. – O sorriso gélido de Elora continuou congelado à medida que ela terminava de descer a escada, e Loki esforçou-se admiravelmente para não esmorecer. – Você acha que pode se livrar de qualquer coisa usando charme, mas eu não acho você nada charmoso.
– Que pena – disse Loki. – Pois, com todo o respeito, Vossa Alteza, eu levaria você às alturas.
Elora riu, mas pareceu mais um cacarejo ao ecoar pelas paredes. Eu queria gritar com Loki, dizer para ele parar de dar corda

Dividida

para ela, e queria também saber fazer aquela coisa de falar pela mente que Elora fazia o tempo inteiro.

Agora eu tinha que garantir que Elora não iria matar Loki. Ele tinha me ajudado em Ondarike, arriscando a própria vida. Tínhamos conversado apenas um pouco, mas ele se arriscou por minha causa.

Antes de fugirmos do palácio Vittra, houve um instante em que quase o convidei para vir conosco. Mas acabei não convidando e não sabia se tinha tomado a decisão certa ou não. Havia algo a respeito de Loki que eu não sabia explicar; uma ligação que eu não devia sentir.

Estranhamente, o que mais me impressionou a respeito do que Loki tinha feito ao nos deixar escapar foi que ele havia desobedecido ordens. Ele tinha sido encarregado de me vigiar, e a insubordinação era punida com a morte.

E mesmo assim Loki tinha escolhido me ajudar, desafiando o seu monarca e o seu reino. Era algo que Finn jamais faria.

Elora parou na frente dele. Loki permaneceu de joelhos, olhando para ela, e eu queria que ele tirasse aquele sorriso irônico e estúpido do rosto. Aquilo só a provocava.

– Você é uma criatura pequena e insignificante – disse Elora, descendo o olhar para ele. – Eu posso e vou destruí-lo no momento em que achar mais adequado.

– Eu sei. – Loki concordou com a cabeça.

Elora fixou o olhar nos olhos dele e assim permaneceu por um tempo, antes que eu percebesse que ela estava fazendo alguma coisa com ele. Dizendo algo ou controlando-o de alguma maneira. Ele não estava se contorcendo de dor, mas o sorriso tinha sumido.

Com um suspiro profundo, ela desviou o olhar e gesticulou para os guardas.

— Levem-no — disse Elora.

Dois dos guardas maiores aproximaram-se por trás de Loki e o agarraram pelos braços, fazendo-o se levantar. Loki estava desorientado depois do que Elora tinha feito, mal conseguindo ficar em pé.

— Para onde ele está sendo levado? — perguntei à Elora enquanto os guardas o arrastavam para longe. A cabeça de Loki balançava para trás e para a frente, mas ele ainda estava acordado e vivo.

— Para onde ele vai ser levado e o que vai acontecer com ele não diz nenhum respeito a você — sussurrou Elora.

Ela lançou um olhar em volta, e os outros guardas foram embora para voltar ao trabalho. Duncan ficou me esperando, e Tove estava a alguns metros de distância. Tove nunca ficaria intimidado com a minha mãe, e eu gostava disso nele.

— Algum dia, eu vou ser a rainha, e vou precisar saber o que é feito com os prisioneiros — disse eu, apelando para o argumento mais sensato que tinha. Ela desviou o olhar e não falou nada por um instante. — Elora. Para onde ele está sendo levado?

— Para a área dos funcionários, por enquanto — disse Elora.

Ela olhou para Tove, e eu tive a impressão de que, se ele não estivesse ali, a conversa teria sido bem diferente. A mãe de Tove, Aurora, queria destituir a minha mãe, então Elora não queria que Tove nem Aurora vissem quaisquer sinais de fraqueza ou de inquietação. E, por mais que eu discordasse de seus métodos, eu entendia por que era necessário respeitar o desejo dela em relação a isso.

— Por quê? Ele não conseguirá simplesmente escapar? — perguntei.

— Não, não conseguirá. Eu me assegurei de que ele vai desabar de dor se tentar fugir — disse Elora. — Precisamos construir uma prisão de verdade, mas o chanceler sempre veta. Então tenho que prendê-lo do meu jeito. – Ela suspirou e massageou a têmpora novamente. – Vamos ter uma reunião para ver o que deve ser feito com ele.

– O que vai ser feito com ele? – perguntei.

– Você vai comparecer à reunião para ver que tipo de responsabilidades tem uma rainha, mas não vai defendê-lo. – Os olhos dela encontraram os meus, sérios e brilhantes, e na minha mente ela falou: *Você não pode defendê-lo. Vai ser considerado um ato de traição, e a sua pequena defesa poderá acarretar o seu próprio exílio caso Tove relate isso para a mãe dele.*

Ela parecia ainda mais cansada do que antes. A pele normalmente era lisa como porcelana, mas algumas rugas haviam se formado ao redor dos olhos. Ela colocou a mão na barriga um instante, como se precisasse recobrar o fôlego.

– Preciso me deitar – disse Elora, e estendeu o braço. – Duncan, acompanhe-me até os meus aposentos.

– Sim, Vossa Majestade. – Duncan correu para ajudá-la, mas sorriu ao passar por mim, como se pedisse desculpas.

Eu só fiz balançar a cabeça. Não sabia o que mais ele podia ter feito. Além de mim, os Vittra tinham tentado matar Finn, Tove e o meu irmão, praticamente todas as pessoas de quem eu gostava. E Loki era um deles. Eu não deveria estar defendendo os Vittra de maneira alguma, mas ele era diferente.

Embora eu concordasse que ele aparecer ali era suspeito, Loki não tinha feito nada que justificasse tortura. Eu não apoiava a ideia de deixá-lo solto, mas estava disposta a dar-lhe o benefício da dúvida. Queria descobrir o que ele estava fazendo ali antes que eles o trancassem e jogassem a chave fora.

Quando Elora foi embora, respirei fundo e balancei a cabeça. Sabia que agora eu ocupava o primeiro lugar na lista negra dela, e aquilo não ajudaria em nada a situação.

— Isso foi bom – disse Tove, e eu tinha quase esquecido que ele estava ali. Eu me virei e vi que ele sorria para mim, com um estranho olhar de orgulho.

— Do que está falando? – perguntei. – Eu piorei tudo. Elora está com raiva de mim, então vai descontar em Loki. E eu não sei nem por que ele está aqui ou por que veio sozinho. Estou tentando resgatá-lo, e nem sei os motivos dele.

— Não, isso foi mesmo péssimo – concordou Tove. – Mas estava falando da porta e do candelabro.

— O quê? – perguntei.

— Enquanto Elora o torturava, você fez a porta bater e o candelabro tremer. – Tove apontou para as duas coisas, como se aquilo fosse significar algo para mim.

— Foi o vento, algo assim.

— Não, foi você – assegurou-me Tove. – Foi involuntário, mas foi você quem fez. Isso já é um progresso.

— Então, toda vez que eu quiser fechar uma porta, só preciso fazer com que Elora torture alguém – eu disse. – Parece superfácil.

— Conhecendo a sua mãe, seria mesmo fácil. – Ele sorriu.

Voltamos ao treinamento, mas eu estava distraída e não consegui fazer nada se mexer o resto do dia. Depois que Tove foi embora, subi para o meu quarto. Pensei em ver primeiro como Matt estava, já que o disparo do alarme devia tê-lo feito surtar, e Rhys estava no colégio. Bati na porta de Matt e, como ele não respondeu, arrisquei entrar, mas ele não estava lá.

Com a invasão dos Vittra, eu meio que pirei por não saber onde ele estava. Antes de decidir dar uma busca total no lugar, fui ao meu quarto pegar um suéter e encontrei um bilhete de Matt preso na minha porta.

Dividida

Fui para a casa de Willa. Volto mais tarde.
  Matt

Ótimo. Rasguei o bilhete e entrei no meu quarto. Mas eu tinha avisado a ele que treinaria o dia inteiro, então não precisava ficar me esperando sem fazer nada. Teria sido ótimo poder conversar com ele um pouco, já que tudo parecia estar um caos absoluto, e ele estava com Willa, o que nem fazia sentido. Não dava nem para imaginar o que os dois estariam fazendo, passando todo esse tempo juntos. Um devia odiar o outro, isso sim.

Eu me joguei na cama e logo peguei no sono. Não tinha percebido que estava tão cansada, mas acho que usar as habilidades exigia muito de mim.

CATORZE

síndrome de estocolmo

Após a grande invasão dos Vittra durante a minha cerimônia de batizado, eu me acostumei com as reuniões de defesa.

Nós nos reuníamos na Sala de Guerra, na ala sul. As paredes eram cobertas de mapas. Havia manchas vermelhas e verdes espalhadas, indicando outras tribos de trolls.

Havia uma mesa enorme de mogno num canto, com uma tábua de desenho atrás. Elora e Aurora, a mãe de Tove, estavam em pé no lado oposto da mesa. Por algum motivo, as duas sempre comandavam juntas as reuniões de defesa. Aurora não confiava em Elora para governar o reino, mas eu ainda não entendia por que Elora tolerava o fato de Aurora ter alguma espécie de controle.

Havia cadeiras ocupando o resto da sala, muitas delas diferentes entre si por terem sido pegas em outras salas para preencher o espaço. Nossas mães comandavam as reuniões, então Tove e eu sempre éramos as primeiras pessoas a chegar. Era bom para nós, pois assim nos escondíamos mais atrás.

Costumavam comparecer cerca de vinte participantes, e todos eles estavam lá: Garrett Strom, o pai de Willa e possível namorado

Dividida

da minha mãe; o chanceler, um homem obeso e pálido que ficava me encarando de uma maneira que me deixava arrepiada; Noah Kroner, o pai silencioso de Tove, e alguns outros markis e marksinnas e rastreadores.

Logo, a sala começou a encher mais do que o normal. Pessoas que eu nunca havia visto começaram a entrar, incluindo muitos outros rastreadores. Nenhum dos rastreadores se sentou porque seria falta de educação devido à quantidade limitada de assentos. Duncan estava em pé atrás de mim, apesar de eu ter dito três vezes para ele se sentar.

Willa entrou apressadamente alguns minutos antes do horário previsto para a reunião começar e abriu caminho no meio da sala lotada. As suas pulseiras tilintaram quando ela desviou de um rastreador, e sorriu alegremente para mim antes de se jogar na cadeira ao lado da minha.

– Desculpe o meu atraso. – Willa ajeitou a saia, puxando-a para ficar na altura dos joelhos. Tirou o cabelo dos olhos e sorriu para nós. – Perdi alguma coisa?

– Não aconteceu nada ainda – eu disse.

– Tem muita gente aqui, não é? – Willa deu uma olhada na sala. Seu pai olhou para nós, e ela acenou para ele.

– Tem mesmo – falei.

A cadeira bem na minha frente estava vazia, então Tove ficou deslizando-a para a frente e para trás com suas habilidades. As multidões o deixavam sobrecarregado. Era barulho demais dentro de sua cabeça. Quando ele drenava um pouco do poder movendo objetos, sua capacidade de escutar coisas enfraquecia, o que ajudava a aquietar a estática.

— Então é algo tão importante assim? – perguntou Willa, depois disse em voz baixa: – Ouvi dizer que você conhecia o Vittra que eles capturaram.

— Eu não o conheço. – Mudei de posição na cadeira. – Eu o vi quando fui capturada pelos Vittra. Não é nada de mais.

— Você o dominou? – perguntou Willa, olhando para Duncan.

Ela estava perguntando diretamente para ele, não estava perguntando para mim se o meu rastreador tinha feito algo. Ela, Willa, estava tratando as pessoas com uma dignidade humana básica, o que era surpreendente.

Duncan inchou-se de orgulho, depois pareceu lembrar que eu tinha defendido Loki. A expressão de Duncan transformou-se em vergonha, e ele baixou o olhar.

— Eu o vi fazendo outro guarda apagar e chamei ajuda. Foi só isso.

— Por que ele não fez você apagar? – perguntei.

Eu não tivera a oportunidade de conversar com Duncan direito desde ontem. Estava me perguntando como é que eles tinham sido capazes de capturar Loki, pois ele era capaz de deixá-los inconscientes apenas com o olhar.

— Ele achou que não precisava. – Duncan pareceu ficar orgulhoso mais uma vez, e eu fiquei na minha. – Minha aparência o confundiu, e os outros guardas o agarraram.

— O que ele estava fazendo quando o encontrou? – perguntou Willa.

— Não sei exatamente. – Duncan balançou a cabeça. – Acho que ele estava espreitando por uma janela.

— Devia estar procurando Wendy – disse Tove sem cerimônia, e a cadeira na minha frente deslizou tanto para trás que quase bateu nas minhas canelas. – Desculpe.

— Cuidado — falei, puxando minhas pernas para cima, para garantir.

Coloquei os braços ao redor dos joelhos, e Elora fulminou-me com o olhar. Eu não me mexi e escutei a voz de Elora dentro da minha cabeça: *Não é assim que uma princesa se senta*. Eu estava de calça, então decidi ignorá-la e olhei para Tove.

— Por que acha que ele estava me procurando? — perguntei. Loki tinha me deixado fugir uma vez. Não sabia por que estava tentando me pegar agora.

— Ele quer você — disse Tove simplesmente.

— Você é a princesa — salientou Willa, como se eu tivesse esquecido. — Por falar nisso, quer fazer hoje uma noite só de garotas?

— Como assim? — perguntei.

— Estou com a sensação de que a gente não tem se visto muito e achei que seria divertido se nós fizéssemos as unhas e víssemos filmes — disse Willa. — Você está tão estressada ultimamente, precisa dar uma relaxada.

— Seria bom para o seu treinamento desligar a mente vez ou outra — sugeri Tove.

— Parece mesmo ótimo, Willa, mas estava pensando em ver se Matt queria fazer alguma coisa — eu disse. — Isso tudo deve ser tão confuso, e eu não tive oportunidade de passar muito tempo com ele.

— Ah, Matt já tem planos. — Willa ajeitou o fecho da pulseira. — Ele vai fazer algo com Rhys hoje à noite. Um tempinho só entre irmãos, imagino.

Observei Tove movendo a cadeira para a frente e para trás e tentei não sentir nada a respeito do que Willa tinha dito. Matt e Rhys precisavam passar mais tempo juntos, e eu estava muito ocupada. Era bom para eles. Era bom para mim.

Alguém se sentou na cadeira à minha frente, e Tove suspirou dramaticamente. Elora fulminou-o com o olhar, mas a mãe dele não. Isso nunca tinha feito sentido para mim.

Aurora sempre tratava a mim e Elora com um jeito superior, mas Tove se comportava muito pior do que eu. Tove fazia o que quisesse, quando quisesse. Eu ao menos tentava manter um pouco o decoro.

– Está bem lotado – disse Willa mais uma vez quando mais Trylle entraram.

Agora não havia mais cadeiras, então até alguns markis e marksinnas tiveram que ficar em pé. Elora limpou a garganta, preparando-se para começar a reunião, e mais dois rastreadores entraram discretamente na sala.

Mal consegui vê-los enquanto entravam, mas os reconheci imediatamente. Finn e seu pai, Thomas. Encontraram um lugar vazio no canto da sala. Finn cruzou os braços, e Thomas encostou-se na estante de livros atrás dele.

– Que bom. Estão apelando para os melhores rastreadores – sussurrou Tove.

– O quê? – Desviei o olhar de Finn.

– Finn e Thomas. – Tove apontou a cabeça para eles. – Eles são os melhores. Sem querer ofender, Duncan.

– Não me ofendi – disse Duncan, e acho que estava sendo sincero.

– Precisamos começar a reunião – disse Elora alto, para ser escutada entre o murmúrio da multidão.

Demorou um instante até a sala ficar em silêncio. Os olhos de Elora percorreram a plateia, deixando de olhar para Thomas propositalmente, assim como Finn não olhava para mim.

– Obrigada – disse Aurora com um sorriso excessivamente gentil e aproximou-se da minha mãe.

– Como todos vocês sabem, tivemos um invasor no palácio – disse Elora calmamente. – Graças ao nosso sistema de alarme e à mente rápida de nossos rastreadores, ele foi capturado antes que pudesse causar algum dano.

– É verdade que é o markis Staad? – perguntou a marksinna Laris. Ela era uma Trylle nervosa que tinha comentado uma vez que adorava o fato de eu deixar o meu cabelo solto e rebelde e que nunca teria coragem de fazer algo tão sem sofisticação.

– Sim, parece que é mesmo o markis Staad – disse Elora.

– Markis? – sussurrei. Willa me lançou um olhar interrogativo, e eu balancei a cabeça.

Loki Staad era um markis? Tinha presumido que ele era um rastreador, como Duncan e Finn. Os markis e marksinnas eram a realeza da comunidade e eram protegidos. Ou pelo menos não faziam seu próprio trabalho sujo. Willa era uma marksinna e uma das menos mimadas e mais equilibradas que eu tinha conhecido.

– O que ele quer? – perguntou alguma outra pessoa.

– Não importa o que ele quer. – O chanceler levantou-se, com o rosto encharcado de suor devido ao esforço de se erguer. – Precisamos mandar uma mensagem aos Vittra. Não seremos intimidados. Precisamos executá-lo!

– Não podem matá-lo! – gritei, e Elora lançou-me um olhar que fez as minhas orelhas zunirem. Todos na sala viraram-se para mim, incluindo Finn, e a minha convicção surpreendeu até a mim mesma. – É desumano.

– Não somos bárbaros. – O chanceler batia levemente com o dedo na testa e me deu um sorriso condescendente. – A morte dele será a mais indolor e benevolente possível.

– O markis não fez nada. – Levantei-me, sem querer ficar sentada enquanto eles sugeriam assassinato. – Não podem matar alguém sem justa causa.

– Princesa, é para a sua própria proteção – disse o chanceler, confuso com a minha resposta. – Ele tentou inúmeras vezes sequestrá-la e machucá-la. É um crime contra o nosso povo. Execução é o único curso de ação que faz sentido.

– Não é o único – disse Elora cuidadosamente. – Mas é algo que vamos levar em consideração.

– Não pode estar falando sério – falei. – *Eu* que fui sequestrada, e estou dizendo que ele não merece isso.

– Refletiremos sobre as suas preocupações, princesa – afirmou Aurora, com o mesmo sorriso exageradamente meigo colado no rosto.

Murmúrios irromperam na multidão. Tenho certeza de que ouvi a palavra "traição", mas não pude identificar de onde viera. Alguém falou algo entre os dentes a respeito da síndrome de Estocolmo e depois deu uma risada.

– Ei, ela é a princesa – vociferou Willa para eles. – Mostrem um pouco de respeito.

– Podemos negociar com eles – disse Finn, erguendo a voz para ser escutado entre os murmúrios.

– O quê? – Aurora ergueu as sobrancelhas, e Elora só faltou revirar os olhos para ele.

– Nós estamos com o markis Staad – prosseguiu Finn. – Ele é o membro da realeza Vittra mais importante depois do rei. Se o matarmos, não ficaremos com nada. Eles virão atrás da princesa com mais força ainda por termos acabado com a única esperança que tinham de ter um herdeiro.

– Está sugerindo que negociemos com os Vittra? – perguntou Elora.

– Nós não negociamos com terroristas! – gritou um markis, e Elora ergueu a mão para silenciá-lo.

– Até agora não negociamos, e olha onde isso nos levou – disse Finn apontando para o salão de baile. – Os Vittra invadiram o palácio duas vezes no último mês. Perdemos mais Trylle naquela batalha do que nos últimos vinte anos.

Sentei-me novamente, observando Finn argumentar. Ele levava jeito para comandar a sala, embora evitasse olhar para mim. Além disso, tudo que ele dissera era correto.

– É o maior poder de barganha que já tivemos – disse Finn. – Podemos usar o markis Staad para mantê-los longe. Eles não querem perdê-lo.

– Não é o maior poder de barganha – interrompeu a marksinna Laris. – A princesa é que é. – Todos os olhos se viraram para mim. – Os Vittra nunca nos atacaram desse jeito antes. Tudo o que eles querem é a princesa e, de certa maneira, têm direito a ficar com ela. Se dermos aos Vittra o que querem, vão nos deixar em paz.

– Não vamos dar a princesa a eles. – Garrett Strom levantou-se e estendeu as mãos. – Ela é *nossa* princesa. Não só é a herdeira mais poderosa que já tivemos, mas é um de nós. Não vamos entregar aos Vittra um dos nossos.

– Mas isso é tudo por causa dela! – A marksinna Laris levantou-se, com a voz mais aguda. – Tudo isso está acontecendo por causa daquele péssimo tratado que a rainha fez há vinte anos, e todos nós estamos pagando o preço!

— Você se lembra de como eram as coisas há vinte anos? – perguntou Garrett. – Se ela não tivesse feito o tratado, os Vittra teriam nos massacrado.

— Basta! – gritou Elora, e a voz dela ecoou na minha cabeça e na cabeça de todos. – Eu convoquei esta reunião para que pudéssemos discutir as opções juntos, mas, se vocês não são capazes de discutir direito, vou encerrá-la. Eu não preciso da permissão de vocês para conduzir meus negócios. Sou a rainha de vocês, e as minhas decisões são finais.

Pela primeira vez, entendi como é que Elora podia ser tão insensível. As pessoas naquela sala estavam falando abertamente em sacrificar a sua única filha como se não fosse nada de mais.

— Por ora, vou manter o markis Staad no palácio até decidir o que fazer com ele – disse Elora. – Se eu decidir executá-lo ou negociá-lo, a decisão vai ser minha, e eu aviso a vocês. – Ela alisou as dobras inexistentes da saia. – Isso é tudo.

— Precisamos empossar Finn novamente – disse Tove antes que a multidão tivesse tempo de se dispersar.

— O quê? – sussurrei. – Não, Tove, não acho que...

— Todos os rastreadores precisam ficar à disposição nesse momento – disse Tove, ignorando-me. – Todas as cegonhas em campo deviam retornar e ficar aqui. Finn e Thomas precisam ficar no palácio, os dois. Posso ficar aqui e ajudar, mas não acho que seja suficiente.

— Tove pode ficar no palácio – concordou Aurora rapidamente. – Se isso ajudar.

— Nós temos outros rastreadores na equipe — disse Elora para ele, mas percebi que ela olhou para Thomas pelo canto dos olhos. — Um novo sistema de alarme foi instalado, e a princesa nunca é deixada sem proteção.

— Eles enviaram um markis para buscá-la — lembrou-a Tove.

— Thomas e Finn são os melhores que temos. Os dois foram seus guardas pessoais por quase duas décadas.

Elora pareceu refletir sobre aquilo um instante. Então concordou com a cabeça.

— Vocês dois, compareçam ao trabalho amanhã de manhã.

— Sim, Vossa Graça — disse Thomas, fazendo uma reverência.

Finn não disse nada, mas lançou um olhar discreto para Tove antes de partir. O restante da multidão começou a se dissipar depois disso, mas eu continuei sentada no canto com Tove, Willa e Duncan.

Garrett, Noah, o chanceler e mais duas marksinnas ficaram para falar com Elora e Aurora. Dava para sentir que Elora estava alterada, e eu sabia que devia sair da sala antes que ela tivesse a chance de me dar um esporro. Mas eu precisava de um minuto.

— Por que você fez isso? — perguntei para Tove.

Tove deu de ombros.

— É a melhor maneira de deixar você em segurança.

— E daí? — sussurrei baixinho, pois ainda havia algumas pessoas por lá, e elas poderiam escutar. — Por que é tão importante que eu fique em segurança? Talvez os Vittra devessem me pegar. A marksinna Laris tem razão. Se todas essas pessoas estão se prejudicando por minha causa, então talvez eu devesse ir...

— Laris é uma vaca idiota e arrogante — interrompeu Willa antes que eu concluísse o pensamento. — E ninguém vai sacrificá-la só porque a situação está complicada. É maluquice, Wendy.

— Os membros da realeza estão loucos e paranoicos. Não há nenhuma novidade nisso – disse Tove, inclinando-se para a frente e apoiando os cotovelos nos joelhos. – Você vai fazer bem para as pessoas. Mas precisa viver o suficiente para fazer isso.

— Que reconfortante. – Eu me encostei na cadeira.

— Eu vou para casa fazer as malas – disse Tove, levantando-se.

— Acha mesmo que precisa ficar aqui para me proteger? – perguntei.

— Provavelmente não – admitiu Tove. – Mas é melhor do que ficar em casa, e assim fica mais fácil para eu ajudar no seu treinamento.

— Faz sentido – eu disse.

— E então. – Willa virou-se para mim após Tove ir embora. – Você precisa *mesmo* de uma noite só de garotas. Ainda mais agora que a sua casa vai ficar repleta de garotos daqui em diante.

Eu teria concordado com qualquer coisa que me tirasse da Sala de Guerra antes que Elora fosse me repreender, mas na verdade uma noite de garotas não parecia tão ruim assim. Willa me deu o braço enquanto saíamos da sala.

Ficamos no meu quarto a noite inteira. Achei que Willa fosse querer brincar de se vestir ou algo igualmente bobo, mas nós duas colocamos pijamas confortáveis e ficamos sem fazer nada.

Depois da reunião, eu tinha perguntado sobre a história entre os Vittra e os Trylle, e Willa encontrou um livro entre os objetos do pai dela. Ela deixou que eu desse uma lida nele, respondendo as minhas perguntas o máximo que podia. Em troca disso, tive que cantar caraoquê com ela e deixar que fizesse as unhas dos meus pés.

Não consegui ler tanto do livro quanto queria e também não descobri muita coisa. Os Vittra atacavam, os Trylle retaliavam. Às vezes o número de mortos era bem significativo, outras vezes eram apenas pequenos os danos causados em propriedades.

Terminei ficando acordada até tarde com Willa e, no fim da noite, eu tinha até esquecido do livro. Decidimos cantar músicas de Cyndi Lauper e dançar.

Willa passou a noite no meu quarto e ocupava muito espaço da cama, então dormi muito mal. Saí cambaleando do quarto de manhã, sentindo-me acabada. Queria descer, comer algo, beber água e depois passar umas três ou quatro horas sem me mexer.

Duncan não estava do lado de fora do meu quarto quando saí, e achei que seria bom para ele finalmente ter a oportunidade de dormir mais um pouco.

Eu tinha dado alguns passos no corredor quando percebi por que ele estava dormindo.

Finn aproximou-se de mim, com as mãos nas costas, e eu gemi por dentro. Ele já estava vestido, com a calça recém-passada e o cabelo penteado para trás. O meu cabelo estava louco, e eu devia estar horrorosa.

– Bom dia, princesa – disse Finn ao me alcançar.

– É, algo assim – respondi.

Finn concordou com a cabeça uma vez, depois passou na minha frente. Eu olhei ao redor, esperando ver alguma pessoa que o tivesse chamado, mas não havia ninguém.

– O que está fazendo? – perguntei.

– O meu trabalho, princesa. – Ele olhou para trás por cima do ombro. – Estou percorrendo os corredores para ver se há algum invasor.

– Então não vai nem falar comigo?

– Não é parte do meu trabalho – disse Finn, e continuou caminhando.

– Excelente – falei, suspirando.

Estupidamente, uma parte de mim tinha ficado animada com a possibilidade de Finn ser reempossado. Mas eu devia ter sido mais esperta. Só porque ele ia ficar por perto o tempo inteiro não queria dizer que as coisas fossem mudar entre a gente. A situação inteira ficaria apenas mais incômoda e dolorosa.

QUINZE

capuletos & montéquios

– Por que está aqui? – perguntei, e Loki só fez erguer uma sobrancelha.

O quarto dele ficava na antiga área dos funcionários e não era exatamente a cela que eu esperava. Duncan tinha explicado que antigamente o palácio era abarrotado de empregados que moravam lá, mas nas últimas décadas havia ocorrido uma redução drástica na quantidade de mänskligs e de Trylle que ficava por ali. Ou seja, havia menos pessoas para trabalhar no palácio.

Apesar de não termos uma masmorra, achei que colocariam Loki num lugar similar àquele em que os Vittra tinham me colocado. Mas esse era apenas um quarto normal, parecido com o de Finn quando morava ali, apesar de não ter janelas. Era pequeno, com um banheiro contíguo e uma cama de solteiro.

Ainda por cima a porta do quarto estava escancarada. Um rastreador ficou de guarda um pouco mais à frente no corredor, mas nem estava na porta. Convenci Duncan a distraí-lo porque queria falar com Loki a sós por um minuto, e nem foi tão difícil para Duncan afastar o guarda de lá.

Loki estava deitado na cama, em cima dos cobertores, com as mãos juntas por trás da cabeça e as pernas cruzadas na altura dos tornozelos. Havia um prato de comida na mesa de cabeceira, intocado.

– Princesa, não sabia que vinha me visitar, senão teria arrumado o quarto. – Loki deu um sorrisinho e fez um gesto largo apontando o quarto. Não havia quase nada dele, então não estava nada bagunçado.

– Por que está aqui, Loki? – repeti. Estava fora do quarto, bem à porta, com os braços cruzados.

– Acho que a rainha não gostaria muito se eu fosse embora. – Ele sentou-se, balançando as pernas longas por cima da beirada da cama.

– Por que não vai embora? – perguntei, e ele riu.

– Não dá mais para fazer isso, não é? – Loki levantou-se e veio vagarosamente na minha direção.

Uma parte racional de mim pensou que eu devia me afastar, mas me recusei a fazer isso. Não queria que ele visse nenhuma fraqueza, então ergui bem o queixo, e ele parou na porta.

– Não vejo nada que o impeça.

– Sim, mas a sua mãe trabalha melhor de uma maneira que não dá para se ver – disse ele. – Se eu saísse do quarto, seria machucado tão violentamente que não conseguiria andar.

– Como tem certeza disso?

– Porque eu tentei escapar. – Loki sorriu. – Eu não ia deixar que algo como uma dor corporal me impedisse de ir embora, mas subestimei a rainha. Ela é muito, muito boa com a persuasão.

– Como ela fez isso? Ela usou a persuasão e disse para você o que aconteceria se saísse do quarto? – perguntei. – E agora não consegue mais sair?

Dividida

— Não sei exatamente como a persuasão funciona. — Loki virou-se, entediando-se com a conversa. — Nunca fui bom nisso.

— E em que você é bom? — perguntei.

— Numa coisa e noutra. — Loki deu de ombros e sentou novamente na cama.

— Por que veio para cá? — perguntei. — O que estava querendo?

— Não é óbvio? — Ele sorriu, com o mesmo jeito travesso de sempre. — Eu vim aqui por sua causa, princesa.

— Sozinho? — Ergui uma sobrancelha. — Da última vez que os Vittra vieram atrás de mim aqui, enviaram uma tropa inteira, e mesmo assim os derrotamos. E então você aparece sozinho. O que estava pensando?

— Achei que não seria pego. — Ele deu de ombros de novo, nem aí com nada, como se ficar preso não tivesse importância.

— Isso foi a maior burrice! — gritei com Loki, exasperada com a falta de preocupação dele com tudo. — Você sabe que eles querem executá-lo?

— Ouvi falar. — Loki suspirou, olhando para o chão por um instante. Mas algo lhe ocorreu, pois logo se animou e levantou. — Ouvi falar que você fez campanha para mim. — Ele se aproximou de mim. — É porque sentiria demais a minha falta se eu morresse, não é?

— Não seja ridículo — zombei. — Eu não acho assassinato certo, nem para pessoas como você.

— Pessoas como eu, é? — Ele ergueu uma sobrancelha. — Quer dizer, rapazes diabolicamente bonitos e elegantes que aparecem para conquistar princesas rebeldes?

— Você veio me sequestrar, não me conquistar — eu disse, mas ele balançou a mão desdenhosamente.

— É apenas uma questão de semântica.

— Mas não entendo por que você é um sequestrador — falei.

— Você é um markis.

— Sou o mais próximo que os Vittra têm de um príncipe — admitiu ele com um sorriso irônico.

— Então por que diabos está aqui? — perguntei. — A rainha nunca deixaria que eu fosse numa missão de resgate.

— Ela deixou que aquele outro markis fosse atrás de você — salientou Loki, referindo-se a Tove. — Aquele que me jogou na parede.

— É diferente. — Balancei a cabeça. — Ele é forte e não foi sozinho. — Estreitei os olhos para Loki. — Você veio sozinho?

— Sim, claro que sim. Ninguém mais seria burro o suficiente para vir comigo após o que aconteceu da última vez que viemos fazer uma visita.

— Isso não explica por que você está aqui — eu disse. — Por que se ofereceria para fazer isso, se sabe o quanto é perigoso? Você *sabe* o quanto é perigoso? Quando eu disse que eles queriam executá-lo, você riu, mas eles estavam mesmo falando sério, Loki.

— Eu senti muito a sua falta, princesa, não consegui ficar longe. — Ele tentou dizer isso com o mesmo entusiasmo de sempre, mas havia traços de honestidade em seu sorriso.

— Pare com as piadinhas. — Revirei os olhos.

— Era a resposta que você queria, não era? Que eu é que quis voltar por sua causa? — Loki recostou-se na moldura da porta e suspirou. — Minha cara princesa, você está mesmo se achando. Eu *não* me ofereci.

— Eu não pensei isso. — Fiquei indignada, e meu rosto corou um pouco. — Se não se ofereceu, então por que eles enviaram você?

— Fui eu que deixei você fugir. — Ele ficou olhando para o corredor, onde Duncan havia distraído o rastreador. — O rei me enviou para que eu corrigisse o meu erro.

— Por que você era o encarregado da minha vigilância lá em Ondarike? Por que você? Por que não um rastreador, ou algo assim?

— Não temos mais muitos rastreadores porque não temos changelings. — Loki olhou para mim. — Os duendes fazem boa parte do nosso trabalho sujo, mas o problema é que dá para dominá-los sem nenhum esforço. Os Vittra que vieram atrás de você da última vez são apenas um pouco mais fortes do que os mänskligs, e é por isso que vocês os derrotaram. Eu sou o mais forte de todos, então o rei me mandou vir atrás de você.

— Quem é você? — perguntei, e ele abriu a boca, provavelmente para dizer algo mordaz e sarcástico, então ergui a mão para ele parar. — A minha mãe disse que conhecia o seu pai. Você é próximo do rei e da rainha dos Vittra.

— Não sou próximo do rei. — Loki balançou a cabeça. — Ninguém é próximo do rei. Mas tenho um passado com a rainha. A esposa dele, Sara, já foi minha noiva.

— O quê? — Meu queixo caiu. — Ela... ela é bem mais velha do que você.

— Dez anos mais velha. — Loki concordou com a cabeça. — Mas é assim que os casamentos arranjados funcionam a maior parte das vezes, especialmente com a pequena quantidade de pessoas disponíveis para casar na nossa comunidade. Infelizmente, antes que eu atingisse a maioridade, o rei decidiu que queria se casar com ela.

— Você estava apaixonado por ela? — perguntei, surpresa por me interessar por aquilo.

— Era um casamento arranjado! — Loki riu. — Eu tinha nove anos quando Sara se casou com o rei. Eu superei. Sara me considerava um irmão mais novo, e ainda considera.

— E o seu pai? Elora disse que o conhecia.

— Com certeza ela o conhecia. — Ele passou a mão no cabelo e mudou de posição. — Ela morou com os Vittra por algum tempo. No início, depois que eles se casaram, moraram aqui em Förening, mas, depois que Elora engravidou, Oren insistiu para que eles se mudassem para a casa dele.

— E ela se mudou? — perguntei, surpresa por Elora ter sido coagida a fazer algo.

— Ela não teve escolha, imagino. Quando o rei quer alguma coisa, ele consegue ser bem... — Loki não terminou a frase. — Eu participei do casamento deles. Você sabia?

Quando ele olhou para mim, sorriu por causa da lembrança, e o seu jeito metido desapareceu. Havia algo de bastante honesto em seu sorriso, sem aquele sarcasmo de sempre, e, quando ele ficava assim, a sua beleza era praticamente irresistível. Era mesmo um dos caras mais bonitos que eu já tinha visto, e por um instante fiquei atordoada demais para falar qualquer coisa.

— Da minha mãe e do meu pai? — perguntei quando encontrei as palavras.

— Sim. — Ele concordou com a cabeça. — Eu era muito novo, tinha uns dois ou três anos e não me lembro de muita coisa, a não ser que minha mãe me levou e deixou eu ficar dançando a noite inteira. Entrei na igreja jogando pétalas, o que não é muito masculino, mas não havia nenhuma outra criança de sangue real para participar do casamento.

Dividida

— Onde estavam as crianças?

— Os Vittra não tinham nenhuma, e as crianças Trylle tinham sido trocadas, eram changelings, então não estavam lá – explicou Loki.

— Você se lembra do casamento de Elora e Oren? Mesmo sendo tão novinho?

Ele deu um grande sorriso.

— Bom, foi o casamento do século. Todo mundo estava lá. Foi um espetáculo e tanto.

Percebi que ele usava o sarcasmo e o humor constantemente para me manter distante, assim como Finn se protegia com o seu jeito severo. Um minuto antes, enquanto ele se lembrava da mãe, eu tinha vislumbrado algo verdadeiro, como acontecera em Ondarike, quando ele demonstrou empatia por mim por também ser um prisioneiro.

— Você sabe por que eles se casaram?

— Oren e Elora? – Ele franziu as sobrancelhas. – Você não sabe?

— Sei que Oren queria um herdeiro para o trono, que os Vittra não podiam ter filhos e que Elora queria unir as tribos – eu disse. – Mas por quê? Por que era tão importante que os Vittra e os Trylle se unissem?

— Bom, porque eles estavam em guerra havia séculos. – E depois disse com desdém: – Desde o início dos tempos, talvez.

— Por quê? – repeti. – Eu estava lendo os livros de história e não consigo encontrar um motivo óbvio. Por que nós nos odiamos tanto?

— Não sei. – Ele balançou a cabeça, sem poder fazer nada. – Por que os Capuletos odiavam os Montéquios?

— Lorde Montéquio roubou a esposa do Capuleto para ele — respondi. É um triângulo amoroso.

— O quê? — perguntou Loki. — Não me lembro de Shakespeare dizendo isso.

— Eu li em algum livro. — Acenei com a mão para ele deixar pra lá. — Não importa. O que estou dizendo é: sempre tem uma razão.

— Com certeza tem uma — concordou Loki.

Por um instante, ele fixou os olhos cor de caramelo em mim, com um olhar bem penetrante. Percebi muito bem o quanto ele estava perto de mim e que nós estávamos a sós na privacidade do quarto dele.

Baixando os olhos, dei um passo para trás e pedi para que o meu coração parasse de acelerar.

— Agora a situação mudou completamente — disse Loki finalmente. — Os Vittra querem mais, e os Trylle tentam desesperadamente sustentar o império decadente.

— Se tem algum império decadente, é o dos Vittra — rebati. — Pelo menos aqui a gente consegue procriar.

— Ih, que golpe baixo, princesa! — Loki colocou a mão no peito, fingindo estar magoado.

— É a verdade, não é?

— É, sim. — Ele abaixou a mão e o seu sorriso dissimulado de sempre voltou. — E então, princesa, qual o seu plano para me tirar daqui com vida?

— Eu não tenho nenhum plano — eu disse. — Era isso que estava tentando dizer. Eles querem matar você, e eu não sei como impedi-los.

— Princesa! — chamou Duncan do fim do corredor.

Olhei para trás e o vi na frente do rastreador irritado. Não sabia o que Duncan tinha dito para mantê-lo longe de Loki, mas o assunto claramente havia parado de render.

— Eu tenho que ir — eu disse para Loki.

— O seu rastreador está chamando? — Loki olhou para o corredor. Duncan sorriu timidamente para mim enquanto o guarda vinha na nossa direção para voltar ao posto.

— Algo assim. Mas escute, você precisa se comportar. Faça o que eles mandarem. Não cause nenhum problema — aconselhei, e Loki me lançou um olhar inocente exagerado, do tipo *Quem? Eu?* — É a única chance que tenho de convencê-los a não executar você.

— Se é o que deseja, princesa. — Loki fez uma reverência antes de se virar e ir para a cama.

O guarda voltou, fazendo uma reverência maior do que a de Loki, e eu sorri para ele antes de sair às pressas pelo corredor. Queria conversar com Loki mais um pouco, apesar de não saber se eu conseguiria alguma coisa com isso. Como o guarda era meu subordinado, eu poderia ter insistido, mas não queria que espalhassem pelo palácio que eu estava passando tempo com Loki. Só o que já tinha acontecido era um risco que eu deveria ter evitado.

— Desculpe — disse Duncan quando cheguei perto dele. — Tentei enrolá-lo, mas ele estava com medo de terminar se metendo em encrenca ou algo assim. Isso é burrice, pois você é a princesa e a chefe dele, mas...

— Tudo bem, Duncan. — Eu sorri e ignorei o que ele tinha dito. — Fez um bom trabalho.

— Obrigado. — Ele parou por um instante, parecendo surpreso com o meu mínimo elogio.

— Sabe onde posso encontrar Elora? — perguntei e continuei andando.

— Hum, acho que ela está tendo reuniões o dia inteiro. – Duncan olhou para o relógio enquanto alcançava o meu passo. – Ela deve estar com o chanceler agora, revendo as precauções de segurança, caso a vinda de Loki não seja um incidente isolado.

Eu não sabia direito por que Loki tinha ido para lá, mas não achava que fosse para me machucar, nem para machucar o povo de Förening. Ele parecia chateado em Ondarike por Kyra ter sido violenta comigo e não tinha machucado nenhum dos guardas quando eles o capturaram no palácio. Se Kyra ou algum outro Vittra tivesse vindo com ele, eles com certeza teriam brigado mais a sério, provavelmente me atacando no meio da história.

Será que Loki tinha vindo para me proteger? Era essa a maneira dele de fazer com que eu escapasse dos Vittra novamente?

— Tenho certeza de que Loki foi uma ameaça isolada, e ele nem é uma ameaça de verdade – eu disse. – Não acho que os Vittra tenham gente suficiente para lançar um contra-ataque.

— Foi isso que ele lhe disse?

Eu fiz que sim com a cabeça.

— Sim, exatamente isso.

— E você confia nele? – perguntou Duncan. O tom da voz dele não tinha nenhum sinal de sarcasmo ou de irritação, e eu tinha a impressão de que ele confiava nos meus instintos. Se eu visse Loki com bons olhos, então Duncan também o veria assim.

— Confio. – Franzi a testa, um pouco surpresa ao ver que estava sendo sincera. – Acho que ele me ajudou a escapar de Ondarike.

— Compreendo. – Ele concordou, pois a minha argumentação foi o suficiente.

— Preciso falar com Elora. A sós – eu disse quando chegamos à escada. – Ela tem algum horário vago na agenda?

— Não sei ao certo — disse Duncan. Quando comecei a subir a escada, Duncan veio para trás de mim e continuou a me seguir. — Tenho que checar com a assessora dela, mas, se precisar falar mesmo com ela, posso enfatizar a relevância para que ela encaixe um tempinho.

— Preciso mesmo falar com ela — falei. — Se falar com a assessora dela e ela não tiver tempo para me encaixar, descubra quando ela vai ficar sozinha. Eu a encurralo no banheiro se for necessário.

— Tudo bem. — Duncan concordou com a cabeça. — Quer que eu vá logo ver isso?

— Seria maravilhoso. Obrigada.

— À disposição. — Ele deu um grande sorriso, sempre muito feliz em poder ajudar, e voltou apressadamente para encontrar Elora pelo caminho que fizemos.

Eu continuei indo em direção ao meu quarto para pensar. Com o sequestro, os meus pais, o treinamento de Tove e agora as minhas tentativas de salvar Loki, minha cabeça estava girando. Sem falar que na véspera o meu próprio povo estava louco para me jogar debaixo de um ônibus na reunião sobre defesa.

Fiquei me perguntando se aquele era o meu lugar. Eu não estava muito a fim de governar um reino, então, de certo modo, não importava que coroa eu terminaria usando. Claro, Oren parecia ser do mal, mas Elora não era tão melhor assim.

Se eu fosse embora com os Vittra, eles deixariam os Trylle em paz. Talvez esse fosse o meu melhor ato em toda a minha vida de princesa.

— Wendy! — gritou Matt, afastando-me dos meus pensamentos. Eu estava passando pelo quarto dele a caminho do meu próprio, e ele estava com a porta aberta.

— Matt — respondi fracamente enquanto ele saía correndo do quarto para me encontrar. Ele veio com tanta pressa que terminou trazendo o livro que estava lendo. — Desculpe por não ter passado tanto tempo com você ultimamente. Tenho estado tão ocupada.

— Não, eu entendo — disse ele, mas eu não sabia ao certo se ele entendia de verdade. Ele segurou o livro contra o peito e cruzou os braços na frente dele. — Como você está? Tudo continua bem? Ninguém está me contando nada, e com o ataque no outro dia...

— Não foi um ataque. — Balancei a cabeça. — Foi apenas Loki, e ele...

— É aquele cara que sequestrou você? — perguntou Matt, com a voz firme.

— Sim, mas... — Tentei pensar em alguma justificativa para o sequestro, mas sabia que Matt não acreditaria, então desisti. — Ele veio sozinho, impossível fazer tanto estrago. Eles o prenderam, e tudo está bem. Tudo está seguro.

— Como é que está seguro se as pessoas ainda conseguem invadir? — argumentou Matt. — Estamos aqui porque é o melhor lugar para você, mas se eles não conseguem deixar você segura...

— É seguro — insisti, interrompendo-o. — Aqui está cheio de guardas. É melhor para nós ficarmos aqui do que lá fora, no mundo real.

Eu não sabia se aquilo era exatamente verdade, mas não queria que Matt fosse embora para descobrir sozinho. Oren já sabia o quanto eu era protetora em relação a Matt, e ele com certeza era o tipo de pessoa que usaria isso contra mim se tivesse a oportunidade. O melhor para Matt era ficar ali, sob a vigilância dos Trylle.

— Ainda não entendo completamente o que está acontecendo aqui nem quem são essas pessoas – disse Matt finalmente. – Tenho que confiar em você em relação a isso e preciso saber que você está segura.

— Estou segura. Juro. Você não precisa mais se preocupar comigo. – Dei um sorriso triste para ele, percebendo que era verdade.

— Mas como você está? Tem encontrado o que fazer para se ocupar?

— Sim, tenho passado um tempo com Rhys, tem sido legal – disse Matt. – Ele é um bom garoto. Um pouco... estranho, mas bom.

— Bem que eu disse.

— Sim, disse. – Ele sorriu.

— E estou vendo que arranjou algo para ler. – Apontei para o livro que ele estava segurando.

— Sim, Willa achou isso para mim, na verdade. – Matt descruzou os braços para poder me mostrar o livro. Era encadernado à mão, feito de couro desbotado. – São todos os projetos e plantas de palácios ao longo dos anos.

— Ah, é? – Tirei o livro dele para poder folhear as páginas amareladas. Elas mostravam todos os projetos ornamentados de todas as casas luxuosas em que a realeza tinha morado.

— Eu disse a Willa que era arquiteto, e ela procurou esse livro pra mim. – Matt aproximou-se para poder admirar os desenhos comigo. – Era do pai dela, eu acho.

Imediatamente me senti estúpida. A única paixão de Matt na vida era a arquitetura, e nós estávamos morando num palácio exuberante que ficava na beirada de uma ribanceira. Claro que ele adorava aquilo, e não acreditei que não tinha pensado nisso antes.

Matt começou a me mostrar detalhes nos desenhos, dizendo como eram engenhosos. Eu concordava com a cabeça e soava impressionada quando era apropriado.

Conversei com Matt mais um pouco, depois fui para o meu quarto descansar. Assim que me joguei na cama, escutei uma batida na porta. Suspirando, saí da cama e escancarei a porta.

E então vi Finn, parado na porta do meu quarto, com os olhos no mesmo tom noturno de sempre.

– Princesa, preciso de você – disse ele simplesmente.

DEZESSEIS

métier

— O quê? – perguntei quando recuperei a voz.
— A rainha encontrou um tempo para vê-la – disse Finn. – Mas precisa vir logo.

Com isso, ele se virou para continuar andando pelo corredor. Eu saí do quarto e fechei a porta. Quando Finn escutou, ele desacelerou um pouco, então imaginei que era para eu alcançá-lo.

— Onde ela está? – perguntei. Não me apressei para alcançá-lo, então ele olhou para mim. – Onde vou encontrar Elora?

— Vou levá-la até ela – respondeu Finn.

— Não precisa. Eu mesma posso encontrá-la.

— Não é para você ficar sozinha. – Ele parou até que eu chegasse perto, depois continuamos lado a lado.

— Esse lugar aqui está repleto de guardas. Acho que dou conta de ir pelo corredor para encontrar Elora – eu disse.

— Talvez.

Odiava o fato de ter que percorrer os corredores ao seu lado fingindo que não me importava com ele. O silêncio entre nós dois estava incômodo demais, então fiz um esforço para preenchê-lo:

— E então... como é trabalhar com o seu pai? – perguntei.

— É aceitável – disse Finn, mas escutei a tensão em sua voz.

— Aceitável? – Olhei para ele, procurando algum sinal que indicasse o que Finn realmente achava, mas o rosto dele era uma verdadeira máscara. Seus olhos escuros olhavam adiante, e seus lábios estavam pressionados, formando uma linha estreita.

— É. É uma descrição adequada.

— Você é próximo do seu pai? – perguntei e, quando vi que ele não ia responder, prossegui: – Você parecia ser próximo da sua mãe. Ou pelo menos ela se importa muito com você.

— É difícil ser próximo de alguém que você não conhece – disse ele cuidadosamente. – O meu pai não estava presente a maior parte da minha infância. Quando ele começou a passar mais tempo conosco, tive que ir embora para trabalhar.

— Que bom que estão juntos novamente – eu disse. – Assim podem conviver mais.

— Posso aconselhar o mesmo para você em relação à rainha. – Ele me olhou de lado, e havia algo provocador em seus olhos que contrastava com o gelo em suas palavras.

— O seu pai parece ser uma pessoa bem mais fácil de conhecer do que a minha mãe – rebati. – Pelo menos ele tem um jeito bem mais humano.

— Você sabe que isso é insulto aqui – lembrou-me Finn. – Ser humano é algo que nós evitamos.

— É, dá para ver – murmurei.

— Desculpe pelo jeito como as coisas aconteceram na reunião de defesa. – Ele tinha baixado a voz, falando daquela maneira suave e conspirante que adotava quando nós dois estávamos a sós.

— Não é culpa sua. Na verdade, você me defendeu. Estou com uma dívida de gratidão com você.

— Não concordo com o que eles disseram lá. – Finn desacelerou e parou na frente de uma porta pesada de mogno. – A maneira como eles culparam você e sua mãe pelo que aconteceu aqui. Mas não quero que você fique pensando mal deles por causa disso. Eles estão apenas com medo.

– Eu sei. – Fiquei parada ao lado dele, respirando fundo. – Posso fazer uma pergunta, com sinceridade?

– Claro – disse ele, mas soou hesitante.

– Você acha que seria melhor se eu fosse com os Vittra? – perguntei. Os olhos dele arregalaram-se, e eu me apressei para continuar falando antes que ele respondesse. – Não estou perguntando se é melhor para mim, e quero que deixe os seus próprios sentimentos de lado, quaisquer que sejam eles. Seria melhor para os Trylle, para todas as pessoas que moram aqui em Förening, se eu fosse com os Vittra?

– O fato de você estar disposta a se sacrificar pelo povo é exatamente o motivo pelo qual eles precisam de você aqui. – Os olhos dele fitavam profundamente os meus. – Você precisa ficar aqui. Todos nós precisamos de você.

Engolindo em seco, baixei os olhos. A minha face parecia estar corada, e eu odiava o fato de que simplesmente falar com Finn me deixava daquele jeito.

– Elora está aguardando lá dentro – disse ele baixinho.

– Obrigada. – Concordou com a cabeça e, sem olhar para ele, abri a porta e entrei no escritório dela.

Eu nunca tinha entrado no gabinete particular de Elora, mas era mais ou menos como os outros escritórios dela. Havia muitas estantes de livros, uma escrivaninha de carvalho gigantesca e, diante das janelas, uma chaise-longue de veludo. Havia um quadro de Elora numa parede e, pelo jeito das pinceladas, imagino que fosse um autorretrato.

Elora estava sentada à mesa, com uma pilha de papéis espalhada em sua frente. Ela segurava uma caneta-tinteiro de marfim, e o próprio tinteiro para poder molhá-la nele, mas o mantinha perigosamente em cima dos papéis, como se estivesse com medo do que fosse assinar.

Ela não tinha erguido a cabeça ainda, e seu cabelo preto cercava o rosto como uma cortina, então eu não tinha certeza se ela sabia que eu estava ali.

— Elora, preciso falar com você. — Fui até a mesa.

— Foi o que me disseram. Diga logo. Não tenho muito tempo hoje. — Ela olhou para mim, e eu quase arfei.

Eu nunca a tinha visto tão fatigada antes. A pele normalmente impecável parecia ter envelhecido e enrugado da noite para o dia. Havia linhas profundas na testa que não estavam lá na véspera. Seus olhos escuros tinham ficado um pouco leitosos, como um princípio de catarata. Havia uma mecha de cabelo branco no centro da risca, e eu não sabia por que não tinha percebido isso quando cheguei.

— Princesa, é sério. — Elora suspirou, parecendo irritada. — O que você quer?

— Queria falar com você sobre Lo... hum, sobre o markis Vittra — gaguejei.

— Acho que você já falou mais do que o suficiente a respeito disso. — Ela balançou a cabeça, uma gota de tinta pingou da caneta e caiu na mesa.

— Não acho que vocês devam executá-lo — eu disse, com minha voz se fortalecendo.

— Você já deixou bem claro o que achava, princesa.

— Não faz sentido, em termos de política — prossegui, recusando-me a deixar isso pra lá. — Matá-lo só vai incitar mais ataques dos Vittra.

– Os ataques dos Vittra não dependem de nós o executarmos ou não.

– Exatamente! – eu disse. – Não precisamos antagonizá-los. Pessoas demais já morreram por causa disso. Não precisamos acrescentar ninguém à lista de mortos.

– Não posso deixá-lo preso por muito mais tempo – falou Elora. Então, num raro momento de honestidade, a fachada dela desapareceu por um instante, e eu vi o quanto ela estava verdadeiramente exausta. – A minha justificativa para mantê-lo preso... está drenando as minhas energias.

– Sinto muito – eu disse simplesmente, sem saber como responder ao seu reconhecimento da própria fragilidade.

– A Vossa Jovem Majestade vai ficar contente de saber que estou procurando uma solução neste exato momento – afirmou Elora, soando particularmente amarga ao se referir a mim como *Majestade*.

– O que está planejando fazer? – perguntei.

– Estou revendo tratados antigos. – Ela tocou nos papéis em sua frente. – Estou tentando criar um acordo de troca para que possamos devolver o markis e assim comprar um pouco de paz. Acho que Oren nunca vai parar de vir atrás de você, mas precisamos de tempo antes que ele lance outro ataque.

– Ah. – Eu fiquei sem reação por um instante. Não esperava que ela fosse fazer algo para ajudar a mim ou Loki. – Por que acha que Oren vai preparar outro ataque? Os Vittra parecem arrasados demais agora para lutar.

– Você não sabe nada sobre os Vittra, nem sobre o seu pai – disse Elora, de um jeito cansado e condescendente ao mesmo tempo.

– E de quem é a culpa disso? – perguntei. – Se fico sem saber dos fatos, é por sua causa. Você espera que eu governe este lugar e mesmo assim se recusa a me contar qualquer coisa sobre ele.

— Eu não tenho tempo, princesa! — exclamou Elora. Quando ela olhou para mim, jurei ter visto lágrimas em seus olhos, mas elas desapareceram antes que eu pudesse ter certeza. — Quero tanto contar tudo para você, mas não tenho tempo! Você só é informada do que precisa, quando precisa. Queria que fosse diferente, mas o mundo em que vivemos é este.

— Como assim? — perguntei. — Por que você não tem tempo?

— Não tenho tempo nem para esse debate. — Elora balançou a cabeça e acenou para que eu esquecesse aquele assunto. — Você tem muito o que fazer, e eu tenho uma reunião em dez minutos. Se quer que eu salve o seu precioso markis, sugiro que vá embora e me deixe trabalhar.

Fiquei na frente da mesa dela mais um instante antes de perceber que não tinha mais nada a dizer. Pelo menos dessa vez, Elora estava do meu lado e não planejava executar Loki. Seria até melhor eu ir embora antes que dissesse algo que a fizesse mudar de ideia.

Esperava ver Finn me aguardando no corredor para me levar para o meu quarto, mas em vez disso encontrei Tove. Ele estava encostado na parede, distraidamente rolando uma laranja entre as mãos.

— O que está fazendo aqui? — perguntei.

— Também é um prazer vê-la — disse Tove secamente.

— Não, quero dizer, não estava esperando vê-lo.

— Eu estava querendo encontrar você, então deixei Finn ir embora. — Tove deu um sorriso irônico e balançou a cabeça.

— Era para eu treinar hoje? — perguntei. Gostava de treinar com Tove, mas ele achou melhor que eu tirasse um ou dois dias de descanso para não ficar esgotada.

— Não. — Tove jogou a laranja para cima quando começamos a nos afastar do escritório de Elora. — Estou morando aqui no palácio agora, e achei que devia ver como você está.

— Ah, certo. — Eu tinha esquecido que Tove ficaria com a gente por algum tempo, para ajudar a fazer do palácio um lugar seguro.

— Por que você achou que devia ver como eu estava?

— Não sei. — Ele deu de ombros. — É que você parece...

— A minha aura está meio mal hoje? — perguntei, olhando-o de lado.

— Na verdade, está. — Ele fez que sim com a cabeça. — Ela tem estado com um tom de marrom doentio, quase um amarelo cor de enxofre.

— Não sei qual a cor de enxofre, e, mesmo se soubesse, eu não saberia o que isso significa — eu disse. — Você vive falando de auras, mas nunca explica mais sobre elas.

— A sua normalmente é laranja. — Ele ergueu a fruta para exemplificar, depois começou a jogá-la de uma mão para outra. — Ela é inspiradora e compassiva. Você fica com uma auréola roxa quando está perto de pessoas de quem gosta. É uma aura protetora e terna.

— Que mais? — Ergui uma sobrancelha.

— Na reunião de ontem, quando se levantou e defendeu algo em que acreditava, a sua aura ficou brilhando, dourada. — Tove parou de andar, perdido em seus pensamentos. — Foi fascinante.

— O que dourado significa?

— Não sei exatamente. — Ele balançou a cabeça. — Nunca a tinha visto daquele jeito. A da sua mãe costuma ser cinza, com uns traços vermelhos, mas, quando ela age mesmo como rainha, ela fica com umas manchas douradas.

— Então dourado significa... o quê? Que sou uma líder? — perguntei ceticamente.

– Talvez – disse ele com displicência e começou a andar.

Tove foi para o andar de baixo, e, por mais que eu quisesse ficar sozinha, fui com ele. Ele continuou me explicando tudo o que sabia sobre auras e o que cada cor significava.

Ainda não entendia qual era a função da aura. Tove disse que ela lhe esclarecia como era a personalidade de uma pessoa e as suas intenções. Às vezes, se a aura era muito poderosa, ele a sentia. Na reunião da véspera, ele sentiu a minha ficar quente como um sol gostoso de verão.

Ele parou na sala de estar e se jogou numa cadeira perto da lareira. Começou a descascar a laranja e a jogar a casca na lareira apagada. Eu me sentei no sofá mais perto dele e fiquei olhando lá para fora pela janela.

O outono estava começando a virar início de inverno, e havia um forte granizo caindo lá fora. Ao bater no vidro, parecia que estavam chovendo moedas.

– O quanto você sabe sobre os Vittra? – perguntei.

– Hum? – Tove deu uma mordida na laranja e olhou para mim, limpando o suco do queixo.

– Você sabe muita coisa sobre os Vittra? – reformulei a pergunta.

– Um pouco. – Ele estendeu um gomo de laranja para mim. – Quer um pouco?

– Não, obrigada. – Balancei a cabeça. – Quanto é "um pouco"?

– Quis dizer tipo um ou dois gomos, mas pode ficar com tudo se estiver muito a fim. – Ele estendeu a laranja para mim, mas eu educadamente rejeitei fazendo um gesto com a mão.

– Não, quis dizer para você me contar o que sabe sobre os Vittra – eu disse.

— Tem que ser mais específica. — Tove deu outra mordida, então fez uma careta e jogou o resto na lareira. Esfregou as mãos na calça, limpando o suco nelas, e deu uma olhada para a sala.

Ele parecia distraído nesse dia, e eu fiquei me perguntando se o palácio não o sobrecarregava. Eram pessoas demais com pensamentos demais, todas no mesmo lugar. Normalmente ele visitava por algumas horas e ia embora.

— Sabe por que os Vittra e os Trylle estão brigando? — perguntei.

— Não. — Ele balançou a cabeça. — Mas acho que é por causa de uma garota.

— Sério? — perguntei.

— Não é sempre assim? — Ele suspirou e se levantou. Foi até a cornija da lareira e ficou mexendo numas estatuetas feitas de marfim e madeira que estavam em cima. Às vezes usava os dedos para movê-las, às vezes a mente. — Já ouvi falar que Helena de Troia era uma Trylle.

— Helena de Troia é um mito — eu disse.

— Os trolls também são. — Ele ergueu uma estatueta que era um cisne de marfim entrelaçado em hera de madeira e a tocou delicadamente, como se temesse danificar o desenho intricado. — Quem é que sabe o que é verdade ou não?

— Então como é? Troia e os Vittra são a mesma coisa? O que está dizendo?

— Não sei. — Tove deu de ombros e colocou a estatueta de volta na cornija. — Eu não acho mitologia grega essa coisa toda.

— Legal. — Eu me recostei no sofá. — Então o que é que você sabe?

— Eu sei que o rei deles é o seu pai. — Ele andou pela sala, olhando para tudo sem ver realmente nada. — E ele é implacável, então só vai parar quando pegar você.

— Você sabia que ele era o meu pai? – perguntei, olhando-o embasbacada. – Por que não me disse?

— Não cabia a mim contar. – Ele olhou para o granizo pela janela. Foi até ela e pressionou a palma da mão no vidro, deixando uma marca quente devido ao calor de sua pele.

— Devia ter me contado – insisti.

— Eles não vão matá-lo – disse Tove distraidamente. Ele inclinou-se para a frente e respirou em cima do vidro, embaçando-o.

— Quem? – perguntei.

— Loki. O markis. – Ele fez um desenho no vidro e depois o apagou com o cotovelo.

— Elora disse que vai tentar...

— Não, eles *não podem* matá-lo – assegurou-me Tove, virando-se para mim. – A sua mãe é a única que tem poder suficiente para segurá-lo, tirando você e eu.

— Espera, espera. – Ergui a mão. – Como assim, ninguém tem força suficiente para segurá-lo? Eu vi os guardas pegando-o quando ele foi capturado. Duncan até ajudou a prendê-lo.

— Não, os Vittra funcionam de um jeito diferente da gente. – Tove balançou a cabeça e sentou-se do outro lado do sofá. – Nossas habilidades estão aqui dentro. – Ele tocou na lateral da cabeça. – Nós conseguimos mover objetos com a mente ou controlar o vento.

— Loki consegue fazer as pessoas desmaiarem usando a mente, e a rainha Vittra consegue curá-las – eu disse.

— A rainha Vittra tem sangue Trylle, é de uma ou duas gerações atrás. Até mesmo Loki tem nosso sangue, na verdade. O pai dele era Trylle.

— E agora ele é Vittra? – perguntei, lembrando que Elora tinha comentado que conhecia o pai de Loki.

— Ele foi por um tempo. Agora está morto — disse Tove diretamente.

— O quê? Por quê? — perguntei.

— Traição. — Tove inclinou-se para a frente e, usando a mente, ergueu um vaso de uma mesa próxima. Queria gritar para que ele prestasse atenção, mas sabia que na verdade era isso que ele estava tentando fazer.

— Nós o matamos? — perguntei.

— Não. Acredito que ele tentou desertar para Förening. — Ele mordeu o lábio, concentrando-se, enquanto o vaso flutuava no ar. — Os Vittra o mataram.

— Meu Deus. — Recostei-me de novo no sofá. — Por que Loki ainda apoia os Vittra?

— Não conheço Loki nem conhecia o pai dele. — O vaso flutuou para baixo, pousando suavemente na mesa. — Não sei o motivo deles para nada.

— Como você sabe disso tudo? — perguntei.

— Você também saberia, se não fosse pelo estado atual das coisas. — Tove suspirou profundamente, parecendo mais calmo depois de mover o vaso. — É uma parte do treinamento que você estaria fazendo agora, aprender a nossa história. Mas, por causa dos ataques, é mais importante que você esteja preparada para uma batalha.

— Como os poderes dos Vittra são diferentes? — perguntei, voltando ao assunto.

— Força. — Ele flexionou o braço para demonstrar. — Fisicamente, ninguém é páreo para eles. Até a mente deles é mais impenetrável, por isso pessoas como você e Elora têm dificuldade em controlá-los. Até para mim é difícil movê-los. E, assim como nós, quanto mais poderoso o Vittra, mais alto ele fica na hierarquia, então um markis como Loki é extremamente forte.

— Mas no palácio Vittra você jogou Loki como se ele não fosse nada — lembrei-o.

— Estava pensando sobre isso. — Ele franziu a testa, intrigado. — Acho que ele deixou que eu fizesse isso.

— Como assim? Por quê?

— Não sei. — Tove balançou a cabeça. — Loki deixou que eu o dominasse lá e que os guardas o capturassem aqui. O poder de Elora sobre ele é real, mas o dos outros guardas... — Ele balançou a cabeça. — Eles não têm nenhuma chance contra ele.

— Por que ele faria isso? — perguntei.

— Não faço ideia — admitiu Tove. — Mas ele é muito mais forte do que todos nós. Elora não seria capaz de segurá-lo o suficiente para matá-lo.

— E você seria? — perguntei hesitantemente.

— Acredito que sim. — Ele concordou com a cabeça. — Quer dizer, eu conseguiria, mas não faria isso.

— Por que não? — perguntei.

— Não acho que devamos. Na verdade, ele não fez nada para nos machucar, e quero ver o que está aprontando. — Tove deu de ombros, depois olhou para mim. — E também você não quer que eu faça isso.

— Você desobedeceria as vontades de Elora se eu pedisse? — perguntei, e ele concordou com a cabeça. — Por quê? Por que faria algo para mim e não para ela?

— Devo lealdade a você, princesa. — Tove sorriu. — Eu confio em você, e os outros Trylle também vão aprender a fazê-lo ao verem do que você é capaz.

— Do que é que eu sou capaz? — perguntei, sentindo-me estranhamente tocada pela revelação de Tove.

— De trazer a paz para nós — disse ele, com tanta convicção que eu não quis discutir.

DEZESSETE

dormente

Depois de ouvir o que Tove tinha a dizer sobre Loki, queria falar com ele. Loki não tinha sido muito direto comigo, mas eu precisava saber por que ele tinha ido para lá. O que esperava conseguir invadindo o palácio Trylle sozinho?

Mas, para o meu desapontamento, os guardas de Loki estavam mais rigorosos.

A notícia da minha conversa com ele tinha se espalhado, e os guardas decidiram trabalhar em dobro para que eu não tivesse acesso a ele. Duncan tinha levado o maior esporro por me deixar encontrar Loki e, quando finalmente voltou para cumprir o seu dever de guarda-costas, ele se negou a deixar que eu chegasse perto do prisioneiro.

Eu poderia ter usado a persuasão em Duncan, mas já tinha mexido demais com o seu cérebro quando praticava com ele. Também tinha jurado que nunca mais usaria a persuasão em ninguém, apesar de não ter comentado isso com Tove.

Além do mais, seria bom usar o meu dia de descanso para realmente relaxar. No dia seguinte, eu voltaria ao treinamento e depois disso eu poderia tentar ver Loki. Tinha certeza de que era capaz de dar um jeitinho com os guardas sem usar a persuasão em ninguém.

Mas não fiquei muito tempo sozinha. Duncan me acompanhou até o meu quarto, e eu mal tinha passado cinco minutos lá quando Rhys chegou do colégio. Ele fez uma pizza e me convidou para o quarto dele para vermos filmes ruins e descansarmos com Matt e Willa.

Como eu achava que não estava passando tempo suficiente com nenhum deles, concordei e fiz Duncan ir junto. Sentei-me no sofá e fiz questão de ficar a uma distância segura de Rhys, mas não precisei me preocupar tanto, pois Matt estava com a gente.

Porém Matt pareceu estar meio desligado de seus deveres de irmão mais velho. Ele parecia prestar mais atenção em Willa, brincando com ela, rindo com ela. No entanto, foi ela que me surpreendeu mais do que ninguém. Comeu mesmo a pizza. Nem eu comia pizza, e Willa comeu com um sorriso no rosto.

Diferentemente da vez anterior em que fui ver filmes no quarto de Rhys, fiz questão de sair antes de adormecer. Disse que tinha que ir embora enquanto todos assistiam a *Uma Noite Alucinante – A Morte do Demônio*.

Enquanto ia para o meu quarto, avistei Finn fazendo a ronda. Dei oi, mas ele não quis nem me cumprimentar com a cabeça nem reconhecer a minha presença. Duncan pediu desculpas pelo comportamento de Finn, o que só me deixou com mais raiva ainda. Não era para Finn precisar de outros rastreadores para fazer com que eu me sentisse melhor.

Na manhã seguinte, Tove me acordou bem cedinho. Como ele estava morando no palácio, não precisava mais ir e vir todos os dias. Parecia ser cedo demais para acordar, mas a insônia de Tove tinha piorado desde que ele se mudara para o palácio, então não reclamei.

Dividida

Depois que me arrumei, tivemos um longo dia de treinamento. Fomos para a cozinha, que normalmente ficava deserta, mas com tantos guardas e pessoas no palácio, o cozinheiro estava trabalhando o tempo inteiro. Para o horror do chef, Tove me fez praticar movendo as panelas e afins.

Eu estava imaginando que fosse acontecer algo parecido com *Mary Poppins*, com todos os pratos dançantes, mas não foi muito bem assim. De fato consegui fazer umas duas panelas de ferro fundido flutuarem e quase arranquei a cabeça de Duncan quando lancei uma caçarola pela cozinha usando apenas a mente.

Fiquei em parte animadíssima por finalmente conseguir fazer os objetos se moverem. Tove achou que tinha a ver com o fato de eu ter batido a porta quando Elora estava machucando Loki. Aquilo tinha liberado o que quer que me impedia de usar o meu potencial.

A parte de mim que estava entusiasmada terminou sendo tomada pela parte de mim que estava exausta. Ao terminarmos, eu nunca tinha me sentido tão esgotada em toda a minha vida. Duncan se ofereceu para me ajudar a subir a escada para o meu quarto, e, por mais que aquilo tivesse sido bom, eu recusei. Tinha que aprender a lidar com tudo isso sozinha.

Não queria que pessoas como Duncan e Finn, ou até mesmo Tove, arriscassem a própria vida para me proteger. Ou, mesmo que eles não se arriscassem, não queria *precisar* deles. Eu era mais forte do que eles e tinha de aprender a cuidar de mim mesma.

Eu sabia que não seria capaz de aprender a controlar tudo da noite para o dia, mas eu trabalharia o tanto que precisasse até adquirir a força que todos acreditavam que eu poderia vir a ter.

Após o longo período de treinamento, fiz um pequeno intervalo, depois tivemos uma reunião de defesa. Tove, Duncan e eu comparecemos, assim como uns poucos guardas escolhidos a dedo e Elora. Finn e seu pai já estavam na sala quando chegamos. Cumprimentei-os e, embora Thomas tivesse respondido, Finn me ignorou. De novo.

A reunião não foi tão importante. Elora nos informou sobre o que estava acontecendo. Nenhum outro Vittra tinha invadido o palácio. Loki não tinha escapado. Ela examinou os plantões dos guardas com os rastreadores. Eu queria perguntar sobre o plano dela de negociar com os Vittra a respeito de Loki, mas Elora me lançou um olhar de advertência, então soube que não era a hora certa para mencionar o assunto.

Quando a reunião acabou, eu queria ir para o meu quarto, tomar uma longa ducha quente e dormir. Quando estava prestes a entrar no chuveiro, percebi que estava sem sabonete líquido e fui pegar mais no closet do corredor.

O meu cérebro ficou dormente e pareceu entrar em curto-circuito. Por alguma razão, eu mal conseguia sentir minhas extremidades, como os dedos das mãos e dos pés. Uma enxaqueca pulsava na base do meu crânio, e a visão do meu olho esquerdo estava um pouco embaçada.

O treinamento do dia tinha sido mais difícil do que eu gostaria de admitir. Tove sugeriu várias vezes que fizéssemos um intervalo, mas eu me recusei, e as consequências estavam aparecendo naquele momento.

Acho que foi por isso que surtei quando Finn passou por mim de novo sem me cumprimentar. Eu tinha saído para o corredor, vestida de roupão, para pegar o sabonete e por acaso Finn estava fazendo a sua ronda mais uma vez. Ele passou por mim, eu disse oi, e ele nem sequer sorriu ou balançou a cabeça para mim.

E aquilo para mim foi a gota-d'água.

Dividida

— Que diabos é isso, Finn? — gritei, virando-me para ele. Ele parou, mas só porque eu o assustei. Olhou para mim e piscou, com o queixo relaxado. Acho que nunca o tinha visto tão surpreso.
— Claro que não vai dizer nada. Vai apenas ficar me encarando sem expressão, como sempre faz.
— Eu... eu... — gaguejou Finn, e eu balancei a cabeça.
— Não, é sério, Finn. — Ergui a mão para pará-lo. — Se você nem se dá o trabalho de reconhecer a minha presença, não tem pra que fazer isso agora.
— Wendy. — Ele suspirou, parecendo exasperado. — Estou apenas fazendo o meu trabalho...
— Que seja. — Revirei os olhos. — Onde é que diz exatamente na descrição do seu emprego que você deve ser um babaca com a princesa e ignorá-la? Está escrito em algum canto?
— Estou apenas fazendo o possível para protegê-la, você sabe disso.
— Entendo por que não podemos ficar juntos. E não é como se eu fosse tão fraquinha que o mero ato de você dizer um oi para mim vai fazer eu me jogar em cima de você no meio do corredor. — Bati a porta do closet com força. — Não existe motivo algum para você ser tão grosseiro comigo.
— Não estou sendo. — A expressão de Finn suavizou, e ele pareceu magoado e confuso. — Eu... — Ele baixou os olhos até o chão. — Não sei como devo me comportar perto de você.
— E por que pensou que me ignorar seria a melhor opção? — perguntei e, para a minha própria surpresa, lágrimas se acumularam nos meus olhos.
— É por isso que não queria ficar aqui. — Ele balançou a cabeça. — Implorei para a rainha me dispensar...
— Você implorou? — perguntei, e aquilo foi demais.

Finn não implorava. Ele tinha orgulho e honra demais para implorar por qualquer coisa. E ainda assim ele estava tão louco para ficar longe de mim que terminou apelando para a imploração.

– Sim! – Ele apontou para mim. – Olhe só para você! Olhe o que estou fazendo com você!

– Então você sabe o que está fazendo comigo? – perguntei. – Você sabe e ainda assim continua fazendo?

– Eu tenho pouquíssimas opções, Wendy! – gritou Finn. – O que quer que eu faça? Diga o que acha que devo fazer.

– Não quero mais nada de você – admiti e me afastei.

– Wendy! – chamou Finn, mas eu balancei a cabeça e segui em frente.

– Estou cansada demais para isso, Finn – murmurei e entrei no quarto.

Assim que fechei a porta, me recostei nela e comecei a chorar. Mas nem sei direito o motivo. Não era como se eu sentisse falta de Finn. Era como se eu fosse incapaz de controlar minhas próprias emoções. Elas apenas transbordavam de mim na forma de soluços de choro lendários.

Desmoronei na cama e decidi que a única cura para isso era dormir.

DEZOITO

segredos

Duncan demorou vinte minutos para conseguir me acordar na manhã seguinte, foi o que me contou depois. Ele primeiro tentou bater na porta, mas eu não escutei de jeito nenhum. Depois me sacudiu, o que também não adiantou. Ele estava convencido de que eu estava morta, até que Tove apareceu e jogou água fria no meu rosto.

– O que diabos é isso? – gritei, sentando-me.

Havia água escorrendo pelo meu rosto, pisquei para afastá-la e vi Tove e Duncan com as mãos na cabeça. O meu coração disparou no peito e tirei o cabelo dos olhos.

– Você fez de novo, princesa – disse Tove, massageando a têmpora.

– O quê? – perguntei. – O que está acontecendo?

– O tapa no cérebro que você dá. – Tove fez uma careta, mas Duncan já havia abaixado a mão. – Nós tentamos acordá-la na base do susto, então você nos atacou enquanto dormia. Mas agora está passando.

– Desculpe. – Eu saí da cama com o meu pijama ensopado. – Mas isso não explica a água.

— Você não acordava — contou Duncan o que tinha acontecido, com olhos esbugalhados e nervosos. — Estava com medo que estivesse morta.

— Eu avisei que ela não estava morta. — Tove lançou um olhar severo para ele e esticou bem a mandíbula, tentando se livrar das dores do tapa que eu acidentalmente tinha dado nele.

— Você está bem? — Duncan aproximou-se de mim, vendo se eu estava com algum ferimento.

— Sim, estou bem. — Confirmei com a cabeça. — Só estou molhada. E ainda cansada.

— Não vamos treinar hoje — informou-me Tove.

— O quê? — Eu me virei bruscamente para ele. — Por quê? Agora que estou começando a pegar o jeito?

— Eu sei, mas é muito debilitante — disse Tove. — Vai terminar distendendo algum músculo. Amanhã nós praticamos mais.

Tentei protestar, mas sem muito empenho, e Tove também não ia nem concordar. Mesmo após uma boa noite de sono, eu ainda me sentia esgotada e exausta. Um lado inteiro da minha cabeça estava estranhamente dormente, como se metade do meu cérebro tivesse pegado no sono. Claro que não era isso, afinal eu não estava tendo um derrame, mas precisava mesmo de um descanso.

Tove foi embora para fazer o que quer que fazia em seu tempo livre, e Duncan me prometeu um dia relaxante, quer eu gostasse ou não.

A primeira coisa a fazer era tirar as roupas molhadas e tomar um banho. Quando saí do banheiro, Duncan estava na minha cama, que não estava feita. Ele tinha começado a listar todas as coisas calmas e fáceis que poderíamos fazer durante o dia, mas nenhuma delas parecia ser divertida.

Dividida

— Você consideraria conversar com os amigos algo relaxante? — perguntei, passando a toalha nos meus cachos molhados. Como minha cabeça estava doendo, preferi deixar o cabelo solto.

— Sim — disse Duncan hesitantemente.

— Ótimo. Então já sei o que fazer. — Joguei a toalha numa cadeira perto de mim, e Duncan foi para a beirada da cama.

— O que é? — Duncan estreitou os olhos para mim. Eu não tinha demonstrado entusiasmo com nenhuma de suas ideias, então obviamente ele não confiava no que quer que eu quisesse fazer.

— Vou conversar com um amigo — eu disse.

— Que amigo? — Duncan saiu da cama e foi atrás de mim enquanto eu abria a porta do quarto.

— Um amigo aí. — Eu o ignorei e fui para o corredor.

— Você não tem tantos amigos — salientou Duncan, e eu fingi que estava ofendida. — Foi mal.

— Tudo bem. É verdade — falei enquanto passávamos pelos quartos de Rhys e de Matt.

— Ah, não. — Duncan balançou a cabeça quando percebeu. — Princesa, é para você relaxar. E aquele markis Vittra com certeza não é um amigo.

— Ele também não é exatamente um inimigo, e eu só quero falar com ele.

— Princesa. — Ele suspirou. — Isso é uma péssima ideia.

— Já entendi a sua preocupação, Duncan. E não quero me aproveitar da minha posição, mas eu sou a princesa. Você não pode me impedir de fazer isso.

— Não era para você dirigir nem uma palavra para ele, sabia? — disse Duncan, andando atrás de mim no mesmo ritmo que eu. — A rainha conversou com os guardas após a sua última visita.

— Se não aprova o que vou fazer, não precisa vir comigo — salientei.

— Claro que vou com você. — Ele indignou-se e acelerou o passo. — Não vou deixar que você vá falar com ele sozinha.

— Agradeço a preocupação, mas vou ficar bem. — Olhei para ele. — Não quero meter você em encrenca nem nada. Se quiser ficar, não tem problema.

— Não, tem problema, sim. — Ele me lançou um olhar sério. — É o meu trabalho protegê-la, princesa. Não é o contrário. Você precisa parar de pensar tanto na minha segurança.

Chegamos à escada no mesmo instante em que escutamos uma batida estrondosa na porta. Ninguém nunca batia na porta. Sempre usavam a campainha, cujo som parecia o de um espanta-espíritos bem barulhento.

Mais estranhamente ainda, Elora apareceu na rotunda e foi até a porta, arrastando a longa cauda preta do vestido no piso de mármore.

Ainda estávamos no segundo andar, e Elora estava bem embaixo da gente. Eu me escondi atrás do corrimão para que ela não me visse, e Duncan fez o mesmo. Por entre a treliça de madeira, dava para ver Elora muito bem.

Ela estava sozinha e, antes de abrir a porta, parou e olhou para trás. O rosto dela estava mais liso e jovem do que quando a vi no dia anterior, mas o cabelo estava com mais duas mechinhas brancas e brilhantes.

— Por que ela está indo abrir a porta? — sussurrou Duncan. — E ela está sem nenhum guarda.

— Shh! — Balancei a mão para ele ficar em silêncio.

Ao ver que estava só, Elora abriu a porta. Uma rajada de vento gélido soprou para dentro do saguão, e Elora teve que segurar a porta com firmeza para que ela não batesse de vez.

Uma mulher entrou discretamente enquanto Elora empurrava a porta para trás com força do jeito mais gracioso possível. Um manto verde-escuro cobria a cabeça da mulher, escondendo o seu rosto de nós. Seu vestido vinho parecia ser de cetim, e a bainha cercava os seus pés, parecendo desgastada e molhada por causa do clima.

– Que bom que conseguiu chegar aqui com esse tempo. – Elora deu um sorriso para ela, aquele sorriso tenso e condescendente.

Elora alisou o cabelo de uma maneira que as mechas brancas ficassem mais cobertas. A mulher não falou nada, e Elora apontou para o segundo andar, o que não fazia sentido. Todos os negócios eram conduzidos na ala sul do térreo. Elora a levou para a sua área particular.

– Vamos – disse Elora enquanto elas seguiam. – Temos muito o que discutir.

Agarrei o braço de Duncan e saí em disparada para o outro lado do corredor antes que Elora começasse a subir a escada. A única coisa que ficava perto da escada era um pequeno armário de vassouras, então abri a porta com o máximo de silêncio possível.

Depois que entramos, fechei a porta quase toda, deixando um espaço mínimo para que eu pudesse enxergar. Duncan pressionava as minhas costas, tentando também enxergar pela abertura, e o acotovelei na barriga para que eu pudesse ter um espacinho para respirar.

– Ai! – Ele recuou.

Quieto!, vociferei.

– Não precisa gritar – sussurrou Duncan.

– Eu nã... – Estava prestes a dizer que não tinha gritado quando percebi que eu não tinha dito uma palavra. Tinha apenas pensado, e ele me escutou. Eu tinha feito o truque de falar pela mente que Elora sempre fazia.

Duncan, consegue me escutar?, eu perguntei dentro da cabeça, testando, mas ele não falou nada. Ele estava na ponta dos pés, olhando por cima da minha cabeça.

Eu teria tentado de novo, mas escutei Elora alcançando o topo da escada e voltei minha atenção para ela: estava entre a convidada e o armário de vassouras, então não consegui ver o rosto da outra mulher. Além disso, ela ainda estava com aquele manto verde na cabeça.

Esperei mais alguns instantes após elas passarem para abrir a porta. Inclinei-me para fora, observando a silhueta das duas diminuir pelo corredor. Elas passaram pelo rastreador que vigiava do lado de fora da cela de Loki, mas aquele era o único guarda no segundo andar.

O térreo estava repleto de guardas. Normalmente havia um ou dois perto de mim, mas o segundo andar era diferente, ficava vazio.

– Por que Elora traria alguém para cá? – perguntou Duncan, saindo de trás de mim para observá-las.

– Não sei. – Balancei a cabeça. – Sabe para onde estão indo?

– Não, a rainha não me convida para a área pessoal dela – disse Duncan.

– É, ela também não me convida.

Decidi que eu precisava seguir a rainha e descobrir por que ela estava tão cheia de segredos. Andei furtivamente, grudada o máximo possível na parede. Duncan veio junto, e nós pareceríamos mais personagens dos *Looney Tunes* tentando se esconder atrás de árvores estreitas e de pedras pequenas.

Elora empurrou as portas gigantescas no fim do corredor, e eu congelei. Aquele era o quarto dela, ou pelo menos foi o que me disseram. Eu nunca tinha entrado lá. Pressionei-me o máximo possível na parede, e, ao fechar as portas, Elora não olhou em volta.

– O que diabos ela está fazendo? – perguntei.

– Eu é que pergunto – disse Loki, surpreendendo-me.

O quarto dele ficava a apenas algumas portas de distância de onde eu e Duncan tentávamos nos esconder. Loki estava encostado no batente da porta, sem ousar ir além disso, e o seu guarda o fulminou com o olhar quando ele falou comigo.

Com toda a minha atenção em Elora, eu tinha esquecido que Loki estava ali em cima. Afastei-me da parede e endireitei a postura, ajeitando os meus cachos úmidos o melhor que pude.

– Não é mesmo da sua conta. – Aproximei-me dele lenta e determinadamente, e ele me deu um sorriso malicioso.

– Eu não me importo, mas você e o seu amigo ali – Loki apontou para Duncan – estavam parecendo dois desistentes de uma escola de espiões.

– Que bom que não se importa. – Cruzei os braços.

– Mas estou curioso. – A testa de Loki enrugou com um interesse genuíno. – Por que está perseguindo a sua própria mãe?

– Princesa, não precisa responder as perguntas dele – disse o guarda, olhando para Loki de lado. – Posso fechar a porta, e você pode ir embora.

– Não, estou bem. – Dei um sorriso educado antes de lançar um olhar severo para Loki. – Você viu com quem minha mãe estava?

– Não. – O sorriso de Loki se alargou. – E imagino que você também não.

– Princesa, isso não parece nada relaxante – observou Duncan.

– Duncan, eu estou bem.

– Mas princesa...

Duncan! Falei de novo pela mente, o que me surpreendeu, e eu me apressei para usar aquilo enquanto ainda fosse possível. Eu me virei na direção dele. *Estou bem. Agora, por favor, acompanhe este guarda para outro lugar.*

– Tá certo. – Duncan suspirou e se virou para o guarda. – A princesa precisa de um momento a sós.

– Mas recebi ordens rigorosas para...

– Ela é a princesa – disse Duncan. – Quer mesmo discutir com ela?

Tanto Duncan quanto o guarda pareceram relutar em sair dali. Enquanto se afastavam, Duncan ficou me olhando, e o guarda continuou dizendo rapidamente que ficaria em apuros se a rainha descobrisse.

– Estou vendo que aprendeu um novo truque. – Loki sorriu para mim.

– Sei mais truques do que você imagina – eu disse, e Loki ergueu as sobrancelhas em aprovação.

– Se quiser me mostrar alguns truques, a minha porta está sempre aberta. – Ele apontou para o quarto e se afastou para o lado, caso eu quisesse entrar.

Não sei exatamente o que eu tinha na cabeça, mas aceitei o convite. Entrei no quarto, passando bem perto dele. Sentei-me em sua cama, já que ele não tinha nenhuma cadeira, mas me sentei o mais ereta possível. Não queria ficar confortável nem dar a ele a impressão errada.

– Sinta-se em casa, princesa – brincou Loki.

– Eu estou em casa – lembrei-o. – Aqui é a minha casa.

– Por enquanto – concordou Loki, e sentou-se na cama. Ele fez questão de se sentar perto de mim, e eu me afastei, deixando meio metro de distância entre a gente. – Ah, entendi.

– Tove me falou sobre você – falei. – Sei o quanto você é poderoso.

— E mesmo assim entrou no meu quarto? Sozinha? – perguntou Loki. Ele inclinou-se para trás, apoiando-se nos braços e me observando.

— Você sabe o quanto eu sou poderosa – rebati.

— Touché.

— O rei encarregou você de me proteger por causa do quanto você é forte – eu disse. – E você me deixou fugir.

— Isso é uma pergunta? – Loki desviou o olhar e tirou um fiapo da camisa preta.

— Não. Eu sei que é verdade. – Continuei olhando-o, esperando que ele revelasse algo, mas tudo o que fez foi ficar com uma expressão sombria e entediada. – Quero saber por que você me deixou fugir.

— Princesa, quando você entrou no meu quarto, achei que a gente fosse se divertir, não falar de política. – Ele fez bico e virou para o lado, a fim de me encarar melancolicamente.

— Loki, estou falando sério.

— Eu também. – Loki sentou-se novamente, aproveitando a oportunidade para se aproximar. Uma de suas mãos repousou bem atrás de mim, e seu braço encostou nas minhas costas.

— Por que você não quer dizer por que me deixou fugir? – perguntei, esforçando-me para manter a voz normal enquanto eu olhava nos olhos dele.

— Por que quer saber tanto isso? – perguntou ele, com a voz profunda e séria.

— Porque sim. – Engoli em seco. – Preciso saber se você está fazendo alguma espécie de jogo.

— E se eu estiver? – Ele deixou os olhos bem fixos nos meus, mas ergueu o queixo insolentemente. – Você vai fazê-los me matarem?

— Não, claro que não — eu disse.

Ele inclinou a cabeça, observando-me, depois percebeu uma coisa.

— Você acha mesmo essa ideia aterrorizante.

— Sim, acho. Agora vai me dizer por que me deixou fugir?

— Foi provavelmente pelo mesmo motivo pelo qual você não quer me matar.

— Não entendi.

Eu queria balançar a cabeça, mas estava com medo demais de tirar os olhos dele. Não ia usar persuasão nem nada, mas ele estava prestando atenção em mim e, se isso mudasse, ele talvez parasse de falar.

— Acho que entende sim, princesa. — Ele engoliu em seco e respirou fundo antes de falar novamente: — Eu sei como é ser um prisioneiro, e achei que seria bom ver alguém escapando, pelo menos uma vez.

— Acredito — admiti. — Mas por que veio atrás de mim novamente? Para que me deixar fugir só para me encontrar de novo?

— Isso eu já disse. Ordens do rei.

— Ele mandou você vir pra cá sozinho?

— Não exatamente. — Loki deu de ombros, mas em nenhum instante desviou os olhos de mim. Seu olhar estava imensamente penetrante. — Eu é que pedi para vir só. Disse a ele que você confiava em mim e que eu a convenceria a ir embora comigo.

O meu coração parou, e eu sabia que devia estar nervosa ou chateada com ele, mas não estava.

— Acha mesmo?

— Não sei. Mas não estava planejando tentar fazer isso. Apenas sabia que, se Oren enviasse os outros comigo, eles não desistiriam antes de pegar você, e isso não me pareceu justo.

— Então não vai tentar me arrastar de volta para Ondarike? — perguntei.

Ele estreitou os olhos um pouco, como se realmente levasse aquilo em consideração.

— Não. Daria trabalho demais.

— Trabalho demais? — eu disse duvidosamente. — Você não poderia simplesmente me fazer desmaiar de novo e me jogar por cima do ombro? Ou pelo menos dava para você ter feito isso quando chegou aqui, antes de ter deixado eles transformarem você em prisioneiro.

— Eu não *deixei*. — Ele riu. — Claro que não os enfrentei o tanto quanto podia, mas não adiantaria de nada. Eu não queria de jeito nenhum levar você de volta. Só queria dar a entender isso, assim o rei não teria nenhum motivo para me matar.

Inclinei a cabeça, analisando-o.

— Então só está aqui para salvar o próprio pescoço?

— É o que parece, não é?

— Você fez alguma coisa comigo? — perguntei.

Eu me senti um pouco aérea, e o meu pulso estava disparado. Os olhos caramelo dele estavam quase me hipnotizando, e o meu estômago estava revirando. A única vez em que tinha sentido algo do tipo foi perto de Finn, e eu não queria acreditar que eu talvez sentisse algo assim por Loki, que talvez estivesse atraída por ele. Então esperei que Loki tivesse lançado alguma espécie de feitiço em mim, talvez da mesma maneira como tinha me deixado inconsciente antes.

— Tipo o quê? — Loki ergueu a sobrancelha, curioso.

— Não sei. Tipo o truque de apagar as pessoas que você já usou em mim.

— Não, não fiz nada. — Ele soltou um longo suspiro, quase parecendo arrependido. — E duvido que eu vá fazer de novo.

– Por quê? – perguntei.

Um canto de sua boca encurvou-se um pouco, e Loki se aproximou de mim. Por um instante, fiquei com medo de que ele fosse me beijar e, enquanto o meu coração martelava o peito, percebi que estava com mais medo de que ele não fizesse isso.

Os olhos dele ainda estavam presos aos meus, mas eu desviei o olhar, analisando seu rosto. A pele bronzeada era lisa e perfeita, a mandíbula era forte e ao mesmo tempo delicada. Loki era naturalmente belíssimo, e acho que eu tentava ignorar aquilo desde a primeira vez que o vi.

Bem no instante em que os lábios dele iam encostar nos meus, ele parou repentinamente. Dava até para sentir o calor do hálito dele no meu rosto.

– Eu quero saber que, quando você está comigo, você está comigo porque quer, não porque está sendo forçada. – Ele parou. – E nesse momento você não está se mexendo.

– Eu... eu.... – Gaguejando, tentei dar alguma espécie de resposta, desviei o olhar e pulei da cama.

– E agora quem é que está fazendo joguinhos? – Loki suspirou. Encostou-se na cama e ficou me observando.

Respirei fundo e cruzei os braços.

– Wendy! – gritou Duncan do corredor. Eu me virei e vi que Finn estava em pé na porta, olhando sério para mim e para Loki.

– Princesa, precisa sair desse quarto imediatamente – disse Finn. A voz dele parecia normal, mas dava para sentir a raiva fervendo por dentro dele.

– E que história toda é essa, hein? – perguntou Loki, dando um olhar confuso para mim. – Por que esses rastreadores ficam dizendo o que você deve fazer o tempo inteiro? Você já é quase rainha. É você que controla tudo.

— Sugiro que cale a boca antes que eu faça isso por você, Vittra. — Finn fulminou Loki com o olhar, e os seus olhos estavam queimando. Loki, por sua vez, não pareceu minimamente ameaçado e bocejou.

— Finn... — Suspirei, mas saí do quarto mesmo assim. Não iria falar com Loki na frente de Finn e não queria brigar com Finn na frente de Loki.

— Agora não, princesa — disse Finn, rangendo os dentes.

Assim que saí do quarto, Finn agarrou a porta e a bateu com força. Eu fiquei de frente para ele, preparando-me para gritar por ele ter reagido tão exageradamente, mas Finn agarrou o meu braço e saiu me arrastando pelo corredor.

— Para com isso, Finn! — Tentei soltar o braço, mas fisicamente ele ainda era mais forte do que eu. — Loki tem razão. Você é o meu rastreador. Precisa parar de ficar me arrastando pelos cantos e me dizendo o que fazer.

— Loki? — Finn parou para poder dirigir a mim um olhar suspeito. — Está tratando o prisioneiro Vittra que a sequestrou pelo nome? E ainda vem tentar *me* ensinar o que é correto?

— Não estou tentando ensinar nada! — gritei e finalmente consegui soltar o braço. — Mas se fosse para ensinar algo, seria para você parar de ser tão babaca.

— Ei, vocês dois precisam se acalmar. — Duncan tentou interromper. Ele estava a alguns metros de distância de nós, parecendo envergonhado e preocupado.

— Duncan, nem ouse me dizer como fazer meu trabalho! — Finn apontou o dedo para ele. — Você é o rastreador mais incompetente e inútil que já vi, e, na primeira oportunidade que tiver, vou recomendar que a rainha o dispense. E, acredite em mim, será um favor. Ela devia é banir você!

A fisionomia inteira de Duncan desmoronou, e por um momento horrível eu tive certeza de que ele ia chorar. Em vez disso, ele só fez ficar olhando embasbacado para nós dois, depois baixou os olhos e concordou com a cabeça.

— *Finn!* — gritei, querendo dar um tapa nele. — Duncan não fez nada de errado! — Duncan virou-se para ir embora, e eu tentei impedi-lo: — Duncan, não. Não precisa ir a lugar nenhum.

Ele continuou andando e eu não fui atrás dele. Talvez eu devesse ter ido, mas queria gritar um pouco mais com Finn.

— Ele sempre deixa você a sós com o Vittra! — gritou Finn. — Sei que você tem um desejo de morte, mas é o trabalho de Duncan impedi-la de fazer algo a respeito!

— Estou descobrindo mais sobre os Vittra para poder acabar com esses conflitos ridículos! — retruquei. — Então estava entrevistando um prisioneiro. Não é tão estranho, e eu tomei bastante cuidado.

— Ah, tá, "entrevistando" — zombou Finn. — Você estava flertando com ele.

— Flertando? — repeti e revirei os olhos. — Está sendo tão babaca porque acha que eu estava flertando? Eu não estava, mas, mesmo se estivesse, isso não dá a você o direito de me tratar dessa maneira, nem a Duncan, nem a qualquer outra pessoa.

— Não estou sendo babaca — insistiu Finn. — Estou fazendo o meu trabalho, e confraternizar com o inimigo não é algo bem-visto, princesa. Se não é ele que vai machucá-la, vão ser os Vittra ou os Trylle.

— Estávamos apenas conversando, Finn!

— Eu vi, Wendy — vociferou Finn. — Você estava flertando. Até deixou o cabelo solto quando veio vê-lo às escondidas.

— Cabelo solto? — Eu toquei nele. — Está solto porque eu estava com dor de cabeça por causa do treinamento, e eu não vim às escondidas. Eu... Não, sabe de uma coisa? Não preciso explicar nada para você. Não fiz nada de errado e não sou obrigada a obedecê-lo.

– Princesa...

– Não, não quero escutar! – Balancei a cabeça. – Não quero mesmo escutar nada agora. Vá embora, Finn!

Fiquei de costas para ele a fim de recobrar o fôlego. Deu para sentir que Finn estava parado, em pé, atrás de mim, mas terminou indo embora. Coloquei os braços ao redor do meu corpo para não tremer. Não lembrava a última vez que tinha sentido tanta raiva e não acreditava na maneira como Finn tinha falado comigo e com Duncan.

A porta do quarto de Elora se abriu com um rangido no fim do corredor, tirando-me dos meus pensamentos. Levantei a cabeça para vê-la abrindo as portas gigantescas, mas nem me dei o trabalho de me esconder.

A mulher do manto saiu, e ela não estava com o capuz em cima da cabeça, então consegui ver o seu rosto. Ela sorriu para Elora, com o mesmo sorriso de sempre – deslumbrante e exageradamente meigo. Quando me viu, o sorriso não mudou.

Era Aurora, e eu não fazia ideia do motivo pelo qual ela estava se encontrando às escondidas com a minha mãe.

DEZENOVE

preparatórios

Demorei para conseguir, mas finalmente convenci Duncan a ficar. Eu o encontrei praticando seu discurso de demissão. Ele estava com muito medo de que eu ou a rainha ficássemos desapontadas. Mas, quando o fiz perceber que isso não havia acontecido, ele concordou em não ir embora.

Passei o resto do dia acatando cada uma de suas sugestões, incluindo a de relaxar silenciosamente. Isso significava que, apesar de a minha mente estar a mil por hora, eu tinha que ficar deitada e parada na cama assistindo a uma maratona de *Who's the Boss?* no Hallmark Channel com Duncan.

Mas aquele descanso me fez bem. Quando me levantei no dia seguinte, sentia que ainda não estava com toda a minha energia de volta, mas eu parecia revigorada o suficiente para Tove querer recomeçar o treinamento.

Durante a nossa sessão, contei para Tove que eu tinha falado pela mente com Duncan, mas que só funcionou quando eu estava irritada. Usando essa lógica, Tove passou a maior parte da manhã tentando me irritar para que eu a utilizasse. Às vezes deu certo, mas na maioria das vezes eu me aborreci inutilmente.

Dividida

Estávamos perto do intervalo do almoço quando Thomas chegou. Desde que voltara ao palácio, ele protegia Elora, e ela o enviara para me buscar.

– Então... – eu disse inicialmente, preenchendo o silêncio ao jogar conversa fora enquanto caminhávamos até a sala de desenho dela. – O que está achando de voltar ao palácio?

Olhei para ele. Seu cabelo castanho estava penteado, fazendo-o ficar mais parecido com Finn, mas havia algo bem mais suave em suas feições. A ideia mais estranha veio à minha cabeça naquele momento: ele parecia um gigolô.

– Era diferente quando eu morava aqui – respondeu Thomas da mesma maneira indiferente como Finn respondia as minhas perguntas.

– Era?

– A rainha gosta de redecorar – disse Thomas.

– Nunca a achei com cara de decoradora – falei com sinceridade.

– As pessoas nem sempre são o que parecem.

Eu não sabia o que responder, então andamos o resto do caminho em silêncio até chegarmos à sala. Thomas segurou a porta para mim, e, ao entrar, encontrei Elora deitada numa chaise-longue.

– Obrigada, Thomas. – Elora sorriu para ele, e acho que nunca a tinha visto parecer tão sincera.

Thomas fez uma reverência antes de ir embora, mas em silêncio. Achei que havia algo que beirava a tristeza naquilo. Ou teria achado, se gostasse da ideia de ver a minha mãe tendo um caso com um homem casado.

– Precisava me ver? – perguntei para Elora e me sentei no sofá mais próximo dela.

– Sim. Queria encontrá-la no meu gabinete, mas... – Elora balançou a cabeça e não completou a frase, como se eu soubesse o que ela queria dizer. Parecia exausta, mas não estava tão mal como na véspera. Parecia estar se recuperando.

– Fez algum progresso com os Vittra? – perguntei.

– Na verdade, sim. – Elora estava deitada, mas se ajeitou para ficar um pouco sentada. – Estive em contato com a rainha Vittra. Ela gosta bastante do markis Staad por motivos que continuam sendo um total mistério para mim, mas está disposta a fazer uma troca para tê-lo de volta.

– Que ótimo – eu disse, mas o meu entusiasmo pareceu um pouco forçado. Estava contente porque Loki não seria executado, mas fiquei surpresa ao perceber que estava um pouco triste por saber que ele ia embora.

– Sim, é ótimo – concordou Elora, mas não parecia feliz. Parecia apenas cansada e melancólica.

– Há algum problema? – perguntei docilmente, e ela balançou a cabeça.

– Não, na verdade está tudo... como deveria ser. – Ela alisou o vestido e forçou um sorriso fraco. – Os Vittra concordaram em parar de atacar até a coroação.

– A coroação? – perguntei.

– A coroação em que você vai se tornar rainha – detalhou Elora.

– Vai demorar um tempo para eu ser rainha, não vai? – perguntei, ficando um pouco nervosa com aquela possibilidade. Mesmo com todo o treinamento que eu estava tendo ultimamente, ainda me sentia completamente despreparada para governar. – Tipo um bom tempo, não é?

– Sim, vai demorar um tempo. – Elora sorriu languidamente. – Mas o tempo é meio sorrateiro.

– Bom, eu não estou com nenhuma pressa. – Recostei-me no sofá. – Pode ficar com a coroa o tempo que quiser.

– É o que vou fazer. – Elora chegou até a rir com isso, mas foi de uma maneira vazia e triste.

– Espere. Não estou entendendo. O rei concordou em manter a paz até *depois* da coroação? – perguntei. – Mas então não vai ser tarde demais para me sequestrar?

– Oren sempre achou que podia pegar o que quisesse – disse Elora. – Mas ele quer coisas valiosas, e você vai ser bem mais valiosa como rainha. Imagino que ele pense que assim você vai ser uma aliada bem mais importante.

– Por que eu seria aliada dele? – perguntei.

– Você é filha dele – disse ela, quase com um tom de arrependimento. – Para ele, é compreensível que você termine mudando de ideia e passe a concordar com ele. – Olhou para mim, com os olhos escuros distantes. – Você tem que se proteger, princesa. Conte com as pessoas mais próximas e se defenda de todas as maneiras possíveis.

– Estou tentando – assegurei-a. – Tove e eu passamos a manhã inteira treinando, e segundo ele eu estou indo bem.

– Tove é muito poderoso. – Elora concordou com a cabeça. – Por isso é imprescindível mantê-lo próximo de você.

– Bom, ele está morando no mesmo corredor que eu – falei.

– Ele é poderoso – reiterou Elora. – Mas não é forte o suficiente para liderar.

– Não sei. – Dei de ombros. – Ele é bastante perspicaz.

– Ele é distraído e muitas vezes irracional. – Ela ficou olhando para o nada por um momento. – Mas ele é leal e vai ficar ao seu lado.

– É... – Eu não sabia aonde ela queria chegar. – Tove é ótimo.

– Que alívio ouvir isso de você. – Elora suspirou e massageou a têmpora. – Não estou com energia para brigar com você hoje.

– Brigar comigo sobre o quê?

– Sobre Tove. – Ela me olhou como se fosse óbvio. – Não lhe contei?

– Contou o quê? – Eu me inclinei para a frente, totalmente confusa.

– Achei que tinha acabado de contar. Um minuto atrás. – A testa dela franziu, deixando à mostra ainda mais rugas. – Está tudo passando tão rápido.

– O que foi? – Eu me levantei, ficando realmente preocupada com ela. – Sobre o que está falando?

– Você acabou de chegar aqui, e eu achei que teria mais tempo. – Ela balançou a cabeça. – Bom, de todo modo, tudo já está arranjado.

– O quê? – repeti.

– O seu casamento. – Elora olhou para mim, perguntando-se por que é que eu ainda não estava entendendo o que ela queria dizer. – Você e Tove devem se casar assim que completarem dezoito anos.

– Peraí! – Ergui as mãos e dei um passo para trás, como se aquilo fosse me defender de alguma maneira. – O quê?

– É a única maneira. – Elora baixou os olhos e balançou a cabeça, como se tivesse feito tudo o que podia para evitar aquilo. E, considerando-se o quanto ela odiava Aurora, ela devia mesmo ter feito tudo o que pôde. – Para proteger o reino e proteger a coroa.

– O quê? – repeti. – Mas eu faço dezoito anos em três meses.

– Pelo menos Aurora vai planejar tudo – disse Elora de um jeito cansado. – Daqui pra lá ela vai estar com tudo pronto para o casamento do século.

— Não, Elora. — Balancei as mãos. — Não posso me casar com Tove!

— E por que não? — Ela piscou os cílios escuros para mim.

— Porque eu não o amo!

— O amor é apenas um conto de fadas que os mänks contam aos filhos para terem netos — disse Elora, menosprezando-me. — Amor não tem nada a ver com casamento.

— Eu... você não pode esperar que eu... — Suspirei e balancei a cabeça. — Não posso.

— Você deve. — Elora levantou-se, erguendo-se com a ajuda do braço. Ela encontrou equilíbrio segurando-se na chaise-longue por um instante, como se pudesse cair. Quando teve certeza de que estava equilibrada, deu um passo na minha direção. — Princesa, é a única maneira.

— A única maneira de quê? — perguntei. — Não. Prefiro não ser rainha a ter que me casar com alguém que não amo.

— Não diga isso! — vociferou Elora, e o veneno familiar retornou às suas palavras. — Uma princesa não deve *nunca* dizer isso!

— Bem... eu não sou capaz disso! Eu me recuso a casar com ele! Ou com qualquer outra pessoa, a não ser que eu mesma queira!

— Princesa, me escute. — Elora segurou os meus braços e me olhou diretamente nos olhos. — Os Trylle já acham que você deve ser despachada para os Vittra por causa de quem o seu pai é, e essa é toda a munição de que Aurora precisa para destroná-la.

— Não me importo com a coroa — insisti. — Nunca me importei.

— Quando for destronada, será exilada e terá que morar com os Vittra, e eu sei que você não acha o markis Staad tão mau assim — prosseguiu Elora. — Talvez ele não seja. Mas o rei é. Eu morei com ele por três anos, mas quando você nasceu eu o abandonei, sabendo o que aquilo significaria para o nosso reino. Mas eu tive que abandoná-lo. Para você ver o quanto ele era ruim.

– Não vou voltar para os Vittra – falei. – Eu me mudo para o Canadá ou para a Europa, ou algo do tipo.

– Ele a encontrará – disse Elora. – E, mesmo se ele não a encontrar, se você for embora, será o fim do nosso povo. Tove é poderoso, mas não é forte o suficiente para governar um reino ou para confrontar Oren. Os Vittra atacariam e destruiriam os Trylle. Ele mataria todo mundo, especialmente as pessoas que você ama.

– Você não tem como saber disso. – Eu me afastei para que ela deixasse de me tocar.

– Tenho sim, princesa. – Os olhos dela fixaram-se nos meus, com uma sinceridade inconfundível.

– Você viu? – perguntei e olhei ao redor, procurando um quadro. Um que mostrasse a devastação que ela tinha visto.

– Eu vi que eles precisam de você – disse Elora. – Eles precisam de você para sobreviver.

Nunca a tinha visto desesperada antes, e aquilo me assustou muito. Eu gostava de Tove, mas não romanticamente, e não queria me casar com alguém que eu não amasse. Especialmente por talvez amar outra pessoa.

Mas Elora me implorava para fazer isso. Ela acreditava em tudo o que estava dizendo, e, por mais que eu odiasse admitir, o argumento dela era bastante convincente.

– Elora... – Minha boca ficou seca e era difícil engolir. – Eu não sei o que dizer.

– Case com ele, princesa – ordenou Elora. – Ele vai protegê-la.

– Não posso casar com alguém só para ele ser o meu guarda-costas – disse eu baixinho. – Tove merece ser feliz. E eu gostaria de ter essa chance também.

— Princesa, eu não... — Ela espremeu os olhos, fechando-os, e pressionou os dedos na têmpora. — Princesa.

— Desculpe. Não quero brigar com você – falei.

— Não, princesa, eu... – Ela estendeu o braço, agarrando a parte de trás do sofá para se segurar.

— Elora? — Corri até ela e coloquei a mão em suas costas. — Elora, o que há de errado?

Escorreu sangue de seu nariz, mas não era uma mera hemorragia nasal. Era como se alguma artéria tivesse rompido. Os olhos de Elora reviraram para dentro da cabeça, e seu corpo ficou mole. Ela desfaleceu, e eu mal a segurei nos braços.

— Alguém me ajude! – gritei. – Alguém! *Socorro!*

VINTE

dinastia

Thomas foi o primeiro a entrar correndo. Eu já tinha colocado Elora no chão, onde ela se contorcia como se estivesse tendo uma pequena convulsão.

Tinha me agachado ao lado dela, mas Thomas me afastou para poder cuidar dela. Eu me recostei no sofá enquanto ele tentava reavivá-la, rezando para que minha mãe ficasse bem.

– Wendy – disse Finn.

Eu nem tinha escutado ele entrar. Olhei-o com lágrimas nos olhos, que embaçavam a minha visão, e ele estendeu a mão para mim. Eu a segurei e deixei que me ajudasse a levantar.

– Vá buscar Aurora Kroner – disse Thomas para Finn. – *Agora*.

– Sim, senhor. – Finn concordou com a cabeça.

Ele ainda segurava a minha mão e me puxou para fora do quarto. Andava rapidamente porque o tempo era fundamental. As minhas pernas estavam dormentes e pesadas, mas eu as forcei a ir mais depressa.

– Vá atrás de Tove ou Willa. E também de Duncan – disse Finn quando chegamos ao saguão principal. – Depois eu vou buscá-la.

– O que Elora tem? – perguntei.

– Não tenho tempo, Wendy. – Finn balançou a cabeça, com um olhar de sofrimento. – Vou atrás de você quando tiver alguma novidade.

– Vá – eu disse, concordando e fazendo com que ele se apressasse.

Finn saiu em disparada pela porta da frente, deixando-me no saguão sozinha e apavorada.

Duncan me encontrou exatamente como Finn tinha me deixado. Ele soubera do desmaio de Elora pelos outros rastreadores, que estavam em estado de confinamento. Escutei-os indo de um lado para o outro do palácio, mas isso não era importante. Talvez a minha mãe estivesse morrendo.

Duncan sugeriu que fôssemos para o meu quarto, mas eu não queria ficar tão distante. Precisava estar por perto, caso algo acontecesse. Ficamos na sala de estar, e ele tentou me consolar, mas não adiantou.

Alguns minutos depois, Finn voltou com Aurora, e eles dispararam pelo corredor. O vestido dela flutuava ao seu redor, e o cabelo tinha se soltado do coque e balançava para trás.

Garrett e Willa chegaram logo depois. Garrett foi conferir o progresso de Elora enquanto Willa sentou-se comigo. Ela colocou o braço ao redor dos meus ombros e ficou dizendo o quanto Elora era forte. Nada seria capaz de pará-la.

– Mas... e se ela morrer? – perguntei, olhando sem expressão para a lareira apagada na minha frente.

Estava um frio horroroso na sala de estar devido ao vento gélido batendo nas janelas. Duncan estava ajoelhado na frente da lareira. Ele estava tentando acender o fogo havia alguns minutos.

– Ela não vai morrer. – Willa me apertou mais forte.

– Não, Willa, estou sendo sincera – eu disse. – O que vai acontecer se a rainha morrer?

– Ela não vai morrer. – Willa forçou um sorriso. – Não precisamos nos preocupar com isso agora.

– Estou quase acendendo – mentiu Duncan para mudar o assunto.

– É a gás, Duncan – disse Willa para ele. – É só girar o botão.

– Ah. – Duncan fez o que ela disse, e uma chama brilhante e barulhenta surgiu na lareira.

Olhando para o sangue de Elora que estava na minha camisa, fiquei surpresa ao perceber o quanto eu estava apavorada. Não queria que ela morresse.

Elora sempre parecia tão forte, tão composta, e isso me fez imaginar quanta dor ela devia estar sentindo. Nesse dia nós havíamos nos encontrado na sala de desenho, mas ela queria me encontrar no gabinete. Ela não estava se sentindo bem o suficiente para mudar de lugar, eu percebi. Não devia ter ficado em pé nem se esforçado de jeito nenhum, muito menos discutido comigo. Eu que piorei a condição já frágil dela.

Por que ela não tinha me dito o quanto estava fraca? Mas eu já sabia a resposta. O seu senso de dever era o mais importante de tudo.

– Princesa – disse Finn, tirando-me de meus pensamentos. Ele estava parado na entrada da sala de estar, com o rosto abatido.

– Ela está bem? – Pulei do sofá ao vê-lo, soltando-me de Willa.

– Ela pediu para vê-la. – Finn apontou em direção à sala de desenho sem olhar para mim.

– Então ela está acordada? Está viva? Está bem? Sabe o que aconteceu? Aurora a curou? – perguntei. As minhas perguntas foram rápidas demais para que ele pudesse responder, mas eu não conseguia me acalmar.

– Ela prefere contar tudo pessoalmente – disse Finn simplesmente.

— Típico dela. — Concordei com a cabeça. Ela estava acordada e queria me ver. Tinha de ser um bom sinal.

Willa e Duncan deram sorrisos reconfortantes para mim, mas não conseguiram disfarçar a ansiedade. Eu disse a eles que voltaria logo e que tinha certeza de que tudo ficaria bem. Não sabia se era verdade ou não, mas tinha que acalmar os temores deles de alguma maneira.

Percorri o corredor com Finn até chegar à sala. Finn manteve o passo lento e calculado. Eu queria correr para Elora, mas me forcei a acompanhá-lo. Coloquei os braços ao redor do corpo e massageei-os com as mãos.

— Ela está com raiva de mim? — perguntei.

— A rainha? — Finn parecia surpreso. — Não, claro que não. Por que estaria?

— Eu estava discutindo com ela quando... Se ela não estivesse brigando comigo, talvez não tivesse ficado tão... doente.

— Não, não foi você que fez isso. — Ele balançou a cabeça. — Na verdade, foi bom você estar com ela na hora. Assim foi capaz de ajudá-la imediatamente.

— Como assim?

— Você pediu ajuda com os pensamentos. — Ele tamborilou o dedo na testa. — Estávamos longe demais e não teríamos sabido se você não tivesse feito isso. Elora poderia estar bem pior se você não estivesse lá.

— O que ela tem? — perguntei diretamente. — Você sabe?

— Ela vai contar para você.

Pensei em pressionar Finn para conseguir mais informações, mas estávamos quase chegando. Além disso, não parecia certo discutir com ele naquele momento.

Seu comportamento tinha mudado completamente; ele estava mais afável e sombrio. Tinha baixado a guarda comigo mais uma vez, e, por mais que eu não estivesse a fim de me aproveitar daquilo, foi bom ter a sensação familiar de estar com ele sem ter uma parede gigante entre a gente. Eu sentia falta dele.

Aurora saiu da sala um pouco antes de chegarmos lá. A sua pele normalmente perfeita estava cinza. Seus olhos escuros estavam embaçados, e o cabelo formava ondas rebeldes ao redor do rosto. Ela encostou-se na parede, apoiando-se, e teve dificuldade para recobrar o fôlego.

— Marksinna? — Finn foi rapidamente até ela, colocando o braço ao seu redor para equilibrá-la. — Você está bem?

— Só estou cansada — disse Aurora enquanto Finn a ajudava a se sentar numa cadeira no corredor. Ela se movimentava como uma idosa, e seus ossos rangeram quando ela acomodou-se na cadeira. — Pode chamar meu filho? Preciso me deitar e quero que ele me ajude a ir para casa.

— Sim, claro — disse Finn e me lançou um olhar de quem pede desculpas. — Princesa, você vai ficar bem indo ver a rainha sozinha?

— Sim. — Concordei com a cabeça. — Vá buscar Tove. Eu vou ficar bem.

Finn correu para encontrar Tove e trazê-lo para a mãe dele, enquanto eu fui para a sala. Eu me senti culpada por deixar Aurora sozinha no corredor parecendo tão completamente exaurida, mas tinha que dar atenção à minha própria mãe.

A porta da sala ainda estava aberta, e eu fiquei no corredor um instante, observando.

Elora estava deitada na chaise-longue, tal qual quando cheguei, mas agora estava coberta por uma colcha preta de pele. Seu cabelo negro estava ainda mais branco, e agora parecia ser branco com manchas pretas, não o contrário. Seus olhos estavam fechados, e não havia mais sangue no seu rosto.

Dividida

Garrett tinha puxado uma cadeira para ficar sentado ao lado da cabeça de Elora. Ele segurava a mão dela entre as duas mãos, e a olhava com preocupação e adoração. Seu cabelo desgrenhado estava mais despenteado que o normal, e havia um pouco do sangue dela na camisa dele.

Do outro lado da chaise-longue, Thomas estava em pé, vigiando. Estava com o mesmo jeito estoico que todos os rastreadores tinham quando estavam de guarda, mas ele olhava Elora seriamente. Não tinham a mesma intensidade que os de Garrett, mas havia algo reluzindo neles, alguma fraca lembrança do que quer que tivesse acontecido entre Thomas e Elora anos antes.

Quando ela abriu os olhos, foi para Thomas que Elora olhou. O queixo de Garrett tensionou quando ele cerrou os dentes, mas não disse nada. Nem soltou a mão dela.

– Elora? – eu disse timidamente e entrei na sala.

– Princesa. – A voz de Elora parecia fraca, e ela tentou sorrir, sem sucesso.

– Queria me ver? – perguntei.

– Sim. – Ela tentou se sentar, mas Garrett colocou a mão no seu ombro levemente.

– Elora, precisa descansar – disse Garrett para ela.

– Eu estou bem. – Ela fez um gesto com a mão, mas se deitou novamente. – Preciso falar a sós com minha filha. Vocês dois podem sair um instante?

– Sim, Vossa Majestade. – Thomas fez uma reverência. – Mas, por favor, para o seu próprio bem, relaxe.

– Claro, Thomas. – Ela deu-lhe um sorriso com uma expressão cansada, e ele fez mais uma reverência antes de sair.

– Estou logo aqui no corredor, se precisar de mim – disse Garrett, mas pareceu hesitar ao se levantar. Ele só foi em direção à porta após Elora o fulminar com o olhar. – Se precisar de algo, me chame. Ou mande a princesa. Certo?

– Se for para você sair mais rápido, eu concordo com tudo. – Elora suspirou.

Garrett parou ao passar por mim e parecia que queria dizer algo; provavelmente queria me lembrar de ir com calma. Elora disse o nome dele e ele se apressou. Ele fechou a porta após sair, e eu me sentei no seu lugar, ao lado de Elora.

– Como está se sentindo? – perguntei.

– Já estive melhor, claro. – Ela reajustou o cobertor por cima do corpo, ficando mais confortável. – Mas estou viva para lutar mais um dia, é o que importa.

– O que aconteceu? – perguntei. – Por que você simplesmente desfaleceu?

– Quantos anos acha que tenho? – perguntou Elora, virando-se para poder olhar nos meus olhos. Uns dias atrás eles estavam quase pretos, mas agora estavam embaçados e acinzentados, característicos de catarata.

Era difícil dizer qual era a idade dela. Quando a conheci, eu teria dito que tinha uns cinquenta e poucos. Era muito bonita para a idade, mas mesmo naquela época já tinha um quê de envelhecimento nas feições deslumbrantes.

Agora, deitada na chaise, frágil e cansada, Elora parecia ter uma idade bem mais avançada. Parecia uma idosa, mas claro que eu não queria dizer isso para ela.

– Hum... uns quarenta, talvez?

– Você é gentil e mente mal. – Ela ergueu-se, então ficou um pouco sentada. – É algo que precisa melhorar. A realidade terrível é que ser um líder demanda que a pessoa conte muitas mentiras.

— Depois eu pratico a minha cara de blefe – eu disse. – Mas você está bem, se é isso que quer saber. Parece apenas cansada e abatida.

— Estou mesmo cansada e abatida – admitiu Elora, esgotada. – E tenho apenas trinta e nove.

— Trinta e nove o quê? – perguntei, confusa, e ela apoiou a cabeça na mão para poder olhar para mim.

— Trinta e nove anos de idade – disse ela, sorrindo mais um pouco. – Você parece chocada. Não a culpo. Apesar de estar surpresa por não ter percebido antes. Contei que me casei com seu pai quando era muito jovem. Eu tive você quando tinha vinte e um anos.

— Mas... – gaguejei. – É por isso que está mal? Está envelhecendo rápido demais?

— Não exatamente. – Ela pressionou os lábios. – É o preço que pagamos por nossas habilidades. Quando as usamos, elas sugam nossas energias e nos envelhecem.

— Tudo o que você faz, tipo falar pela mente e manter Loki preso, está matando você? – perguntei.

Ela confirmou com a cabeça.

— Temo que sim.

— Então por que fazer isso? – Eu queria gritar com ela, mas mantive a voz o mais normal possível. – Você se defender dá até para entender, mas chamar Finn usando a mente? Por que faria algo, se sabe que isso está matando você?

— Falar pela mente não desgasta tanto. – Elora fez um gesto de menosprezo com a mão. – As coisas que são mais desgastantes eu só faço quando preciso, tipo manter um prisioneiro. Mas o que me desgasta mais é a pintura precognitiva, e isso eu não posso controlar.

Olhei para os inúmeros quadros de Elora encostados nas janelas. Do outro lado do corredor, ela tinha um quarto trancado cheio desses quadros.

– Como assim, não pode controlar? – perguntei. – É só não fazer.

– Eu não consigo enxergar as visões, mas elas ocupam muito a minha mente. – Ela apontou para a testa. – Uma escuridão agonizante me domina até que eu pinte e as coloque para fora. Não consigo evitar que elas surjam, e ignorá-las é doloroso demais. Eu enlouqueceria se tentasse deixar todas elas dentro de mim.

– Mas elas estão matando você. – Eu me encostei na cadeira. – Então por que ensinar aos Trylle como usar as habilidades? Se isso significa que eles vão enfraquecer e envelhecer?

– É o preço a se pagar. – Ela suspirou. – Nós enlouquecemos se não as usamos, e envelhecemos se as usamos. Quanto mais poderosos, mais amaldiçoados somos.

– Como assim? – perguntei. – Eu vou enlouquecer se parar?

– Não sei o que vai acontecer com você. – Elora apoiou o queixo na mão, olhando para mim. – Você também é filha do seu pai.

– O quê? – Balancei a cabeça. – Está dizendo por causa do sangue Vittra que eu tenho?

– Exatamente.

– Tove me contou sobre eles. Disse que são muito fortes, mas eu não sou forte. – Lembrei de todas as brigas em que me meti durante o meu distinto período nos colégios e de como eu levara uma surra com a mesma frequência com que batia. – Eu não sou assim.

– Alguns são fortes fisicamente, sim – esclareceu Elora. – Aquele Loki Staad, creio que é muito forte. Se lembro bem, ele já conseguia erguer um piano de cauda quando aprendeu a andar.

– Pois é, eu não consigo fazer isso.

– Oren não é assim. Ele é... – Ela não completou a frase e ficou pensando. – Você o conheceu. Quantos anos acha que ele tem?

– Não sei. – Dei de ombros. – Uns anos a menos do que você, talvez.

– Quando me casei com ele, ele tinha setenta e seis anos, e isso há vinte anos.

– Espera. O quê? – Eu me levantei. – Está dizendo que ele tem quase cem anos? Ele tem mais que o dobro da sua idade? Então você parece mais velha, e ele parece mais novo? Como?

– Ele é algo parecido com imortal.

– Ele é imortal? – Olhei para ela, embasbacada.

– Não, princesa, eu disse que ele é algo *parecido* com imortal – disse Elora cuidadosamente. – Oren envelhece, sim, mas a uma velocidade bem menor, e se cura muito rapidamente. É difícil que ele se machuque. É um dos últimos Vittra puro-sangue que nasceram.

– É por isso que sou tão especial, e é por isso que você não ficou preocupada quando falei que minha mãe hospedeira quase me matou. – Coloquei as mãos na parte de trás da cadeira, apoiando-me nela. – Você acha que sou como ele.

– A esperança é que você seja como nós dois – disse Elora. – Você terá as habilidades dos Trylle para mover e controlar as coisas, e as habilidades dos Vittra para se curar e ser forte o suficiente para lidar com elas.

– Caraca. – Minhas mãos tremeram, e eu me sentei. – Agora sei como um cavalo de corrida se sente. Eu não fui concebida. Eu fui procriada.

Elora indignou-se com a acusação.

– Não foi exatamente isso que aconteceu.

– Sério? – Olhei para ela. – Foi por isso que casou com o meu pai, não foi? Para poder me gerar; sua arma biológica perfeitinha. Depois de ter feito isso, você o abandonou e tentou fazer com que eu fosse toda sua. É essa a razão de todo esse conflito agora, não é? Ver quem vai me controlar?

– Não, isso não é verdade. – Elora balançou a cabeça. – Eu me casei com seu pai porque eu tinha dezoito anos e os meus pais me obrigaram. Oren pareceu ser gentil no início, e todos me disseram que era a única maneira de acabarmos com os conflitos. Eu seria capaz de dar um fim ao banho de sangue se simplesmente me casasse com ele, então concordei.

– Que banho de sangue? – perguntei. – O que os Trylle e os Vittra estavam disputando?

– Os Vittra estão morrendo. As habilidades deles estão se esvaindo, eles estão ficando sem dinheiro, e Oren sempre acreditou que tinha direito a ter tudo o que quisesse. – Elora tomou fôlego. – O que ele queria era tudo o que tínhamos. Nossa riqueza, nossa população.

– Mas o que ele mais queria era o *meu* poder – prosseguiu ela. – Originalmente o da minha mãe. Quando ela recusou as investidas dele, Oren fez inúmeras batalhas contra nós. Nós éramos um povo enorme, com cidades por todo o mundo, mas ele nos deixou com apenas umas poucas áreas isoladas.

– E você se casou com isso? Com o homem que matou o seu povo porque a sua mãe não quis ficar com ele? – perguntei.

– Eles não me explicaram tudo quando noivamos, mas Oren concordou em manter a paz se obtivesse a minha mão em casamento – disse Elora. – Os meus pais achavam que não tinham escolha, e Oren fez uso de seu charme. Ele pode não ter telecinese, mas Oren consegue ser bem persuasivo quando quer.

– Então você se casou com ele, e os povos se uniram. O que deu errado?

– Algumas cidades se revoltaram, recusando-se a se misturar com os Vittra – disse Elora. – Os meus pais ainda eram rei e rainha e queriam negociar com eles. Eu e Oren fomos enviados como embaixadores por eles, para que as cidades mudassem de ideia.

"Já na primeira cidade, as pessoas duvidaram de nós. Dele em particular. – Ele conseguiu cativá-los e, usando um pouco da minha persuasão, convencemos até o cético mais ferrenho a fazer parte da aliança com os Vittra. Isso mais tarde terminou sendo um erro fatal.

"Eu nunca amei Oren, mas no início do nosso casamento eu gostava dele. Achei que um dia seria capaz de amá-lo. O que não percebi foi o quanto ele tinha que se esforçar para ser daquele jeito, e, quando fizemos a nossa viagem, a máscara dele começou a cair.

"Paramos numa cidadezinha no Canadá e tivemos uma reunião na câmara municipal com todos os Trylle, assim como fazíamos nas outras cidades." Elora fez uma pausa, olhando para o clima gélido pela janela. "Estavam todos presentes. Até as crianças mänskligs, todos os rastreadores e suas famílias.

"Alguém perguntou a Oren o que ele esperava obter com tudo aquilo e, por algum motivo, isso foi a gota-d'água". Ela suspirou profundamente e baixou os olhos. "Ele começou a berrar e a atacá-los, e os locais revidaram. Então... Oren matou todos. Nós dois fomos os únicos sobreviventes.

"Ele distorceu a história, e eu fiquei quieta porque não sabia o que mais fazer. Os meus pais tinham me convencido de que nós precisávamos dele para manter a paz. Oren era o meu marido, e eu tinha sido cúmplice dele nos assassinatos do nosso próprio povo, pois eu não os defendi. Se tivesse defendido, também teria sido morta, mas isso não muda o fato de que não fiz nada para salvá-los."

— Sinto muito — eu disse, sem saber como reagir à revelação dela.

— Oren foi considerado um herói de guerra, e eu... — Ela não completou a frase, ficou apenas remexendo distraidamente no cobertor.

— Por que ficou com ele? — perguntei.

— Depois que eu percebi que tinha me casado com um monstro? — perguntou Elora com um sorriso triste. — Eu não costumava ser como sou agora. Confiava bem mais nas pessoas, tinha bem mais esperança, acreditava mais nas coisas e agia de acordo com isso. E isso eu agradeço a seu pai. Ele me fez perceber que eu precisava ser uma líder.

— O que fez você finalmente ir embora? — perguntei.

— Oren se esforçou depois que voltamos. Tentou ser gentil, ou pelo menos o mais gentil que conseguiu. Não me bateu nem me xingou. Era condescendente com tudo o que eu pensava ou dizia, mas estávamos em paz. Sem guerra. Sem mortes. Parecia que valia a pena suportar um casamento ruim em nome disso. Se fosse para que ninguém mais morresse, eu aguentaria.

"Então eu fiquei grávida de você e tudo mudou." Elora mudou de posição na chaise-longue. "O que eu não tinha percebido era que você era tudo o que ele sempre quis. Uma herdeira perfeita para o trono dele. Tentamos por três anos, antes que eu concebesse, e a espera o desgastara.

"Assim que ele soube que eu estava grávida, foi como se um interruptor tivesse sido ligado dentro dele." Elora estalou os dedos. "Ele ficou ainda mais autoritário. Nunca me deixava sair do quarto. Não queria nem que eu saísse da cama, para não arriscar perder você.

"A minha mãe e eu começamos a procurar famílias para você. Eu sabia que tinha que deixar você como changeling, não porque era o que costumávamos fazer, mas porque eu não podia deixar que Oren a criasse". Ela balançou a cabeça. "Oren não queria. Ele queria que você fosse toda dele.

"Então, quando o meu pai, o rei, decretou que você seria uma changeling, assim como todos os herdeiros ao trono tinham sido, Oren me pegou e nós fomos embora. Moramos em Ondarike, onde ele me deixou trancada como uma prisioneira.

"Duas semanas antes da data prevista para o seu nascimento, meus pais invadiram o palácio e me tiraram de lá. O meu pai morreu no meio do confronto, assim como outros Trylle corajosos. A minha mãe me levou até uma família sobre a qual ela tinha pesquisado secretamente: os Everly. Foi uma troca apressada, mas eles pareciam ter tudo de que você precisaria.

"Depois de ter você, eu..."

Ela parou, completamente perdida nos próprios pensamentos.

– Você o quê? – induzi-a a continuar.

– Era o melhor para você – disse ela. – Sei que teve problemas com sua família hospedeira, mas eu não tive tempo de escolher ou de ser detalhista. Só precisava que você ficasse escondida de Oren.

– Obrigada – agradeci baixinho.

– Assim que você nasceu, fui embora. A sua avó a segurou no colo, mas eu não tive a oportunidade de fazer isso. Tínhamos que fugir para despistar os Vittra de você. Fomos para um esconderijo, um chalé no Canadá. Quando Oren morou aqui, nós não confiávamos nele o suficiente para contar a ele onde eram todos os nossos esconderijos. – Ela fechou os olhos e respirou fundo. – Mas ele nos encontrou no chalé.

"Sabe o markis de que você gosta tanto?" Elora apontou na direção do quarto de Loki. "Foi o pai dele que levou Oren até nós. Foi por causa dele que todos morreram.

"Oren matou a minha mãe na minha frente, e jurou que pegaria você assim que voltasse." Elora engoliu em seco. "Ele me deixou viva porque queria que eu o visse cumprindo a promessa. Queria que eu soubesse que ele tinha vencido."

VINTE E UM

confissões

Eu queria perguntar mais coisas à Elora, mas ela já parecia tão exausta. Nunca admitiria que se sentia assim, mas estava dolorosamente claro que deveria estar dormindo, em vez de falando comigo.

Conversamos mais um pouco, depois eu disse que tinha que ir. Parei quando cheguei à porta e olhei para trás. Elora já tinha se acomodado mais na chaise e estava com as mãos por cima dos olhos.

Garrett esperava do outro lado da porta, andando pelo corredor. Thomas estava a alguns metros de distância, dando espaço a ele, e Aurora e Finn tinham ido embora havia algum tempo.

– Como ela está? – perguntou Garrett.

– Está... bem, eu acho. – Eu não sabia mesmo como Elora estava. – Está descansando, é isso que importa.

– Ótimo. – Garrett concordou com a cabeça. Ficou olhando para a porta fechada da sala de desenho por um instante, depois voltou a atenção para mim. – A conversa de vocês correu bem então?

– Sim. – Massageei a parte de trás do pescoço. Não sabia o que achar de tudo aquilo.

Elora tinha sido bastante fria comigo desde que eu a conhecera, a ponto de eu ter certeza de que ela me odiava, mas agora não sabia mais o que achar. Não fazia ideia do que ela sentia em relação a mim.

Elora não devia ser muito mais velha do que eu quando se casou com um homem três vezes mais velho, um homem que ela nem conhecia. Depois descobriu que ele era impiedoso e cruel, mas sacrificou a sua felicidade e o seu bem-estar em nome do reino.

Então, para defender o seu bebê que ainda não nascera, para me salvar, ela arriscou tudo. Seus pais perderam a vida poucos meses depois, mortos pelo seu próprio marido, por causa de uma criança que ela nem poderia criar.

Fiquei me perguntando se ela me odiava, se me culpava pela morte de seus pais e por todos os problemas que Oren tinha causado desde que nasci.

Eu não sabia o quanto Elora tido sido próxima dos seus pais, mas, antes da cerimônia de batizado, ela tinha sugerido que eu adotasse o nome Ella, em homenagem à sua mãe.

E Elora tinha poupado Loki. Por causa do pai dele, a mãe dela morreu, e por pouco eu e Elora também não havíamos perdido a vida. Mesmo assim, quando teve a oportunidade de se vingar, Elora não descontou em Loki. Eu estava começando a achar que a tinha julgado mal, muito mal.

A insistência de Elora em relação à perfeição e ao fato de eu me tornar rainha ficou bem mais clara. Ela havia tido tantas perdas por minha causa, apenas para garantir que um dia eu assumiria o trono Trylle.

O meu estômago contorceu-se de vergonha quando percebi o quanto eu devia parecer ingrata para ela. Após tudo o que ela e sua família e toda a população Trylle tinham feito por mim, eu não tinha dado a eles quase nada em retorno.

Quando olhei nos olhos preocupados de Garrett, percebi outra coisa. A esposa dele, a mãe de Willa, tinha morrido muito antes de Willa voltar para casa. Fiquei imaginando se ela não teria morrido numa das batalhas que meu pai havia travado contra os Trylle; se Garrett não tinha perdido alguém que amava por minha causa.

– Desculpe – eu disse, com lágrimas ardendo nos olhos.

– Por quê? – Garrett veio em minha direção, surpreso com o meu comportamento emocionado, e colocou a mão no meu braço.

– Elora me contou tudo. – Engoli o nó que estava na minha garganta. – Tudo o que aconteceu com Oren. E eu peço desculpas.

– Por que está pedindo desculpas? – perguntou Garrett. – Tudo aquilo foi antes até de você nascer.

– Eu sei, mas sinto que... que eu devia ter me comportado melhor. Que eu *devo* me comportar melhor – corrigi-me. – Depois de tudo o que vocês passaram, merecem uma grande rainha.

– Merecemos, sim – admitiu Garrett com um pequeno sorriso. – E sabe de uma coisa, acho que estamos no caminho certo. – Ele baixou a cabeça para me olhar nos olhos. – Tenho certeza de que você vai ser uma grande rainha um dia.

Eu não sabia ao certo se acreditava nele, mas sabia que eu tinha que fazer tudo o que pudesse para que isso acontecesse. Eu não desapontaria o meu reino. Não faria isso.

Garrett precisava cuidar de Elora, então deixei que ele fosse para lá. Thomas ficou do lado de fora, ainda vigiando, mas dando aos dois um tempinho a sós.

Duncan, Willa e Matt me esperavam perto da escada. Assim que vi o rosto de Matt, não consegui mais me conter. As lágrimas escorreram pelo meu rosto, e Matt colocou os braços ao meu redor.

Depois que me acalmei, fomos para o meu quarto. Duncan trouxe chá quente para todos nós, e eu o obriguei a se sentar e colocar uma xícara para si mesmo. Eu odiava quando ele se comportava como um empregado. Willa se aninhou ao meu lado na cama, de uma maneira reconfortante que me fez sentir falta da minha tia Maggie.

— Então ela está morrendo? — perguntou Matt. Ele estava apoiado na minha escrivaninha, girando a xícara vazia nas mãos.

Eu não sabia o quanto Duncan ou Willa sabiam sobre os meus pais ou sobre o quanto as habilidades dos Trylle nos faziam mal. Não queria contar coisas demais para eles, especialmente para Matt, pois ficariam preocupados. Então omiti todos os pontos principais do enredo e contei apenas que Elora estava doente.

— Acho que sim — eu disse. Ela não tinha dito exatamente isso, mas tinha envelhecido tão rapidamente. Parecia estar com uns setenta anos agora, mesmo depois de Aurora Kroner tê-la curado.

— Que terrível — disse Duncan, sentando-se no baú na frente da minha cama.

— Vocês estavam conversando, e ela simplesmente desmaiou? — perguntou Willa. Ela apoiou o cotovelo no travesseiro ao lado do meu e ergueu a cabeça para poder me olhar.

— Foi. — Fiz que sim com a cabeça. — A pior parte foi que eu estava discutindo com ela bem na hora em que aconteceu.

— Ah, querida. — Willa estendeu-se e tocou o meu braço. — Você sabe que a culpa não foi sua, né?

— Ela disse de que está morrendo? — perguntou Matt. A ruga em sua testa ficou mais visível; ele sabia que eu tinha deixado de contar alguma coisa.

— Você sabe como Elora é. — Dei de ombros. — Ela é vaga demais, não detalha nada.

– É verdade – disse Matt, suspirando, e aquela resposta pareceu satisfazê-lo. – É que não gosto de doenças misteriosas.

– Bom, e quem é que gosta, Matt? – disse Willa com um tom de brincadeira na voz.

– Você e a rainha estavam discutindo sobre o quê? – perguntou Duncan. Ele estava mudando de assunto, o que normalmente eu teria adorado, mas então me lembrei da resposta à pergunta dele.

Eu deveria me casar com Tove Kroner.

– Ah, diabos. – Inclinei a cabeça para trás para batê-la na cabeceira.

– O que foi isso? – perguntou Willa.

– Nada. – Balancei a cabeça. – Foi só uma discussão idiota. Nada de mais.

– Idiota? – Matt aproximou-se e sentou-se na cama, perto dos meus pés. – Idiota como?

– Sabe como é, assuntos normais. – Tentei enrolar. – Elora queria que eu fosse uma princesa melhor. Mais pontual, coisas assim.

– Você precisa mesmo ser mais pontual – concordou Matt. – Maggie sempre reclamava com você sobre isso.

Lembrar de Maggie novamente me fez sentir uma pontada no coração. Eu não falava com ela desde que tínhamos voltado a Förening. Matt havia falado algumas vezes, mas eu evitava as ligações dela. Estava muito ocupada, mas a razão verdadeira pela qual eu não queria falar com ela era ter que ouvir sua voz, o que só me causaria uma saudade maior.

– Como está Maggie? – perguntei, ignorando a dor no meu peito.

– Ela está bem – disse Matt. – Está passando um tempo em Nova York com amigos e sente-se bem confusa com tudo isso que está acontecendo. Eu não paro de dizer que está tudo bem, que nós estamos seguros e que ela precisa evitar chamar atenção.

– Ótimo.

– Mas você precisa falar com ela. – Matt me olhou severamente. – Não posso ficar sendo o mensageiro das duas.

– Eu sei. – Fiquei mexendo na tinta que descascava da minha xícara e baixei os olhos. – Eu não sei como responder às perguntas dela. Tipo, onde nós estamos, quando vamos voltar e quando eu vou vê-la novamente.

– Eu também não sei o que dizer a ela, mas me viro – disse Matt.

– Wendy teve um dia longo – disse Willa, vindo em meu socorro. – Não acho que agora seja o momento certo para cobrar o que ela deveria estar fazendo.

– Tem razão. – Matt deu um pequeno sorriso para ela antes de olhar para mim com jeito de quem pede desculpas. – Desculpe. Não queria aborrecê-la, Wendy.

– Tudo bem – falei. – Você estava apenas cumprindo o seu dever.

– Nem sei mais qual é o meu dever – disse Matt de um jeito cansado.

Alguém bateu na porta, e Duncan pulou para ver quem era.

– Duncan, para com isso. – Suspirei. – Você não é o mordomo.

– Talvez não, mas você ainda é a princesa – disse Duncan e abriu a porta do quarto.

– Espero não estar incomodando – falou Finn, ignorando Duncan e olhando para mim.

Assim que seus olhos escuros encontraram os meus, a minha respiração ficou presa na garganta. Ele estava na porta, com o cabelo preto um pouco desarrumado. Seu colete ainda estava perfeitamente passado, mas estava com uma mancha escura do sangue de Elora.

– Não, de jeito nenhum – eu disse, sentando-me mais um pouco.

– Na verdade, nós estávamos... – disse Matt inicialmente, com a voz firme.

– Na verdade, estávamos indo embora – interrompeu-o Willa. Ela saiu da cama apressadamente, e Matt lançou-lhe um olhar, mas ela apenas sorriu. – Estávamos dizendo agorinha que temos algo a fazer no seu quarto. Não foi, Matt?

– Tá bom – resmungou Matt, e se levantou. Finn abriu passagem para que Matt e Willa saíssem, e Matt me lançou um olhar de advertência. – Mas estaremos aqui, no fim do corredor.

Willa pegou a mão de Matt para apressá-lo. Finn, como sempre, parecia não ligar para as ameaças de Matt, o que só o deixava ainda mais irritado.

– Vamos, Duncan – disse Willa enquanto puxava Matt para fora do meu quarto.

– O quê? – perguntou Duncan, depois percebeu. – Ah. Tá. Eu vou... humm... ficar aqui fora.

Duncan fechou a porta ao sair, deixando-me a sós com Finn. Endireitei-me, passando para beirada da cama, e minhas pernas ficaram balançando. Finn ficou perto da porta e não falou nada.

– Precisa de algo? – perguntei cuidadosamente.

– Queria ver como você estava. – Ele lançou um olhar penetrante, e eu baixei os olhos.

– Levando tudo em conta, estou bem.

– A rainha explicou tudo para você? – perguntou Finn.

– Não sei. – Balancei a cabeça. – Talvez eu nunca seja capaz de compreender de verdade este mundo.

— Ela contou que está morrendo? — perguntou Finn, e ouvi-lo dizer aquilo só fez piorar.

— Sim — eu disse com a voz rouca. — Ela me contou. E finalmente me contou por que eu sou tão especial. Porque sou a mistura perfeita de Trylle e Vittra. Sou o suprassumo da linhagem.

— E você nem acreditou quando eu disse que você era especial. — Aquilo foi a tentativa de Finn de fazer uma piada, e ele deu um sorriso bastante sutil.

— Não é que você tinha razão? — Soltei o cabelo, que tinha ficado desarrumado por eu ter deitado sobre ele, e passei os dedos pelos fios.

— Como está lidando com isso? — perguntou Finn, aproximando-se do pé da cama. Ele parou perto da coluna da cama e tocou distraidamente no lençol de cetim.

— Por ser a escolhida dos dois lados de uma batalha épica de trolls?

— Se alguém é capaz de lidar com isso, esse alguém é você — assegurou-me ele.

Olhei para ele, e os seus olhos revelaram um pouco do afeto que ele sentia por mim. Eu queria me jogar nos braços dele e senti-los envolvendo o meu corpo, protegendo-me como granito. Beijar as suas têmporas e rosto, sentir a sua barba por fazer roçando na minha pele.

Apesar de eu desejar aquilo imensamente — e desejava tanto que doía —, sabia que tinha de me tornar uma grande princesa, o que significava que eu tinha de ter um pouco de prudência. Mesmo se a prudência me matasse.

— Elora quer que eu me case com Tove — disparei. Não queria contar para ele daquela maneira, mas sabia que aquilo arruinaria o clima. Acabaria com o feitiço que tomava conta de nós dois, antes que eu fizesse algo.

Dividida

— Então ela lhe contou? — disse Finn, suspirando profundamente.

— O quê? — Fiquei piscando, surpresa com a sua reação. — O que você quer dizer com "ela me contou"? Você sabia? Há quanto tempo sabia?

— Não sei exatamente. — Ele balançou a cabeça. — Sei há um bom tempo, desde antes de conhecer você e Tove.

— *O quê?* — Fiquei olhando embasbacada para ele, incapaz de encontrar as palavras que fizessem jus à confusão e à raiva que eu estava sentindo.

— O casamento foi arranjado há algum tempo, o markis Kroner e a princesa Dahl — explicou Finn calmamente. — Creio que só foi finalizado uns dias atrás, mas é o que Aurora Kroner sempre quis. A rainha sabia que essa era a melhor chance de garantir o trono e de mantê-la em segurança.

— Você sabia? — repeti, incapaz de esquecer essa parte. — Sabia que ela queria que eu me casasse com outra pessoa e não me falou nada?

Ele pareceu ficar confuso com a minha reação.

— Contar não cabia a mim.

— Talvez não coubesse a você como rastreador, mas como o cara que estava se agarrando comigo nesta cama; sim, acho que cabia a você me contar que eu deveria me casar com outra pessoa.

— Wendy, eu disse inúmeras vezes que não podíamos ficar juntos...

— Dizer que não devíamos ficar juntos não é a mesma coisa, você sabe disso! — exclamei, perdendo a paciência. — Como é que não me contou, Finn? Ele é seu amigo. Ele é *meu* amigo, e você nunca pensou em me contar?

– Não, não queria que isso interferisse no que você achava dele.

– Interferisse com o quê?

– Temi que você o odiasse só para contrariar a sua mãe, e não queria isso. Queria que você ficasse feliz com ele – disse Finn.

– Vocês não estariam se casando por amor, mas são amigos. Podem ser felizes juntos.

– Você... o quê? – O meu coração parecia ter sido rasgado em dois. Por um instante, não falei nada. Não conseguia fazer a minha boca funcionar. – Você espera que eu me case com ele.

– Sim, claro – disse Finn, quase exausto.

– Você nem vai tentar... – Contive as lágrimas e desviei o olhar. – Quando Elora me contou isso, eu briguei com ela. Briguei por você.

– Desculpe, Wendy. – A voz dele tinha ficado grave e rouca. Ele aproximou-se e ergueu a mão como se quisesse me tocar, mas terminou baixando-a novamente. – Mas você vai ser feliz com Tove. Ele vai protegê-la.

– Queria que todo mundo parasse de falar dele dessa maneira! – Sentei-me novamente na cama, exasperada. – Tove é uma pessoa! É a vida *dele*! Será que ele não merece algo melhor do que simplesmente ser o cão de guarda de alguém?

– Consigo pensar em muitas coisas piores do que ser casado com você – disse Finn baixinho.

– Nem venha. – Balancei a cabeça. – Não faça piada. Não seja legal. – Fulminei-o com o olhar. – Você não me contou. E, pior ainda, você não lutou por mim.

– Você sabe por que não posso fazer isso, Wendy. – Os olhos escuros dele estavam em brasa, e seus pulsos estavam cerrados nos lados do corpo. – Agora sabe quem você é e o que significa para o reino. Não posso lutar por algo que não é meu. Especialmente quando você é tão importante para o nosso povo.

– Você tem razão, Finn. Eu não sou sua. – Concordei com a cabeça, olhando para o chão. – Não sou de ninguém. Eu tenho direito a fazer uma escolha no meio disso tudo, e você também tem. Mas você não pode tirar essa escolha de mim, não pode me dizer com quem devo me casar.

– Não fui eu que arranjei o casamento – disse Finn incredulamente.

– Mas você acha que devo me casar com ele e não fez nada para evitar. – Dei de ombros. – É como se você mesmo tivesse arranjado.

Enxuguei os olhos, e ele não falou nada. Deitei-me na cama e me virei para ficar de costas para ele. Após alguns minutos, escutei-o sair e fechar a porta.

VINTE E DOIS

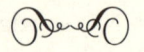

acordo

Sara Elsing, a rainha dos Vittra, chegaria às três da tarde para buscar Loki Staad, logo a manhã toda foi ocupada com reuniões de defesa. Compareci com Tove, Aurora Kroner, Garrett Strom, o chanceler e alguns poucos rastreadores, como Finn e o pai dele.

A ausência de Elora era notável. Ela estava sem forças; só seria capaz de recobrá-las quando Loki fosse embora.

Quando paramos para almoçar, Tove me convidou para comer com ele, mas eu recusei. Gostava dele tanto quanto antes, mas agora, sabendo que era esperado que nós dois nos casássemos, não ficava tão à vontade perto dele.

Além do mais, queria ter um momento a sós com Loki antes que ele fosse embora. Talvez fosse a minha última chance de lhe falar.

Dessa vez, não usei Duncan para fazer o meu trabalho sujo. Eu mesma mandei os guardas saírem. Eles protestaram, mas com um olhar gélido os lembrei de que eu era a princesa. Não estava nem aí se iam ficar falando sobre isso. E, de todo modo, Loki ia embora. Não haveria mais nenhum motivo para fofoca.

– Aaah, adoro quando você fica encrenqueira – disse Loki depois que mandei os guardas irem embora. Ele estava apoiando-se na beirada da cama, com o mesmo sorriso convencido de sempre no rosto.

– Não estou sendo encrenqueira – falei. – Queria falar com você.

– Você veio se despedir, imagino. – Ele arqueou a sobrancelha. – Vai sentir demais a minha falta, eu sei, mas, se quiser evitar tudo isso, pode simplesmente vir comigo.

– Agradeço, mas não posso.

– Sério? – Loki enrugou o nariz. – Não é possível que você esteja animada com o casamento que está por vir.

– Sobre o que está falando? – perguntei, ficando tensa.

– Ouvi falar que você está noiva daquele markis entediante. – Loki acenou distraidamente com a mão e se levantou. – Acho isso ridículo. Ele é chato e sem graça, e você não o ama nem um pouco.

– Como sabe disso? – Endireitei a coluna, preparando-me para me defender.

– Os guardas daqui são muito fofoqueiros, e eu escuto tudo. – Ele sorriu e veio lentamente na minha direção. – E eu tenho dois olhos. Já vi a novelinha que é entre você e aquele outro rastreador. Figo? Foca? Qual o nome dele?

– Finn – eu disse enfaticamente.

– Isso, ele. – Loki apoiou o ombro na porta. – Posso lhe dar um pequeno conselho?

– Por favor. Adoraria ouvir o conselho de um prisioneiro.

– Excelente. – Loki inclinou-se para a frente, o máximo que podia sem que fosse tomado pela dor de tentar sair do quarto. – Não se case com alguém que você não ama.

— O que você entende de amor ou de casamento? – perguntei.

— Estava tudo organizado para você se casar com uma mulher dez anos mais velha quando o rei a roubou para ele.

— De todo modo, eu não teria me casado com ela. – Loki deu de ombros. – Não se não a amasse.

— E agora você tem integridade, é? – zombei. – Você me sequestrou, e o seu pai era um traidor.

— Nunca falei bem do meu pai – disse Loki imediatamente. – E eu não causei nenhum mal a você.

— Mas você me sequestrou! – falei hesitantemente.

— Sequestrei? – Loki ergueu a cabeça. – Pois, pelo que lembro, quem sequestrou você foi Kyra, e eu a impedi de surrá-la até a morte. Depois, quando você estava tossindo sangue, eu mandei buscarem a rainha para que ela lhe ajudasse. Quando você escapou, eu não a impedi. E, desde que cheguei aqui, não lhe fiz nada. Até me comportei porque você pediu. Então que crimes terríveis foram esses que eu cometi contra você, princesa?

— Eu... Eu... – gaguejei. – Eu nunca disse que você fez algo terrível.

— Então por que não confia em mim, Wendy?

Ele nunca tinha me chamado pelo nome, e a ternura sutil de suas palavras me assustou. Até em seus olhos, que ainda tinham o mesmo jeito brincalhão de sempre, surgira algo de mais profundo. Era exatamente quando não se esforçava tanto para dar uma de diabolicamente bonito que ele ficava assim.

A ligação cada vez mais forte que eu sentia por ele me assustava, mas eu não queria que ele percebesse isso. Mais ainda, o que eu sentia não importava. Ele ia embora naquele dia, e eu provavelmente nunca mais o veria.

— Eu confio sim em você – admiti. – Confio. Só não sei por que confio e também não sei por que você tem me ajudado.

— Quer saber a verdade? — Ele sorriu para mim, e havia algo de sincero e meigo naquele sorriso. — Você atiçou a minha curiosidade.

— Você arriscou a vida por mim porque estava curioso? — perguntei, duvidando.

— Assim que você recobrou a consciência, a sua única preocupação foi ajudar seus amigos, e não tirou isso da cabeça — disse Loki. — Você foi boa. E eu nunca vi uma bondade assim na minha vida.

Ele desviou o olhar naquele momento e ficou olhando para um lugar qualquer no corredor. Acho que tentava esconder a tristeza de seus olhos, mas eu a vi mesmo assim; uma solidão estranha, que não combinava com suas feições fortes.

Loki balançou a cabeça, tentando se livrar do que quer que estivesse sentindo, e me deu um sorriso torto e surpreendentemente sombrio.

— Achei que uma atitude decente devia ser recompensada. Foi por isso que deixei você fugir e por isso que eu não levei você de volta para o rei.

— Se lá é tão horrível, por que não fica com a gente? — perguntei sem pensar.

— Não. — Ele balançou a cabeça e baixou os olhos. — Por mais que seja uma oferta tentadora, o seu povo não deixaria, e o meu povo... bem, digamos que eles não reagiriam bem se eu não voltasse para casa. E, gostando ou não, aquele é o meu lar.

— Sei exatamente como é — eu disse, suspirando. Apesar de começar a pensar em Förening como um lar, talvez eu nunca chegasse a sentir isso completamente.

— Está vendo? Eu bem que disse, princesa. — O sorriso de Loki voltou com mais facilidade. — Nós dois não somos tão diferentes assim.

— Você fala isso como se tivesse algum significado.

— E não tem?

— Não, não muito. Você vai embora hoje, vai voltar para a sua casa, a casa dos meus inimigos. – Suspirei profundamente, sentindo uma dor no peito. – Se tiver sorte, nunca mais vou vê-lo. Porque, se eu o vir, significa que estaremos em guerra e que eu terei de machucá-lo.

— Ah, Wendy, isso deve ser a coisa mais triste que já escutei – disse Loki e parecia sincero. – Mas a vida não precisa ser feita só de destruição e tristeza. Não consegue ver o lado bom das coisas?

— Hoje não. – Balancei a cabeça. Escutei Garrett me chamando do corredor, o que significava que o almoço tinha terminado e que as reuniões iam recomeçar. – Tenho que voltar. Eu o vejo quando fizermos a troca com a rainha Vittra.

— Boa sorte – disse Loki, confirmando com a cabeça.

Virei-me para ir embora e logo depois ouvi Loki me chamando:

— Wendy! – Loki havia se inclinado para fora do quarto, o que o fez contorcer o rosto de dor. – Se estiver certa, se da próxima vez que nos virmos for quando os nossos reinos estiverem em guerra, não significa que eu e você estaremos. Eu nunca vou enfrentar você. Isso eu prometo.

As reuniões prosseguiram, cada uma com o mesmo ritmo extenuante. Os participantes repetiam as mesmas questões. O que fazer se os Vittra voltarem atrás em relação ao acordo. O que fazer se os Vittra atacarem. O que fazer se os Vittra tentarem me sequestrar.

A resposta a todas as perguntas era a mesma: revidar. Tove e eu usaríamos nossas habilidades, os rastreadores usariam sua força e destreza, e o chanceler se encolheria num canto qualquer.

Nosso último passo, antes da chegada oficial da rainha Vittra, era a assinatura do tratado. Ele tinha sido enviado primeiramente aos Vittra, então o nome de Oren estava rabiscado na base da página, num vermelho cor de sangue. Garrett teve de levá-lo ao quarto de Elora, e ela acrescentou a sua própria assinatura. Depois que Garrett voltou com ele, tudo o que precisávamos fazer era esperar na Sala de Guerra a chegada de Sara.

Às duas e meia, Elora libertou Loki, e ele prometeu se comportar o máximo possível. Mesmo assim, Thomas e Finn o tratavam como se ele fosse uma bomba prestes a explodir.

Como íamos nos encontrar com uma dignitária de uma nação inimiga, achei que seria bom ficar com a aparência de uma verdadeira princesa, ainda mais levando em consideração que Elora não poderia se juntar a nós. Eu estava com um vestido violeta-escuro e tinha recrutado Willa para ajudar com o meu cabelo.

– Se soubesse que você ia estar tão bonita, eu também teria me arrumado – brincou Loki quando Finn e Thomas o levaram para a Sala de Guerra. Finn o empurrou com uma força desnecessária para que se sentasse, mas Loki não reclamou.

– Sem brincadeiras com a princesa – disse-lhe Duncan, lançando um olhar severo.

– Perdão – disse Loki. – Não quero dar uma de íntimo de ninguém.

Loki deu uma olhada na sala. Para a reunião com Sara éramos eu, Duncan, Finn, Thomas, Tove e o chanceler. O resto da casa estava em alerta, caso precisássemos deles, mas não queríamos dar a Sara a impressão de que a estávamos emboscando.

– Vocês mudaram de ideia e decidiram me executar? – perguntou Loki, olhando para nós. – Porque vocês todos estão com a maior cara de enterro.

– Não agora – eu disse, brincando com a minha pulseira e observando o relógio.

– Então quando, princesa? – perguntou Loki. – Por que temos só uns quinze minutos antes que eu vá embora.

Revirei os olhos e o ignorei.

Quando a campainha soou, eu já estava andando de um lado para o outro da sala. Quase pulei quando a escutei. Imaginava-se que a troca seria tranquila e simples, mas eu não sabia o que esperar. O meu pai já havia mentido e traído os Trylle antes.

– Lá vamos nós – falei e respirei fundo.

Carreguei o tratado nas mãos, um tubo de papel enrolado e amarrado com uma fita vermelha, e segui na frente pelo corredor até o saguão principal. Duncan estava logo atrás de mim, à minha esquerda, e Tove à minha direita. Finn e Thomas seguravam os braços de Loki, caso ele decidisse lutar, e o chanceler vinha por último.

Dois guardas tinham deixado a rainha entrar e aguardavam com ela. Estava no meio da rotunda, com flocos de neve em seu manto cor de carmim. Ela havia abaixado o capuz, e sua face estava rosada por causa do frio. Não tinha chegado com ninguém além de Ludlow, o pequeno duende que eu tinha visto no palácio Vittra.

– Princesa. – Sara sorriu afetuosamente ao me ver. Fez uma pequena reverência, e eu retribuí, fazendo questão que fosse igualmente contida.

– Rainha. Espero que a viagem tenha sido tranquila – eu disse.

– Sim, apesar de as estradas estarem com um pouco de gelo. – Ela apontou para as portas atrás dela, e as mãos estavam protegidas com luvas de veludo. – Espero que não tenhamos deixado vocês esperando.

– Não, vocês chegaram na hora certa – assegurei-a.

– Ela chegou – disse Loki, mas eu não olhei para trás para ver se ele estava tentando se soltar de Finn e Thomas. – Podem me deixar agora?

— Só quando o acordo for finalizado — disse Finn entre os dentes cerrados.

— Minha rainha, podemos resolver logo isso, por favor? — disse Loki para ela, parecendo irritado. — Esse rastreador está ficando com a maior mão boba.

— O markis deu muito trabalho? — perguntou Sara, com as bochechas corando de vergonha.

— Não muito — respondi com um sorriso estreito. — Quando nós o devolvermos, vocês concordam em manter a paz até a minha coroação. Correto?

— Sim. — Sara concordou com a cabeça. — Os Vittra não vão atacá-los enquanto Elora for rainha. Mas, assim que você se tornar a rainha, o cessar fogo acaba.

Eu entreguei o tratado para ela. Imaginava que Sara fosse desenrolá-lo e conferir se estava tudo certo, mas ela só fez concordar com a cabeça mais uma vez, aparentemente decidindo confiar em nós.

— Agora eles podem me soltar? — perguntou Loki.

— Sim — eu disse.

Escutei uma desavença atrás de mim, e então Loki passou ao meu lado, esticando a camisa. Sara deu um olhar de reprovação para ele, e ele tomou o seu lugar ao lado dela.

— Está tudo resolvido então? — perguntou Loki.

— Parece que sim — disse Sara. — Princesa, você sabe que é sempre bem-vinda ao nosso palácio.

— Sei, sim — admiti.

— O rei me pediu para fazer um convite a você — disse Sara. — Se retornar aos Vittra para assumir o lugar que é seu por direito, ao lado dele, ele oferecerá anistia a Förening e a todos que moram aqui.

Eu hesitei um instante, sem saber o que responder. Não queria ir para lá e não confiava no rei de jeito nenhum, mas era uma oferta difícil de rejeitar. Seria proteger todos com quem eu me importava, incluindo Matt e Finn.

Olhei para Loki, esperando que ele estivesse sorrindo ou brincando, feliz com a ideia de eu me juntar a ele, mas, em vez disso, seu sorriso convencido tinha esvaecido. Ele engoliu em seco, e seus olhos cor de caramelo estavam quase assustados.

– Princesa. – Tove tocou no meu braço, um pouco acima do cotovelo. – Temos que cuidar de outros assuntos agora à tarde. Talvez você devesse acompanhar os nossos visitantes até a saída.

– Sim, claro. – Dei um pequeno sorriso. – Peço perdão, mas tenho muito que fazer.

– Claro. – Sara sorriu. – Não queremos ocupar mais de seu tempo.

– Ainda bem. – Loki parecia aliviado e sorriu para mim. – Ondarike não é lugar para uma princesa.

– Markis – disse Sara friamente.

Ela fez outra reverência, que eu retribuí, e depois se virou. Ludlow, o duende, não disse uma palavra, mas ergueu a cauda do vestido dela para que não arrastasse no chão. Quando estavam saindo, Loki ia dizer algo, mas Sara o silenciou.

Ele olhou por cima do ombro uma vez, os seus olhos encontrando os meus, e eu fiquei surpresa ao ver o quanto o meu coração doeu ao vê-lo partir. Não tínhamos passado muito tempo juntos, mas me sentia estranhamente ligada a ele, praticamente desde o momento em que o conheci.

Então ele saiu pela porta e saiu da minha vida, e tive vontade de chorar.

Depois que eles foram embora, eu suspirei profundamente.

— Não foi tão mau assim — falei. Não tinha sido nada mau, na verdade. O acúmulo de tensão antes do encontro tinha sido o pior.

O chanceler suava como um porco, mas isso não era novidade. Sorri, agradecida, para Tove. Tinha sido bom tê-lo ao meu lado. Apoio e ajuda eram sempre bem-vindos.

— Aqueles duendezinhos me fazem pirar. — Duncan estremeceu ao pensar em Ludlow. — Não sei como conseguem viver com eles.

— Tenho certeza de que eles pensam o mesmo de você — murmurou Finn.

— Acho que todos nós sabemos o que devemos fazer — disse o chanceler, apertando as mãos atarracadas.

— O quê? — perguntei, pois eu não fazia ideia do que devíamos fazer.

— Temos que os atacar enquanto a trégua ainda for válida — disse ele. O suor pingava em seus pequenos olhos brilhantes, e o seu terno branco estava quase todo molhado.

— Mas o objetivo da trégua é exatamente manter a paz — falei. — Se os atacarmos, negaremos isso e traremos de volta a guerra.

— Precisamos atacar primeiro quando eles não estiverem esperando — insistiu o chanceler, com as papadas balançando. — É a nossa única chance de levar a melhor!

Balancei a cabeça.

— Não, essa é a nossa chance de recomeçar depois do último ataque e de encontrar maneiras de lidar pacificamente com esse conflito. Precisamos tratar de unir os Trylle e de sermos o mais forte possível. Ou de pensar em algo que possamos oferecer aos Vittra para que nos deixem em paz.

— Bem, todos nós sabemos o que podemos oferecer. — O chanceler olhou para mim.

— Nós não vamos negociar com eles – comentou Finn.

O chanceler fulminou-o com o olhar.

— Claro que *você* não vai negociar com ninguém a respeito de nada.

— Não podemos descartar as negociações – disse Tove, e, antes que Finn protestasse, prosseguiu: – Claro que não entregaremos a princesa, mas não podemos eliminar outras opções. Já morreram pessoas demais. E, depois de tanto tempo de luta, ninguém venceu. Acho que precisamos tentar algo diferente.

— Exatamente – concordei. – Temos que aproveitar esse tempo para descobrir o que será esse algo.

— Você quer encontrar algo novo para negociar? – ironizou o chanceler. – Não podemos confiar no rei dos Vittra!

— Só porque ele joga sujo não quer dizer que nós temos que fazer o mesmo – eu disse.

— E nós só vencemos essa última briga porque ela aconteceu no nosso território e porque eles deixaram os mais fortes em casa – disse Tove. – Se formos para a casa deles, eles é que ficarão em vantagem. Acabariam conosco, seria igual a todas as outras vezes. Precisamos aprender com os nossos erros.

— Tudo bem! – O chanceler jogou as mãos para cima. – Façam o que quiserem! Mas o sangue vai ficar nas mãos de vocês, não nas minhas.

O chanceler saiu indignado, derrotado. Eu sorri para Tove.

— Obrigada por me apoiar – falei.

Tove deu de ombros.

— É o que eu faço.

VINTE E TRÊS

pedido de casamento

Depois que Sara e Loki foram embora, subi para contar a Elora como tinha me saído. Garrett estava sentado com ela na sala de desenho, onde Elora estava deitada. A cor de sua pele tinha se reavivado, mas ela ainda estava acabada.

Expliquei brevemente, mas os dois pareceram orgulhosos de mim. Tinha sido a minha primeira tarefa oficial como princesa, e eu tinha passado. Elora chegou até a dizer que eu tinha feito tudo certo. Quando saí de lá, me sentia surpreendentemente bem.

Encontrei Tove quando estava saindo da sala. Ele tinha ido à cozinha e estava com um punhado de uvas. Ele me ofereceu uma, mas eu não estava muito a fim de comer, então balancei a cabeça.

— Já se sente como uma princesa de verdade? – perguntou Tove para mim enquanto mastigava uma uva.

— Não sei. – Tirei o pesado colar de diamantes que tinha usado para ficar com aparência de princesa. – Mas não sei se jamais vou me sentir assim. Acho que sempre vou me sentir como uma impostora.

— Bom, você está parecendo mesmo uma princesa de verdade.

— Obrigada. — Eu me virei para ele e sorri. — E você se saiu muito bem hoje. Estava concentrado, bem majestoso.

— Obrigado. — Ele jogou uma uva na boca e sorriu. — Passei um bom tempo mudando móveis de lugar antes da reunião. Acho que ajudou.

— Ajudou, sim.

Andamos em silêncio um pouco, enquanto ele comia as frutas e eu brincava com o colar na mão. Mas o silêncio entre nós dois não era incômodo, e eu achei aquilo agradável. Poder ficar com alguém sem que parecesse forçado ou incômodo.

Eu também tinha começado a entender o que Elora e Finn haviam dito. Tove era forte, inteligente e gentil, mas as suas habilidades o cansavam demais para que fosse capaz de ser um líder. Ele fez um trabalho excelente em me apoiar e me ajudar, e eu sabia que, independentemente do que acontecesse, ele estaria ao meu lado.

— Então. — Tove engoliu a última uva e parou. Olhou para o chão e colocou o cabelo emaranhado atrás da orelha. — Imagino que a rainha tenha contado sobre o acordo que ela e minha mãe fizeram. — Ele parou. — Você sabe, sobre nós nos casarmos.

— Pois é. — Concordei com a cabeça, sentindo-me estranhamente nervosa por escutá-lo tocando no assunto.

— Eu não concordo com elas se encontrando às escondidas, tramando coisas, como se nós fôssemos peças de um jogo e não pessoas. — Tove mordeu o interior da bochecha e olhou para o chão. — Não é correto, e eu falei isso para Aurora. Ela precisa parar de me tratar como um... sei lá. Um fantoche.

— É... — Eu concordei com a cabeça de novo.

— Ela acha que pode me controlar o tempo inteiro, e sei que a sua mãe tenta fazer o mesmo com você. — Ele suspirou. — É como se elas tivessem imaginado todos os detalhes de como nós seríamos antes de a gente chegar aqui, e agora elas se recusam a adaptá-los mesmo ao verem que não somos o que elas esperavam.

— É, é verdade — eu disse.

— Eu sei sobre o seu passado. — Ele olhou para mim só por um instante. — Aurora me contou sobre o seu pai e sobre o risco que você corre de perder a coroa por causa dele, por causa dos erros dos seus pais. Isso é burrice, pois eu sei o quanto você é poderosa e o quanto se importa com as pessoas.

— Obrigada! — falei, hesitante.

— Você precisa ser a rainha. Todo mundo que tem um pouco de conhecimento sabe disso, mas a maioria das pessoas não tem nenhum conhecimento, e isso é um problema. — Ele coçou a parte de trás da cabeça e mudou de posição. — Eu nunca tiraria isso de você. Não importa o que aconteça, eu nunca tiraria a coroa de você, e eu a defenderia contra quem quer que tentasse fazer isso.

Eu não sabia o que dizer. Nunca tinha visto Tove falar tanto antes, e eu não sabia aonde ele queria chegar.

— Sei que você está apaixonada por... bem, não por mim — disse ele cuidadosamente. — E eu também não estou apaixonado por você. Mas eu a respeito e gosto de você.

— Eu também o respeito e gosto de você — eu disse, e ele deu um pequeno sorriso.

— Mas é um monte de coisas, e não é nenhuma delas. — Ele suspirou profundamente. — Isso não fez sentido. Quer dizer, é porque você precisa de alguém para ajudá-la a manter o trono, e de alguém ao seu lado, e eu posso muito bem fazer isso. Mas... é mais porque eu acho... que eu quero.

— O quê? — perguntei, e ele chegou a olhar para mim, deixando os seus olhos cor de musgo fitarem os meus.

— Você... quer dizer, você quer se casar? — perguntou Tove. — Comigo?

— Eu, hum... — Não sabia o que dizer.

— Se não quiser, nada precisa mudar entre a gente — disse Tove apressadamente. — Perguntei porque me parece uma boa ideia.

— Pois é — falei, e não sabia o que ia dizer, até que saiu da minha boca: — Quer dizer, sim. Eu quero. Aceito. Eu... eu me caso com você.

— É? — Tove sorriu.

— Sim. — Engoli em seco e tentei retribuir o sorriso.

— Ótimo. — Ele suspirou e olhou para o corredor. — Isso é ótimo, não é?

— Sim, acho que sim — eu disse, com sinceridade.

— É. — Ele concordou com a cabeça. — Mas eu meio que estou com vontade de vomitar agora.

— Acho que é normal.

— Ótimo. — Ele concordou com a cabeça de novo e olhou para mim. — Bem, eu vou deixar você... ir fazer o que tem que fazer. E eu vou fazer minhas coisas.

— Tá certo — concordei.

— Tá bom. — Ele casualmente deu um tapinha no meu ombro, depois concordou com a cabeça novamente e foi embora.

Eu realmente não sabia com o que eu tinha acabado de concordar. Não estava apaixonada por Tove e não acho mesmo que ele estivesse apaixonado por mim.

Tove e eu nos entendíamos e respeitávamos um ao outro, o que já era algo importante. Mas, ainda mais importante, era isso de que o reino precisava. Elora estava convencida de que meu casamento com Tove seria o melhor para mim e para os Trylle.

Dividida

Eu precisava fazer o que era melhor para o nosso povo, e se isso significava casar com Tove, então que fosse. Havia muitas pessoas piores com quem eu poderia terminar me casando.

Troquei de roupa e levei Duncan comigo para a biblioteca. Ele me ajudou a encontrar alguns livros bons sobre a história dos Trylle, e eu comecei a dar uma lida neles. Finn havia me ensinado uma coisa ou outra antes da minha cerimônia de batizado, mas, se eu planejava governar essas pessoas, precisava compreender de verdade quem elas eram.

Passei o resto da noite na biblioteca, informando-me o máximo possível. Duncan terminou cochilando encurvado numa das cadeiras. Era tarde quando eu o acordei para me acompanhar até o meu quarto. Não sabia que proteção era essa que Duncan seria capaz de oferecer com aquele jeito grogue, mas de todo jeito eu duvidava de que fosse precisar dela.

Na manhã seguinte, Tove e eu fomos para o saguão treinar um pouco, e achei bom voltar a ter uma rotina. Duncan veio conosco, e, se havia um clima incômodo entre mim e Tove, Duncan não comentou nada. Estar noiva há pouco tempo era uma sensação estranha, mas Tove fez um bom trabalho em me manter concentrada no treinamento.

Eu estava começando a dominar melhor as minhas habilidades, e elas estavam ficando mais fortes. Ergui o trono do chão, com Duncan sentado nele, e nem precisei de tanta concentração como antes. Bem atrás dos meus olhos, uma dor latejava pesadamente, mas a ignorei.

Quando Tove movia uma cadeira e a fazia levitar em círculos para demonstrar o que ele queria que eu fizesse, era inevitável pensar em Elora. No quanto ela estava fraca e frágil por ter sido consumida pelos próprios poderes.

Eu sabia que precisávamos usar os nossos poderes para que não enlouquecêssemos, Tove especialmente, pois drenar suas habilidades era a única coisa que o mantinha são. Mas aquilo me deixava nervosa. Não queria que ele acabasse como a minha mãe, morrendo de velhice antes mesmo dos quarenta anos.

Quando terminamos de praticar, eu me senti cansada, mas de um jeito bom. Estava ficando mais forte e mais independente e gostava daquilo.

Elora ainda estava se recuperando na sala de desenho, então fui até lá para vê-la. Ela havia saído da chaise, o que era um bom sinal, mas tinha começado a pintar de novo.

Estava sentada num banquinho virado para as janelas, com um cavalete em sua frente. O xale que a cobria tinha escorregado de um ombro, mas ela parecia nem ter percebido. O cabelo longo caía em suas costas, reluzindo agora mais um tom prateado do que preto.

— Tem certeza de que devia estar fazendo isso? — perguntei ao entrar na sala.

— Estou com uma enxaqueca terrível há dias e preciso me livrar dela. — Ela deu uma rápida pincelada na tela.

Aproximei-me para poder olhar melhor o quadro, mas até então havia apenas um céu azul-escuro. Elora parou de pintar e colocou o pincel no cavalete.

— Precisa de alguma coisa, princesa? — Elora girou no banco para ficar de frente para mim, e fiquei aliviada ao ver que seus olhos não estavam mais leitosos.

— Não. — Balancei a cabeça. — Só queria ver como você estava.

— Estou melhor — disse ela, suspirando profundamente. — Nunca mais serei a mesma, mas estou melhor.

— Melhor já é alguma coisa.

— Sim, imagino que sim. — Ela virou-se para a janela e para o dia nublado.

O gelo e o vento finalmente tinham se acalmado, mas o céu permanecia acinzentado e turvo. Os bordos e olmos tinham perdido quase todas as folhas e estavam mortos e secos para enfrentar o inverno. As sempre-vivas que povoavam a ribanceira pareciam frágeis após a surra que tinham recebido ultimamente, e havia gelo grudado em seus galhos, fazendo-as se curvarem por causa do peso.

— Tove me pediu em casamento — contei-lhe, e ela virou o rosto para mim. — E eu aceitei.

— Você aceitou o acordo? — Elora ergueu uma sobrancelha, com surpresa e aprovação.

— Sim. — Concordei com a cabeça. — É... É o que é melhor para o reino, então é o que devo fazer. — Concordei de novo com a cabeça, para convencer a mim mesma. — E Tove é uma pessoa boa. Ele vai ser um bom marido.

Imediatamente após dizer isso, percebi que não fazia ideia do que seria um bom marido. Tinha convivido pouquíssimo com pessoas casadas e nunca tinha tido um namorado. Não sabia em que categoria eu e Finn nos enquadrávamos, mas não devia valer muita coisa.

Elora ainda me observava, então engoli em seco e forcei um sorriso. Agora não era hora de me preocupar com o que eu tinha concordado em fazer. Eu teria tempo de aprender o que significava ser uma esposa antes de nos casarmos.

— Sim, tenho certeza que vai — murmurou Elora, e virou-se para o quadro.

— Tem mesmo? — perguntei.

— Sim — disse ela, ainda de costas para mim. — Não vou fazer com você o que foi feito comigo. Se eu achasse que você precisava fazer algo terrível por ser o melhor para os Trylle, é verdade que eu pediria isso a você. E ainda seria o seu dever, mas eu explicaria exatamente o que você estava fazendo. Não deixaria que se metesse em algo às cegas.

— Obrigada — eu disse, com sinceridade. — Você se arrepende de ter se casado com o meu pai?

— Tento não ter nenhum arrependimento — disse Elora, cansada, e pegou o pincel. — Não é próprio de uma rainha ter incertezas.

— Por que nunca se casou novamente? — perguntei.

— E com quem eu me casaria?

Eu quase disse Thomas, mas isso só a deixaria furiosa. Ela não podia ter se casado com ele. Ele era um rastreador e já era casado. Mas a fúria não seria por causa disso. Tenho certeza de que seria por eu saber do caso.

— Garrett? — perguntei, e Elora fez um barulho que pareceu uma risada. — Ele ama você e é um ilustre markis. É elegível.

— Ele não é tão ilustre — disse ela. — É gentil, sim, mas casamento não tem a ver com isso. Eu já lhe disse, princesa, amor não tem nada a ver com casamento. É um alinhamento entre duas partes, e eu não tive nenhum motivo para me alinhar com outra pessoa.

— Não tem vontade de se casar só por casar? — perguntei. — Você nunca se sente carente?

— Uma rainha é muitas coisas, mas carente nunca é uma delas. — Ela estava segurando o pincel bem acima da tela, como se quisesse pintar, mas não pintou nada. — Não preciso de amor ou de um homem para me completar, e um dia você vai descobrir que isso também se aplica a você. Os pretendentes vão e vem, mas você fica.

Fiquei olhando pela janela, sem saber o que responder àquilo. Havia algo de nobre e digno naquela ideia, mas ela também parecia um pouco trágica. Acreditar que eu ia terminar sozinha, que eu morreria sozinha, nunca era reconfortante.

– Além disso, eu não queria que Willa entrasse na linha de sucessão – disse Elora, e começou a pintar novamente. – Era o que teria acontecido se eu me casasse com Garrett. Ela viraria uma princesa, uma opção viável para o trono, e eu não aceitaria isso nunca.

– Willa não seria uma má rainha – falei, e me impressionou perceber que eu realmente achava aquilo.

Eu tinha aprendido a gostar de Willa com o passar do tempo e também acho que ela tinha amadurecido. Ela tinha uma bondade e uma perspicácia que inicialmente não tinha percebido nela.

– Não obstante, ela não vai ser rainha. Você é quem vai.

– Não por um bom tempo, eu espero. – Suspirei.

– Você precisa estar pronta, princesa. – Ela olhou para mim por cima do ombro. – Tem que estar preparada.

– Estou tentando – assegurei-a. – Tenho treinado e comparecido a todas as reuniões. Tenho até estudado na biblioteca. Mas acho que só me sentirei pronta para ser uma rainha de verdade daqui a anos.

– Você não vai ter anos para isso – disse-me Elora.

– Como assim? – perguntei. – Quando é que vou virar rainha? Quanto tempo tenho?

– Está vendo aquele quadro? – Elora apontou para o quadro que eu havia visto antes, encostado numa estante.

Era um close meu, e a minha aparência era bem parecida a daquele momento, mas eu estava com um vestido branco. Na minha cabeça, havia uma coroa de platina ornamentada e cheia de diamantes.

— E daí? — perguntei. — Eu vou ser rainha um dia. Nós duas sabemos disso.

— Não, olhe para o quadro. — Ela apontou para ele com o cabo do pincel. — Olhe para o seu rosto. Com quantos anos você está?

— Eu... — Espremi os olhos e me agachei na frente dele. Não dava para ter certeza, mas eu não parecia ter nem um dia a mais do que a minha idade daquele momento. — Não sei. — Eu me levantei. — Posso estar com uns vinte e cinco anos, até onde sei.

— Talvez — reconheceu Elora —, mas não é a impressão que eu tenho.

— Que impressão você tem? — perguntei. Ela virou-se de costas para mim, sem demonstrar nada. — E, aliás, como é que eu me torno rainha?

— Você se torna rainha quando os monarcas reinantes falecerem — disse Elora com a voz neutra.

— Quer dizer que vou ser rainha depois que você morrer? — perguntei, e o meu coração disparou no peito.

— Sim.

— Então você acha que... — Eu tive que respirar para me fortalecer antes de poder continuar. — Você vai morrer em breve.

— Sim. — Ela continuou pintando, como se eu tivesse acabado de perguntar sobre o clima, não sobre a sua morte iminente.

— Mas... — Balancei a cabeça. — Eu não estou pronta. Você não me ensinou tudo de que preciso saber!

— É por isso que eu estava sendo exigente com você, princesa. Sabia que não tínhamos muito tempo e precisava insistir com você. Tinha que ter certeza de que você será capaz de fazer isso.

— E agora tem certeza? — perguntei.

— Sim. — Ela voltou-se para mim novamente. — Não se desespere, princesa. Você nunca deve se desesperar, não importa o obstáculo que tiver que enfrentar.

— Não estou desesperada — menti. O meu coração queria disparar para fora do peito, e eu me senti aérea. Sentei-me no sofá atrás de mim.

— Não vou morrer amanhã — disse Elora, parecendo levemente impaciente. — Você tem mais tempo para aprender, mas precisa se concentrar em todo o seu treinamento. Precisa escutar cuidadosamente tudo o que tenho a dizer e ser obediente.

— Não é isso. — Balancei a cabeça e a encarei. — Eu a conheci há pouco tempo, nós finalmente estamos nos dando bem, e agora você está morrendo?

— Não seja sentimental, princesa — repreendeu-me Elora. — Não temos tempo para isso.

— Você não está triste? — perguntei, com lágrimas fazendo meus olhos arderem. — Ou com medo?

— Princesa, é sério. — Ela revirou os olhos e virou-se. — Tenho que pintar. Sugiro que vá para o seu quarto e se recomponha. Uma princesa não deve nunca ser vista chorando.

Eu a deixei sozinha para que pudesse terminar o quadro. O único consolo que eu tinha era que Elora tinha dito que uma princesa nunca devia ser *vista* chorando, não que eu nunca poderia chorar. Fiquei me perguntando se não foi por isso que ela pediu para eu me retirar. Não para que eu pudesse chorar, mas para que ela pudesse.

Ter mais um longo dia de treinamento não melhorou o meu humor em nada. O meu controle estava melhorando, o que era bom. Mas estava ficando cada vez mais difícil não pensar em Finn. Achei que com o tempo ficaria mais fácil, mas não ficou. A dor só parecia aumentar.

VINTE E QUATRO

tryllic

Se Loki já sabia sobre o meu casamento arranjado, era apenas uma questão de tempo para que todos descobrissem. Achei que seria melhor se os meus amigos soubessem por mim, então reuni todos eles.

Willa e Duncan provavelmente ficariam animados, mas eu não sabia como Matt e Rhys reagiriam. Provavelmente não tão bem.

Nós nos encontramos na sala de estar do primeiro andar, que era a antiga sala de brinquedos de Rhys. O teto era pintado com um mural de nuvens, e ainda havia alguns brinquedos velhos empilhados nas prateleiras no canto. Matt sentou-se entre Rhys e Willa no sofá, e Duncan sentou-se no chão, encostando-se nele.

– Tenho uma coisa a contar para vocês. – Eu estava em pé na frente deles, girando o meu anel do polegar e controlando os nervos.

O olhar desconfiado que Matt me deu não ajudou em nada. Além disso, Rhys estava sorrindo como um boboca entusiasmado. Ele ficou bastante feliz por eu tê-lo convidado, pois ultimamente mal tínhamos nos visto. Ele estava ocupado fazendo coisas com Matt, e ouvi falar que ele tinha começado a namorar Rhiannon.

– O que foi? – perguntou Matt, com a voz já firme.

– É uma notícia boa.

– Diz logo então – disse Willa, com um sorriso ansioso. – O suspense está me matando. – Ela tentou arrancar de mim antes que todo mundo chegasse, mas eu queria contar a todos de uma vez só.

– Queria que vocês soubessem que eu, hum... – Limpei a garganta. – Eu vou me casar.

– O quê? – exclamou Matt.

– Meu Deus! – disse Willa, ofegante e com os olhos brilhando. – Com quem?

– Então é verdade? – Duncan me olhava, embasbacado. Pelo jeito, ele também tinha escutado o boato.

– Com Tove Kroner – eu disse.

Willa deu um gritinho e cobriu a boca com as mãos. Acho que ela não ficaria tão entusiasmada se fosse ela mesma a se casar com Tove.

– Tove? – perguntou Matt, parecendo duvidar. – Aquele cara é tão desastrado, e achei que você nem gostasse muito dele.

– Não, eu gosto dele – falei. – Ele é um cara legal.

– Meu Deus, Wendy! – gritou Willa e pulou do sofá, quase chutando a cabeça de Duncan. Correu até mim e me abraçou, com entusiasmo. – Mas que maravilha! Estou tão feliz por você!

– É, parabéns. – Rhys concordou com a cabeça. – Ele é um cara de sorte.

– Não acredito que vocês não me contaram – disse Duncan. – Eu estava com vocês dois hoje de manhã.

– Bom, nós não tínhamos contado para as pessoas ainda. – Eu me soltei do abraço de Willa. – Não sei se era para a gente contar, mas achei que vocês deviam saber.

– Mas eu não entendo. – Matt levantou-se, claramente perturbado com a notícia. – Achei que você estivesse doidinha por aquele tal de Finn.

– Não. – Balancei a cabeça e baixei os olhos. – Não estou doidinha por ninguém. – Exalei profundamente. – É tudo passado.

Fiquei surpresa ao perceber que aquilo era verdade. Eu não tinha exatamente esquecido Finn, mas sim começado a perceber que nós nunca ficaríamos juntos. E não era mais por causa das nossas posições sociais. Isso eu até poderia tentar modificar e legislar a respeito.

Mas Finn não demonstrava nenhuma vontade, nem de tentar acreditar em nós. Ele não havia feito o mínimo esforço para ficar comigo, e isso tinha me deixado exausta. Não dava para ficar apaixonada sozinha.

– O seu casamento vai ser tão incrível! – Willa estava com as mãos juntas na frente do peito para se conter e não me abraçar de novo. – Quando vai ser o grande dia?

– Não sei exatamente – admiti. – Depois que eu fizer dezoito anos.

– É daqui a menos de três meses! – gritou Matt.

– Nós mal vamos ter tempo de planejar! – Willa empalideceu. – Temos tanto a fazer! – Então ela fez uma careta. – Ah, é Aurora que vai fazer tudo, não é?

– É. – Eu também franzi a testa ao perceber que teria a sogra dos infernos. – Provavelmente.

– Que bom que sou homem e não preciso planejar essas coisas – disse Rhys com um sorriso torto.

– O planejamento é a melhor parte – insistiu Willa, e colocou o braço ao redor dos meus ombros. – Escolher as cores, vestidos, flores e convites! É a parte mais divertida!

— Wendy, você está mesmo contente com isso? – perguntou Matt, olhando diretamente para mim.

— Claro que ela está, Matt – disse Willa com uma revirada de olhos exagerada. – É o sonho de toda garotinha. Ser uma princesa e casar-se com um príncipe numa cerimônia linda e maravilhosa.

— Tecnicamente, Tove é um markis, não um príncipe – salientei.

— Você sabe o que eu quis dizer – disse Willa. – É um conto de fadas que virou realidade.

— Willa, pare com isso um instante. – O olhar gélido de Matt fez Willa se encolher e retirar o braço dos meus ombros. Ele se virou para mim. – Wendy, é isso mesmo o que você quer? Casar-se com esse cara?

Respirei fundo e concordei com a cabeça.

— Sim. É isso que eu quero.

— Está bem – disse Matt relutantemente. – Se é o que você quer, então dou o meu maior apoio. Mas, se ele a machucar, eu o mato.

— Não esperaria nada menos de você. – Sorri. – Mas vou ficar bem.

Willa continuou com o entusiasmo, relacionando todas as coisas fantásticas que tínhamos a planejar, mas eu não prestei muita atenção. Rhys e Matt não queriam nem precisavam ouvir aquilo, então eles fugiram para fazer algo bem mais divertido. Duncan era o meu guarda-costas, então não pôde ir embora, mas na verdade estava até mais atento ao que Willa falava do que eu.

No fim das contas, ela terminou se cansando. Ela disse que ia para casa, pegaria algumas coisas e amanhã bem cedinho estaria de volta para planejarmos. Saímos do quarto enquanto ela listava tudo o que iria trazer.

— Até amanhã, tá? — Willa apertou o meu braço.

— Tá.

— Isso é o máximo, Wendy — lembrou-me ela. — Anime-se.

— Vou tentar. — Forcei um sorriso.

Ela riu da minha tentativa ridícula enquanto partia. Encostei-me à parede do lado de fora da sala de estar. Duncan estava ao meu lado, mas não disse nada.

Willa tinha razão. Aquilo tudo era mesmo como um conto de fadas. Então por que eu não sentia dessa forma?

Olhei à frente no corredor e avistei Finn fazendo a ronda noturna. Ele estava andando em minha direção para inspecionar a ala norte, mas, quando me viu, parou. Seus olhos escuros se fixaram nos meus por um momento, depois ele se virou e seguiu na outra direção.

Acordei no dia seguinte animada para treinar e parar de pensar no noivado, mas estava acordada havia apenas dez minutos quando Aurora entrou subitamente no quarto. Ela chegou até antes de Willa e assumiu tudo. Willa não ficou feliz quando soube, mas tentou ser o mais educada possível perto de Aurora.

Nós nos encontramos na sala de jantar maior porque Aurora tinha uma pilha de papéis que queria espalhar na mesa comprida. Eram listas de convidados e planejamentos dos assentos marcados e amostras de cores e de tecidos, revistas, modelos de vestidos, livros e tudo o que seria necessário para um casamento.

— Precisamos fazer a festa de noivado neste fim de semana, claro, já que o casamento já é daqui a alguns meses — disse Aurora, tamborilando o dedo no calendário que estava na mesa.

Eu me sentei numa cadeira no canto da mesa, e Aurora ficou em pé de um lado e Willa do outro. Aurora inclinava-se por cima da mesa, com o vestido verde esvoaçando atrás dela. Willa estava com os braços cruzados por cima do peito e fulminava Aurora com o olhar.

– Antes da festa de noivado, vamos precisar ter o seu esquema de cores e deixar a despedida de solteira toda pronta – disse Aurora.

– É corrido demais. – Willa balançou a cabeça. – Não dá de jeito nenhum para organizar tudo isso e planejar uma festa ao mesmo tempo. É já daqui a alguns dias.

– Precisamos mandar fazer os convites do casamento o mais rápido possível. Vamos distribuí-los na festa de noivado – disse Aurora. – Quando é o seu aniversário, princesa?

– Hum, nove de janeiro – falei.

– Por que temos que distribuir os convites? – perguntou Willa. – Por que não enviá-los pelo correio como pessoas normais?

– Porque não somos pessoas normais. – Aurora lançou um olhar intenso para ela. – Nós somos Trylle, e somos a realeza. É tradição distribuir os convites na festa de noivado.

– Tudo bem, mas se tem que ser assim, deveríamos esperar no mínimo outra semana antes da festa – disse Willa.

– Não vou discutir isso com você. – Aurora se ajeitou e massageou a testa. – Como a mãe do noivo, eu é que darei a festa de noivado. Você não precisa se preocupar com nada. Eu é que vou planejar e organizar para a data que eu achar melhor.

– Tudo bem. – Willa ergueu as mãos como se não se importasse, mas percebi que ainda estava irritada. – Faça o que quiser. É o seu direito.

– Vamos cuidar do casamento por enquanto. – Aurora olhou para mim. – Quem você quer que participe do casamento?

– Hum... – Dei de ombros. – Willa vai ser a minha madrinha, claro.

— Obrigada. — Willa deu um sorriso convencido para Aurora.

— Claro. — Aurora deu um pequeno sorriso para ela e anotou o nome de Willa num papel. — Quem mais?

— Não sei. — Balancei a cabeça. — Não conheço tanta gente assim por aqui.

— Excelente. Eu organizei uma lista para você. — Aurora me passou uma lista de três páginas que estava na mesa. — Aqui estão os nomes das jovens marksinnas íntegras e ilustres que seriam madrinhas perfeitas.

— Aqui só tem nomes e alguns fatos aleatórios — eu disse, olhando para a lista. — Kenna Thomas tem cabelo preto, sardas, e o pai dela é o markis de Oslinna. Isso não significa nada para mim. É para eu escolher desconhecidas de uma lista com base na cor do cabelo?

— Se quiser, eu posso escolher por você — ofereceu-se Aurora. — Mas eu listei das mais desejáveis para as menos desejáveis, assim fica mais fácil para você, mas todas elas são escolhas aceitáveis.

— Eu posso ajudá-la — disse Willa, tirando a lista de mim antes que Aurora a pegasse. — Conheço muitas dessas garotas.

Ela imediatamente virou a página para ver o fim da lista, e eu senti uma pequena satisfação por saber que ela escolheria aquelas de quem Aurora gostava menos.

— Não pode ser só Willa? — perguntei. — Tenho certeza de que Tove também não tem tantos amigos para serem padrinhos. Pode ser uma cerimônia menor.

— Não seja ridícula — disse Aurora. — Você é uma princesa. Não pode ter um casamento singelo.

— Aurora tem razão — falou Willa, parecendo triste por concordar com ela. — Você precisa de um casamento grandioso. Tem que mostrar a todos que é uma princesa que não deve ser subestimada.

— Eles já não sabem disso? — perguntei sinceramente, e Willa deu de ombros.

— Não faz mal lembrá-los novamente.

— Como o seu pai não vai poder, Noah pode entrar com você na igreja — disse Aurora, escrevendo algo mais no papel.

— Noah? — perguntei. — O seu marido?

— Sim, é uma escolha adequada — respondeu Aurora casualmente.

— Mas eu mal o conheço — falei.

— Bom, você não pode entrar sozinha — disse Aurora, dando-me um olhar irritado.

— Por que Matt não entra comigo? — perguntei. — Afinal, foi ele que praticamente me criou.

— Matt? — Aurora ficou pensativa e, quando lembrou quem ele era, enrugou o nariz de desgosto. — Aquele garoto humano? De maneira nenhuma. Ele não devia nem morar no palácio, e, se outros descobrissem que ele está aqui, você viraria motivo de piada no reino.

— Então... tudo bem. — Tentei pensar logo em outra pessoa que não fosse Noah. — Que tal Garrett?

— Garrett Strom? — Aurora ficou horrorizada, mas acho que foi mais por ele realmente ser um candidato aceitável.

— Ele é praticamente o padrasto dela — salientou Willa com um sorriso astuto. Se o pai dela entrasse comigo na igreja, ela e sua família teriam mais prestígio.

Mas não foi por isso que o escolhi. Eu gostava mesmo de Garrett, e ele era o mais próximo que eu tinha por ali de uma figura paterna.

— Se é o que a princesa deseja — disse Aurora, e riscou com má vontade o nome do próprio marido e anotou o de Garrett ao lado.

Elas continuaram assim por mais algum tempo, e eu terminei dizendo que tinha que me retirar. Precisava de um descanso das alfinetadas sutis e das briguinhas. Fiquei perambulando pelo corredor. Não tinha nenhum compromisso, só queria ficar em qualquer lugar em que elas não estivessem.

Escutei vozes enquanto me aproximava da Sala de Guerra. Parei e coloquei a cabeça lá dentro. O pálido chanceler estava sentado à mesa com uma pilha de papéis em sua frente. Finn e Tove estavam do outro lado da mesa conversando, e Thomas procurava algo nas estantes de livros.

— O que vocês estão fazendo? — perguntei ao entrar na sala.

— Os garotos aqui estão com um plano idiota, e eu estou dando corda — disse o chanceler.

— Não é idiota — disse Finn, fulminando com o olhar o chanceler, que estava ocupado demais limpando suor da testa para perceber.

— Estamos tentando encontrar uma maneira de estender a trégua — explicou Tove. — Estamos revendo tratados antigos com os Vittra e com qualquer outra tribo para ver se temos precedentes.

— Encontraram algo? — perguntei.

Fui até a mesa e dei uma olhada em alguns dos papéis. A maioria tinha textos em uma língua que eu não compreendia. Era toda de símbolos, quase como árabe ou russo. Quando pesquisei na biblioteca, percebi que aquilo era comum nos documentos mais antigos.

— Nada de útil ainda, mas acabamos de começar — disse Tove.

— Vocês não vão encontrar nada. — O chanceler balançou a cabeça. — Os Vittra nunca estendem os acordos.

Dividida

— O que poderia fazer a trégua ser estendida? — perguntei, ignorando o que o chanceler dissera.
— Não sabemos exatamente — admitiu Tove. — Mas é comum haver lacunas na linguagem que possam ser usadas contra eles.
— Lacunas? — perguntei.
— Sim, tipo Rumpelstiltskin — disse Finn. — Eles normalmente incluem algo do tipo quando fazem um acordo. Parece impossível, mas às vezes dá para quebrar.
— Eu escutei a negociação. Eles não falaram nada parecido com isso — falei. — Exceto que a paz só dura até eu me tornar rainha. E se eu nunca me tornar rainha?
— Não, você precisa ser a rainha — disse Finn, e pegou uma pilha de papéis.
— Mas isso traria uma paz ilimitada, não traria? — perguntei. — Se eu nunca fosse a rainha?
— Duvido — disse Tove. — O rei terminaria encontrando algum jeito de burlar o acordo e atacaria com mais violência ainda.
— Mas... — Suspirei. — Então ele vai dar um jeito de burlar qualquer coisa, incluindo uma extensão. Então por que estão se dando o trabalho de fazer isso?
— Uma extensão não é o nosso objetivo. — Tove me olhou. — Aceitaremos um ajuste temporário, se for tudo o que encontrarmos, mas queremos encontrar algo que acabe com isso de vez.
— Acha que existe algo assim? — perguntei.
— O rei só negocia pela violência — disse o chanceler apressadamente. — Precisamos atacá-los com tudo o que temos assim que pudermos.
— Já tentamos isso — disse Tove, exasperado. — Várias e várias vezes! O rei é imune aos nossos ataques! Não dá para machucá-lo!

E quando ele falou isso percebi algo imediatamente. Quando Tove conversou comigo a respeito de Loki, comentou que apenas ele, Elora e eu tínhamos força suficiente para contê-lo, e ele não tinha certeza de que seríamos capazes de executá-lo. O rei era ainda mais forte do que Loki.

Ninguém jamais tinha conseguido detê-lo. Elora não era forte o suficiente, e Tove era distraído demais. Mas eu tinha a força do rei e o poder de Elora.

– Vocês querem que eu mate o rei – eu disse. – Vocês querem estender o prazo para que eu tenha mais tempo de treinamento.

Tove e Finn não quiseram me olhar nos olhos, então percebi que tinha acertado na mosca. Eles esperavam que eu matasse o meu próprio pai.

VINTE E CINCO

conto de fadas

Thomas pegou um grande livro na estante e o soltou na mesa. A pancada fez o pó subir da capa de couro. Tove estava tão ocupado tentando evitar o meu olhar que deu um pulo quando o livro bateu na mesa.

– Talvez isso ajude. – Thomas apontou para o livro. – Mas está escrito em tryllic.

– O que é tryllic? – perguntei, louca para falar de qualquer coisa que não fosse o parricídio.

– É a antiga língua dos Trylle – explicou Finn apontando para os papéis que eu havia visto, aqueles escritos em uma linguagem de símbolos. – Só Tove sabe ler isso direito.

– É uma língua morta – disse o chanceler. – Não sei como é que alguém ainda conhece.

– Não é tão complicado. – Tove estendeu-se para pegar o livro. Ele abriu as páginas, que cheiravam a mofo. – Posso ensiná-la depois, se quiser.

– Eu devia aprender, sim – falei. – Mas não agora. Estamos tentando encontrar uma maneira de estender essa coisa, não é? Como posso ajudar?

– Examine os documentos. – Finn remexeu em alguns papéis na mesa e me entregou uma pequena pilha. – Veja se encontra algo que fale sobre tratados ou tréguas, mesmo que não seja com os Vittra. Qualquer coisa que possa ajudar.

Tove sentou-se numa cadeira de couro envelhecido para ler o livro. Eu me sentei no chão com a minha pilha de documentos, preparando-me para me jogar no juridiquês Trylle. Parecia que estava todo escrito em charadas e quintilhas humorísticas. Era quase tudo difícil de compreender, e eu precisava de interpretações.

Mas não me senti mal com isso, pois Tove chamou Finn para ajudá-lo a entender uma passagem. Finn inclinou-se por cima da cadeira para poder ver a página, e Tove e ele discutiram o que significava.

Pensei em como era estranho Finn e Tove se darem tão bem. Finn parecia virar um maluco ciumento toda vez que eu flertava com alguém, mas eu estava noiva de Tove, e ele parecia tratá-lo de uma maneira perfeitamente normal.

Finn tirou os olhos do livro, e eles se encontraram com os meus por um breve segundo, e logo depois ele desviou o olhar. Percebi que havia algo neles, um desejo de que eu sentia falta, e fiquei me perguntando mais uma vez se eu tinha tomado a decisão correta.

– Princesa? – chamou Aurora do corredor.

Eu estava sentada no chão, lendo algumas páginas, mas provavelmente ela não aprovaria. Levantei-me com um pulo e coloquei os documentos na mesa para evitar uma lição a respeito de o que era um comportamento digno de uma dama.

– Princesa? – disse Aurora novamente, e colocou a cabeça dentro da sala. – Ah, aqui está você. E está com Tove, perfeito. Precisamos analisar os detalhes do noivado.

— Ah. É mesmo. — Tove colocou o livro de lado e me deu um sorriso estranho. — Coisas de casamento. A gente agora tem que fazer isso.

— Pois é. — Concordei com a cabeça.

Olhei para Finn. Sua expressão estava mais séria, mas ele não tirou os olhos dos papéis. Tove e eu fomos atrás de Aurora enquanto ela falava sobre as providências para o casamento, e eu olhei para Finn por cima do ombro.

Aurora nos manteve como reféns por tempo demais, e Willa não conseguiu aliviar a tensão no ar. Seria muito mais fácil se Aurora e Willa estivessem se casando uma com a outra. Quando Aurora finalmente nos liberou, até Willa ficou aliviada.

Duncan estava me esperando, e nós fomos para a cozinha jantar juntos. Tove foi trabalhar na Sala de Guerra, e Willa disse que tinha compromisso. Eu sabia que devia estar ajudando Tove, mas estava esfomeada. Precisava comer algo primeiro.

Conversei com Duncan sobre o que Tove e Finn pesquisavam e sobre o fato de alguns dos documentos estarem escritos em tryllic. Duncan disse que achava ter visto um livro sobre tryllic lá em cima, na sala de estar de Rhys, o que fazia sentido, pois ele explicara que muitos mänks passavam por uma fase em que tentavam aprender o idioma.

Eu não precisava aprendê-lo exatamente naquele momento, mas queria ter uma ideia da língua. Assim que terminamos de comer, subi para a sala de estar. A porta estava fechada, mas a maioria das portas do palácio ficava fechada, então a abri sem bater.

Não estava tentando ser sorrateira, mas, como Matt e Willa não me escutaram, devo ter entrado bem silenciosamente. Ou talvez os dois estivessem curtindo demais o momento para perceber.

Willa estava deitada de costas no sofá, e Matt estava em cima dela. Ela estava com um vestido curto, o que era extremamente comum, e Matt estava com a mão na coxa dela, puxando a bainha para cima. A outra perna dela envolvia a cintura dele, e ela enterrou os dedos em seu cabelo cor de areia enquanto eles se beijavam.

— Meu Deus! — arfei. Não foi a minha intenção, mas simplesmente saiu.

— Wendy! — gritou Willa, e Matt pulou, saindo de cima dela.

— O que está acontecendo? — perguntou Duncan atrás de mim e tentou passar na minha frente, para que pudesse me proteger, se fosse necessário.

— Silêncio! — sussurrou Willa, ajeitando o vestido para que o seu corpo ficasse um pouco mais coberto. — Fechem a porta!

— Ah, tá certo. — Eu puxei a porta e desviei o olhar deles.

Eles não estavam fazendo nada muito explícito, mas eu nunca tinha visto Matt numa situação comprometedora antes. Ele raramente namorava e quase nunca levava garotas para casa. Era bizarro pensar nele se agarrando com alguém.

Quando ergui o olhar e encarei Matt, o rosto dele estava vermelho e ele não havia levantado a cabeça. O seu cabelo estava bagunçado, e ele não parava de alisar a camisa amassada. Um pouco do batom de Willa tinha ficado em seu rosto e em sua boca, mas eu não tive coragem de dizer isso a ele.

— Uau! Vocês dois? — Duncan sorriu para eles. — Bravo, Matt. Achei que Willa nunca namoraria alguém que não fosse da classe social dela.

— Cala a boca, Duncan. — Willa fulminou-o com o olhar e reajustou a tornozeleira.

— Não seja grosseiro — grunhiu Matt, e Duncan deu um passo para trás, como se esperasse que Matt fosse bater nele.

— E não pode contar a ninguém sobre isso — alertou-o Willa. — Você sabe o que aconteceria se isso se espalhasse.

Willa era uma marksinna e, apesar de suas habilidades não serem nem de perto tão potentes quanto as minhas, era uma das mais poderosas que havia sobrado. Matt era um humano de uma família

Dividida

hospedeira, o que o relegava a uma classe ainda mais baixa do que os rastreadores e os mänks. Se encontrassem Matt denegrindo a importante linhagem de Willa, os dois seriam exilados.

Considerando-se que eram dois dos meus amigos mais próximos, eu não queria que aquilo acontecesse. Não apenas eu sentiria imensamente a falta deles, mas também os Vittra poderiam ir atrás deles para me atingir. Eles precisavam ficar em Förening, onde estavam em segurança.

— Claro que não vou dizer nada, prometo — disse ele sinceramente. — Eu nunca contei para ninguém sobre Finn e a princesa.

— Duncan, cala a boca! — exclamei. Matt não precisava ser lembrado disso naquele momento.

— Por favor, não fique com raiva — disse Willa, pensando equivocadamente que a minha irritação era com ela. — Não queríamos que descobrisse assim. Nós estávamos esperando o momento certo para contar, mas tem tanta coisa acontecendo com você ultimamente.

— E isso não muda em nada o que sentimos por você — disse Matt em seguida, querendo se explicar. — Nós dois gostamos muito de você. — Ele apontou para si mesmo e para Willa, mas sem olhar para ela. — É um dos motivos pelos quais ficamos mais próximos. A gente não queria magoá-la.

— Pessoal, não estou chateada. — Balancei a cabeça. — Não estou com raiva. Não estou nem tão surpresa.

— Sério? — Willa inclinou a cabeça.

— Sério. Vocês têm passado bastante tempo juntos e estão sempre flertando um com o outro — eu disse. — Eu meio que sabia que tinha alguma coisa acontecendo. Só não esperava me deparar com vocês *assim*.

— Desculpe. — Matt ficou mais corado ainda. — Não queria que você tivesse nos visto desse jeito.

— Não, está tudo bem. — Dei de ombros. — Não é nada de mais.

Olhei de um para o outro. Os olhos escuros de Willa estavam preocupados, e os cachos de seu cabelo castanho-claro cascateavam na lateral de seu corpo. Ela era muito bonita e já tinha me mostrado o quanto era capaz de ser gentil e leal.

— Vocês combinam — eu disse finalmente. — E quero que vocês dois sejam felizes.

— Estamos felizes. — Willa sorriu, e ela e Matt trocaram olhares meigos e carinhosos, o que até fez Matt sorrir.

— Sim, estamos felizes. — Matt concordou com a cabeça e desviou o olhar dela para mim.

— Que bom. Mas vocês dois têm que tomar cuidado. Não quero que sejam descobertos e banidos para longe de mim. Preciso de vocês dois.

— Sim, sei que você precisa de mim — disse Willa. — Aurora a devoraria viva se você não tivesse a minha ajuda.

— Nem lembre. — Fiz uma careta e me joguei num dos pufes antigos de Rhys. — E olha que estou noiva há apenas umas quarenta e oito horas. Todo mundo está morrendo de medo dos Vittra, mas juro que é esse casamento que vai me matar.

— Se não quer se casar com ele, não se case — disse Matt. Ele sentou-se no sofá ao lado de Willa, mas tinha ativado novamente a sua voz de reprovação de irmão mais velho: — Não precisa fazer nada que não quer fazer.

— Não, não é Tove. — Balancei a cabeça. — Por mim, tudo bem me casar com Tove.

— Por você "tudo bem" casar com ele? — Willa riu e deu o braço a Matt. — Que romântico.

— Devia ter visto o pedido de casamento — eu disse.

— A propósito, cadê o anel? — perguntou Willa, olhando para as minhas mãos. — Estão ajeitando o tamanho dele?

— Não sei. — Estendi as mãos para olhá-las, como se esperasse que um anel magicamente aparecesse. — Ele não me deu.

Dividida

– Que horrível! – Willa apoiou a cabeça no ombro de Matt.
– Temos que corrigir isso imediatamente. Talvez eu comente amanhã quando estivermos com Aurora.

– Não! – objetei firmemente. – Por favor não diga nada a ela. Ela me obrigaria a escolher alguma coisa horrorosa.

– Como ela obrigaria você a fazer algo? – perguntou Duncan. Sentou-se de pernas cruzadas ao meu lado no chão. – Você é a princesa. Ela é sua subordinada.

– Você sabe como Aurora é. – Suspirei. – Ela tem seus métodos.

– Que estranho. – Duncan olhou para mim como se estivesse me vendo de um jeito novo. – Achava que a vida era tão diferente para a realeza. Que vocês tinham liberdade total.

– Ninguém é livre de verdade. – Balancei a cabeça. – Você passa umas vinte horas por dia comigo. Sabe o quanto do meu tempo é livre.

– É mesmo deprimente. – Os ombros de Duncan abaixaram enquanto ele pensava sobre isso. – Achei que sua vida era assim por você ser novata, mas vai ser assim para sempre, não é? Você sempre vai ter que dar explicações às pessoas.

– Parece que sim – concordei. – A vida não é um conto de fadas, Duncan.

– E você sabe o que dizem por aí – acrescentou Willa. – Mais grana, mais treta.

– Bom, *isso* não foi bom escutar agora, então para mim já deu.
– Eu me levantei. – Tenho muito o que estudar agora à noite. Vou tentar encaixar um pouco de treino antes de encontrar Aurora amanhã. Acha que consegue mantê-la ocupada até eu chegar?

– Se é preciso... – grunhiu Willa.

– Não trabalhe demais – disse Matt enquanto eu saía da sala. – Você tem que ter um tempo para ser criança. Ainda é jovem.

– Acho que meus dias de juventude acabaram – falei, com sinceridade.

VINTE E SEIS

prelúdio

Willa fugiu cedo do planejamento. Disse que tinha que jantar com o pai, mas suspeitei que ela não aguentava mais Aurora.

Estávamos no salão de baile. As claraboias finalmente haviam sido consertadas, mas uma camada de neve cobria o topo delas, deixando o salão com uma atmosfera escura, de caverna. Aurora me garantiu que a neve seria removida antes da festa de noivado, como se eu estivesse preocupada com isso.

Ela andava rapidamente pelo salão, pensando onde ficariam as mesas e as decorações. Eu ajudei o máximo que ela permitia, o que não era tanto assim. A coitada da assistente dela corria feito louca pelos cantos para conseguir fazer tudo o que Aurora pedia.

Quando ela finalmente deixou a assistente ir embora para casa, eu estava sentada no piano de cauda, tocando o início de *Für Elise* repetidamente, já que era a única parte que eu sabia.

— Você vai precisar ter aulas de piano — disse Aurora. Ela estava com um fichário grosso e preto, com todas as informações do casamento, e o soltou em cima do piano, fazendo o instrumento vibrar ruidosamente. — Não acredito que não teve ainda. Que tipo de família hospedeira você tinha?

Dividida

— Você sabe que tipo de família hospedeira eu tinha — prossegui, tocando as mesmas notas, com mais força ainda agora que sabia que aquilo a deixava irritada. — Você conheceu o meu irmão.

— Sobre isso — disse Aurora. Ela tirou alguns grampos do cabelo, deixando os cachos se soltarem. — Você precisa parar de se referir a ele como irmão. É de mau gosto.

— Eu sei — falei. — Mas é um hábito difícil de mudar.

— Tem muitos hábitos que você precisa mudar. — Ela passou os dedos pelos cabelos. — Se você não fosse a princesa, eu não me daria o trabalho de ajudá-la com relação a isso.

— Bem, obrigada pelo seu tempo e sua consideração — murmurei.

— Sei que está sendo espirituosa, mas de nada. — Ela abriu o fichário, folheando-o. — Não temos tempo para que Frederique Von Ellsin faça um vestido para você usar na festa, então ele vai trazer alguns de seus melhores modelos amanhã ao meio-dia para que você prove.

— Parece divertido — eu disse, e não estava mentindo. Frederique tinha feito o meu vestido para a cerimônia de batizado, e eu gostei de conhecê-lo.

— Princesa! — exclamou Aurora, perdendo a paciência. — Quer parar de tocar essa música?

— Claro. — Puxei a capa do piano. — Era só pedir.

— Obrigada. — Aurora me deu um leve sorriso. — Precisa melhorar a sua educação, princesa.

— A minha educação é boa quando precisa ser. — Suspirei. — Mas agora estou cansada, e nós passamos o dia fazendo isso. Podemos nos encontrar de novo amanhã?

— Você tem muita *sorte* por eu deixar você se casar com o meu filho. — Ela balançou a cabeça e fechou o fichário com força. — Você é rude e ingrata e está longe de ser uma dama. Nós quase fomos mortos por causa de sua mãe inúmeras vezes, e é o meu filho que devia ser o próximo na linha de sucessão, não você. Se ele não tivesse um carinho infundado por você, ele a destronaria e tomaria o lugar que deveria ser dele.

– Uau. – Encarei-a com os olhos esbugalhados. Eu não fazia ideia do que dizer.

– É uma desonra ele se casar com você. – Ela estalou a língua.

– Se alguém descobrisse como aquele rastreador, Finn, a corrompeu, o meu filho se tornaria o alvo de piadas do reino. – Ela tocou a têmpora e balançou a cabeça. – Você tem sorte demais.

– Tem toda a razão. – Levantei-me, apertando as mãos com força nos lados do corpo. – Tenho muita sorte porque o seu filho não é nada parecido com você. Eu vou ser rainha, não você. Saiba qual é o seu lugar, *marksinna*.

Ela olhou para mim, empalidecida e com surpresa nos olhos escuros. Piscou, como se não acreditasse no que tinha acabado de acontecer. O planejamento tinha sido tão desgastante para ela quanto para mim, e por um momento ela esquecera qual era a sua função.

– Princesa, lamento de verdade – gaguejou ela. – Não foi o que quis dizer. Estou tão estressada.

– Todos nós estamos – lembrei-a.

Aurora terminou de recolher as suas coisas e murmurou vários outros pedidos de desculpas. Saiu apressadamente do salão de baile, dizendo que precisavam dela em casa. Acho que ela nunca tinha ido embora tão rapidamente. Eu não sabia se confrontá-la fora a coisa certa a fazer, mas naquele instante eu não estava nem aí para isso.

Mas de uma coisa eu sabia: aquele foi um raro momento em que fiquei completamente só. Não havia nenhum guarda perto

Dividida

de mim. Nem Duncan, nem Tove, nem Aurora. E seria ótimo tomar um ar fresco.

Eu me apressei antes que alguém me encontrasse. Se eu esperasse, sabia que alguma pessoa apareceria e pediria algo. Provavelmente um tempo para conversar, mas eu não queria conversar. Queria um instante para dar uma respirada.

Disparei pelo corredor da ala norte, empurrei violentamente a porta lateral e pisei na estreita trilha de cascalho cercada por sebes altas. Ela dava a volta na casa, levando às ribanceiras mais abaixo antes de se transformar em um belo jardim.

A neve cobria tudo, e, por causa do luar, o seu brilho lembrava diamantes. O clima invernal devia ter matado todas as plantas, mas as flores azuis, rosas e roxas estavam florescendo. O gelo em suas pétalas só as deixava mais bonitas ainda.

A hera trepadeira e a glicínia cresciam, cobrindo o muro, e continuavam verdes e vibrantes. Até a pequena cachoeira que percorria o pomar de árvores florescentes ainda corria, em vez de estar congelada, como seria o esperado.

Uma pequena camada de neve fazia um barulho seco sob meus pés descalços, mas não me importei. Desci a lateral da ribanceira, escorregando em alguns pontos, mas sem cair em nenhum momento. Havia dois bancos de jardim curvos próximo à lagoa, e eu me sentei no que estava mais perto.

O jardim era um pedacinho de mágica, e eu o amava justamente por ser assim. Eu me recostei, inspirando a noite fria. A minha respiração saiu com uma fumacinha, e a lua refletia-se nos cristais de gelo que estavam no ar. Eu tinha passado tempo demais trancada em casa.

Ouvi um graveto se quebrar atrás de mim, o que me tirou dos meus pensamentos, e eu me virei. Não dava para ver ninguém, mas percebi que havia sombras se mexendo ao longo da sebe perto do muro de tijolos.

— Quem está aí? — perguntei.

Imaginei que fosse Duncan ou outro rastreador vindo me buscar. Como ninguém respondeu, comecei a me preocupar achando que ter ido ali sozinha tinha sido uma decisão precipitada. Eu seria capaz de me defender, mas não queria que fosse necessário.

— Sei que tem alguém aí. — Levantei-me. Dei a volta no banco e olhei por entre as árvores.

Havia um vulto perto do muro. Ele estava longe demais para que eu pudesse ver o seu rosto, mas a lua fazia o seu cabelo claro brilhar.

— Quem está aí? — repeti. — Endireitei a postura e tentei ficar com a aparência mais imponente possível, o que era bem complicado para uma princesa de vestido, sozinha num jardim à noite.

— Princesa? — Ele pareceu surpreso e se aproximou de mim. Quando se abaixou para passar por uma árvore e veio em minha direção, finalmente pude ver bem quem era.

— Loki? — perguntei, e senti uma alegria tomar conta de mim e imediatamente depois uma confusão. — O que está fazendo aqui?

— Eu vim atrás de você. — Ele parecia tão espantado quanto eu. — O que está fazendo aqui fora?

— Queria um pouco de ar fresco. Mas não estou entendendo. Como você sabia que eu estaria aqui fora?

— Eu não sabia. É assim que eu entro. — Ele apontou para o muro atrás dele. — Eu escalo o muro. Vocês deviam dar uma protegida melhor nisso.

— Por que está aqui? — perguntei.

— Não finja que não está feliz em me ver. — O seu sorriso convencido voltou, iluminando o seu rosto. — Tenho certeza de que você está arrasada desde que fui embora.

— Não mesmo — zombei. — Tenho organizado a minha festa de noivado.

— Sim, ouvi falar sobre essa história horroros. — Ele enrugou o nariz de desgosto. — É por isso que vim salvá-la.

— Me salvar? — ecoei.

— Sim, como um cavaleiro de conto de fadas. — Loki abriu bem os braços e fez uma reverência abaixando-se bastante. — Vou jogá-la por cima do ombro e escalar o muro com você, feito Rapunzel.

— Rapunzel usava tranças para que o príncipe pudesse subir na torre, não escapar dela — falei para ele.

— Peço perdão. Os Vittra não acreditam em cantigas de roda nem em contos de fadas.

— Nem eu — eu disse. — E não preciso ser resgatada. Estou onde devo estar.

— Ah, vamos lá. — Loki balançou a cabeça. — Princesa, não é possível que você acredite mesmo nisso. Não é para você ficar trancada num castelo horrível, noiva de um bobalhão chato, sendo obrigada a fugir no meio da noite para poder dar uma respirada.

— Agradeço a preocupação, Loki, mas estou feliz aqui. — Mesmo, enquanto eu dizia isso, não sabia se era verdade ou não.

— Eu posso prometer para você uma vida de aventuras. — Loki agarrou um galho e se balançou, depois pousou no banco com uma habilidade impressionante. — Vou levá-la a lugares exóticos. Mostrar o mundo para você. Tratá-la como uma princesa realmente deve ser tratada.

— Tudo isso parece ótimo. — Sorri para ele. Estava lisonjeada com o convite, apesar de desconfiar. — Mas... por quê?

— Por quê? — Loki riu. — Por que não?

— É inevitável pensar que você só está tentando fazer com que eu fuja das minhas responsabilidades como princesa Trylle para poder ajudar os interesses de vocês — eu disse com sinceridade.

— Acha que foi o rei que me mandou fazer isso? — Loki riu de novo. — O rei me odeia. Ele me despreza. Ameaça me decepar todo santo dia. A rainha teve que desobedecê-lo para vir me buscar. Ele queria que vocês me executassem.

— Agora fiquei com mais vontade ainda de voltar para lá – falei, com um sorriso sarcástico.

— Quem falou em voltar para lá? Estou pedindo para você fugir de tudo isso, de todos os Trylle e Vittra, da realeza entediante e de suas regras entediantes. — Ele gesticulou para tudo ao nosso redor.

— É por isso que ficou chateado quando Sara sugeriu que eu voltasse com vocês?

— Aquilo foi péssimo – admitiu ele. — Por um momento terrível, achei que você ia aceitar. Teria sido o fim de tudo.

Ergui a cabeça para ele.

— O fim de tudo?

— O rei nunca deixaria você fugir novamente – explicou Loki. — E você não sobreviveria lá.

— Por que tem tanta certeza que eu não sobreviveria com o rei? – perguntei. — Eu sou forte e inteligente, e às vezes sou até corajosa.

— Exatamente por isso. Porque você é boa, corajosa e bonita. — Ele saltou do banco, parando bem na minha frente. — O rei destrói qualquer coisa que seja bonita.

— Então como é que você conseguiu sobreviver por tanto tempo? — Eu quis dizer em tom de brincadeira, mas assim que perguntei os olhos dele ficaram tristes, e ele rapidamente os baixou.

— Essa história é longa demais para esta noite, princesa, mas garanto que a minha sobrevivência teve um preço. — Ele engoliu em seco, depois limpou a garganta, e o sorriso sarcástico voltou. — Espera. Você me chamou de corajoso e bonito, foi?

— Não exatamente. — Eu ri e me afastei de Loki, sentindo demais a presença dele perto de mim. Ele parecia emitir calor e charme ao mesmo tempo. – E então, o que aconteceria se eu aceitasse esse seu convite? Para onde iríamos? O que faríamos?

– Que bom que perguntou. – O rosto inteiro dele iluminou-se. – Eu tenho algum dinheiro. Veja bem, não tenho tanto, mas escondi algumas das joias antigas da minha mãe. Posso penhorá-las, assim poderíamos ir para qualquer canto. Fazer o que bem entendêssemos.

– Isso não parece um plano muito bom.

– Para as Ilhas Virgens – respondeu Loki rapidamente, dando mais um passo em minha direção. – Não precisaríamos de passaporte, e lá não tem nenhuma espécie de troll. Poderíamos passar o dia inteiro no mar e a noite inteira na praia. – Ele parou, com um sorriso dolorosamente sincero. – Só nós dois.

– Não posso. – Balancei a cabeça, odiando o quanto aquela ideia era tentadora. Fugir de toda a pressão e estresse do palácio. – Não posso desapontar o reino. Eu tenho um dever aqui, um dever com essas pessoas.

– Você tem um dever para com você mesma, o dever de ser feliz! – insistiu Loki.

– Não, não tenho – falei. – Eu tenho coisas demais aqui. E não vamos esquecer que tenho um noivo.

– Não se case com ele – disse ele desdenhosamente. – Case-se comigo, em vez disso.

– Casar-me com você? – Eu ri. – Foi você quem disse que eu só devia me casar por amor.

– Disse, sim. – Naquele raro momento de honestidade, Loki estava impressionantemente bonito. Ele deu um passo na minha direção, chegando tão perto que quase nos tocávamos. – Wendy, se case comigo.

— Isso... — Balancei a cabeça, espantada com o pedido dele. — Isso nem faz sentido, Loki. Eu mal conheço você, e você... você é meu inimigo.

— Sei que não conheço você há tanto tempo assim, mas eu senti... uma atração desde o momento em que a vi e sei que você sentiu o mesmo.

Eu hesitei. Queria dizer que era mentira, mas não consegui.

— Loki, uma atração não serve de base para construir uma vida inteira.

— Não ligo para minha origem ou quem é o seu povo — disse ele. — Eu posso fazê-la feliz, e você pode me fazer feliz. Poderíamos ter um "viveram felizes para sempre".

Os olhos dele estavam fixos nos meus, e mesmo com a luz fraca eles reluziam um tom de ouro. Uma vibração lenta começou a tomar conta de mim enquanto uma sensação relaxante percorria o meu corpo. Assim que percebi que Loki estava tentando me fazer desmaiar, a sensação parou.

— O que aconteceu? — perguntei, enquanto a névoa desaparecia da minha mente. Loki estava a centímetros de distância, e eu sabia que devia me afastar, mas não fiz isso.

— Não vou fazer isso com você — disse ele baixinho. — O que eu disse antes ainda é verdade. Eu quero saber que, quando você está comigo, é porque você quer, não porque está sendo obrigada.

— Loki... — Eu ia protestar.

Ele colocou as mãos no meu rosto, e eu senti o calor delas na minha pele, embora devessem estar frias por ele ter escalado o muro. Loki inclinou-se para perto de mim, mas parou antes que seus lábios encostassem nos meus. Seus olhos encontraram os meus, procurando algum sinal de resistência, mas não havia nenhum.

Dividida

A boca de Loki cobriu a minha, e um calor começou a se agitar dentro de mim. O gosto dele era doce e frio, e a pele tinha um cheiro de chuva que tinha acabado de cair. Os meus joelhos ficaram fracos, o meu coração martelava contra o peito. As mãos dele me envolveram, emaranhando-se no meu cabelo e me pressionando contra ele.

Coloquei os braços ao seu redor e senti o seu corpo no meu, forte e poderoso. Eu podia mesmo sentir os seus músculos, que eram como mármore quente, e sabia que ele era capaz de me esmagar se quisesse. Mas o jeito como me tocava era apaixonado e gentil ao mesmo tempo.

Queria me render a ele, ao seu convite, mas a voz da razão me atormentava. O meu estômago congelou, depois deu um nó.

– Não, Loki. – Tirei a minha boca da dele, ofegante. Coloquei as mãos no peito dele e dei um passo para trás. – Não posso. Sinto muito.

– Wendy. – Loki ficou olhando enquanto eu me afastava dele. A expressão em seu rosto estava tão desesperada e vulnerável que o meu peito doeu.

– Sinto muito. Mas não posso.

Eu me virei e corri para o palácio, com medo de mudar de ideia caso eu hesitasse por mais um segundo.

VINTE E SETE

sacrifício

Os próximos dias foram sombrios. Fiz todo o possível para não pensar no beijo com Loki nem na terrível dor que havia dentro de mim por saber que eu talvez nunca mais fosse vê-lo. Tinha apenas que deixar aquilo para trás e dar continuidade ao noivado.

O treinamento com Tove me deixou com uma dor de cabeça forte e constante na parte de trás do meu crânio. Fazer os preparativos com a mãe dele me deixou com uma dor no restante da cabeça. Willa tentou ao máximo agir como mediadora, mas Aurora ainda não parecia disposta a esquecer o nosso conflito de antes.

Elora se sentia melhor, então ela se juntou a nós numa das tardes. Achei que tê-la por perto ajudaria a aliviar a tensão, mas não ajudou. Quando Aurora não implicava comigo, na verdade implicava com Elora. E se não estava fazia isso, era porque as duas estavam implicando comigo.

Passei a maioria das noites na biblioteca com Duncan, aprendendo o máximo possível sobre os costumes dos Trylle. Encontrei um dicionário de tryllic e tinha que folheá-lo o tempo inteiro quando analisava documentos antigos. Era impossível deduzir o significado das palavras, pois o tryllic não tinha o mesmo alfabeto que o nosso. A palavra *tryllic,* por exemplo, era assim: Трыллиц.

Com apenas a pequena luminária na biblioteca, sentei-me à mesa com o nariz enfiado no livro. Duncan estava nas prateleiras, vasculhando no meio dos hectares de livros em busca dos que achava que seriam os melhores. Ele sabia mais de história dos Trylle do que eu, mas não muito mais.

– Queimando as pestanas? – perguntou Finn, assustando-me tanto que quase gritei. Ele estava à beirada da mesa, e eu não o escutara entrar.

– É, acho que sim. – Fiquei olhando para as páginas desbotadas do livro, concentrando-me nelas, não em Finn.

Não falava com ele desde que tinha beijado Loki. De um jeito bizarro, eu sentia como se o tivesse traído. Isso era ridículo, pois eu estava noiva era de Tove, e a historinha que tive com Finn acabara havia um bom tempo.

– Preciso dar uma olhada numa coisa – disse Duncan, aproveitando a deixa para sair.

Ele não precisava sair, pois eu duvidava de que eu e Finn precisássemos de privacidade, mas foi um gesto gentil da parte dele. Duncan me deu um sorriso esperançoso e deixou-me a sós com Finn.

– O que está procurando? – perguntou Finn, apontando com a cabeça para as pilhas de livros na escrivaninha.

– Qualquer coisa. Todas as coisas. – Dei de ombros. – Imaginei que era hora de aprender a minha própria história.

– É uma história gigantesca – disse Finn.

– Pois é. É o que estou descobrindo. – Recostei na cadeira para olhar para ele. A luz fraca da luminária deixava a maior parte do rosto de Finn na sombra, mas as expressões dele eram tão indecifráveis de todo jeito que não fazia diferença.

— A festa de noivado é amanhã – disse ele. – Não devia estar lá em cima se arrumando e se enfeitando com Willa?

— Não. Isso vai ser amanhã de manhã. – Suspirei, pensando no longo dia que me aguardava.

— Por falar nisso, estou devendo os parabéns.

— Sério? – Fechei o livro que estava lendo e me levantei.

Não queria mais ficar perto de Finn, então fui até a estante e guardei o livro. Não sabia se era o lugar certo, mas precisava de uma desculpa para me movimentar.

— Você vai se casar – disse Finn, com a voz calma e composta. – É normal parabenizar.

— Que seja. – Enfiei o livro com força na estante e me virei para ele.

— Não pode ficar com raiva de mim por eu dar apoio a você – disse Finn, deixando um toque de incredulidade nas palavras.

— Posso ficar com raiva de você pelo motivo que eu quiser. – Encostei-me na estante. – Mas eu não o entendo mesmo.

— O que tem pra entender? – perguntou Finn.

— Você praticamente arrancou o meu braço quando achou que eu estava flertando com Loki. Mas eu vou me casar com Tove, e você trata nós dois como se nada estivesse acontecendo.

— É completamente diferente. – Finn balançou a cabeça. – O Vittra não era bom para você. Ele a machucaria. Tove é o seu futuro marido.

— Futuro marido? – eu disse desdenhosamente. – Você estava me protegendo por causa dele? Para garantir que ninguém me corrompesse antes de Tove ficar comigo?

— Não, claro que não. Estava simplesmente protegendo *você*. O seu nome, a sua imagem.

Dividida

— Tá bom. E era isso que estava fazendo quando estava com a língua na minha garganta?

— Não sei por que você sempre apela para a grosseria. — Ele baixou os olhos em reprovação.

— Não sei por que você tem que ser sempre tão contido! — retruquei. — Não pode expressar para mim o que sente nem uma vez sequer? Eu vou me casar com outra pessoa! E você nem se importa, não é isso?

— Claro que me importo! — gritou Finn, com os olhos pegando fogo.

— Então por que não está fazendo nada? — perguntei, com as lágrimas enchendo os olhos. — Por que nem ao menos tenta me impedir?

— Porque Tove vai cuidar de você. Vai protegê-la. — Finn engoliu em seco. — Ele vai poder fazer coisas para você, *com* você, que eu nunca seria capaz de fazer. Por que eu privaria você disso?

— Porque gosta de mim.

— É porque gosto de você que *não* posso fazer isso.

— Eu não acredito em você. — Balancei a cabeça. — Você não está nem aí quando estou com ele. Por que é que ficou com tanta raiva quando eu estava com Loki? Você admitiu que estava com ciúmes quando eu passei mais tempo com Rhys. Mas quando estou com Tove você nem liga.

— Eu ligo. — Ele suspirou, frustrado. — Mas não é a mesma coisa quando você está com Tove. Não me incomoda tanto.

— Como é que isso não incomoda você? — perguntei, totalmente consternada.

— Porque ele é gay, Wendy! — disse Finn finalmente, exasperado.

Por um instante eu fiquei chocada demais para dizer algo. Fiquei apenas lembrando todos os momentos que tinha passado com Tove até perceber que o que Finn tinha dito fazia sentido.

– Ele é gay? – perguntei baixinho.

– Não diga a ele que contei para você, tá certo? – Finn contraiu o rosto e parecia arrependido. – Não devia ter feito isso. É uma coisa só dele, e não tenho que sair por aí contando os segredos dos outros.

– Então por que ele vai se casar comigo?

– O que ele disse quando a pediu em casamento? – perguntou Finn.

– Ele disse... que era porque acreditava em mim e porque queria que eu fosse a líder. – Repensei a conversa. – Ele fez isso para me apoiar, para salvar o nosso povo. As mesmas razões pelas quais eu aceitei o pedido.

– Ele é gay – repeti. Depois que assimilei isso, percebi algo novo e balancei a cabeça. – É por isso que não se importa. Você sabe que não o amo, que nunca o amarei, então é por isso que prefere que me case com ele? Mas você achou que eu talvez amasse Loki, ou que seria capaz de amá-lo.

– É mais do que isso, Wendy. – Finn balançou a cabeça. – Loki a machucaria.

– Mas não foi por isso que você ficou com raiva. Você estava com ciúmes porque eu talvez amasse outra pessoa. – A raiva tomou conta de mim. – Você acharia melhor eu viver uma mentira do que eu ser feliz com outra pessoa.

– Você acha que seria feliz com um markis Vittra? – disse Finn desdenhosamente. – Ele é perigoso, Wendy. Eu não confiava nele perto de você.

– Você não confiava nele porque sabia que eu gostava dele!

— Sim! — gritou Finn. — Não devia gostar dele. Ele não é um cara legal.

— Você nem o conhece! — gritei também.

— Quer fugir com ele? — O rosto dele ficou inexpressivo, tentando esconder seus sentimentos. — É isso que está dizendo? Que eu a impedi de viver um conto de fadas com ele?

— Não, não estou dizendo isso. — Engoli as lágrimas. — Eu não quis fugir com ele por saber que o melhor para o reino era que eu ficasse aqui. Mas não acredito no quanto você está sendo egoísta. Você diz que faz tudo por minha causa, mas, se isso fosse mesmo verdade, me incentivaria a buscar a minha própria felicidade, em vez de me deixar presa aqui a você.

— Como é que eu deixei você presa aqui? — perguntou Finn.

— Assim! — Apontei para nós dois. — Não posso ficar com você e não posso ficar sem você. E eu estou presa no meio disso, sem nenhuma saída. Eu gosto de você, não consigo parar com isso, e você nem se importa!

— Wendy. — A expressão dele ficou mais serena, e ele veio em minha direção. Eu dei um passo para trás e esbarrei na estante, então não dava para me afastar mais. Ele estendeu o braço para me tocar, e eu o empurrei.

— Não! — gritei, com lágrimas escorrendo pelo rosto. — Eu odeio o que você faz comigo. Odeio o quanto você me enlouquece. Odeio *você*!

Ele estendeu o braço, tirando o cabelo da minha testa. Eu mexi a cabeça para o outro lado, mas ele não tirou a mão. Ele se colocou bem à minha frente, então o corpo dele pressionou o meu. Tentei afastá-lo, mas ele ficou firme. Ele não se mexeu. Pôs a mão no meu rosto, fazendo com que eu inclinasse a cabeça em direção a ele.

Os seus olhos eram tão pretos e profundos que me deixaram sem ar, como sempre. Com os dedos, ele percorreu as raízes dos meus cabelos. A minha vontade de lutar desapareceu, mas a paixão continuou.

Ele inclinou-se para mim, beijando-me. Sua boca pressionou a minha intensamente. O meu coração começou a estremecer fortemente e radiou para o resto do corpo, fazendo com que eu tremesse por completo. A sua barba a fazer arranhava a minha pele enquanto ele me beijava desesperadamente.

Os lábios dele vieram até o meu pescoço, e eu gemi, enfiando os meus dedos no cabelo dele. O peso dele nos jogou contra a estante, e os livros caíram ao nosso redor. Nós também caímos, desabando em cima de uma pilha.

– Finn – brandiu a voz de Thomas, interrompendo-nos.

Finn parou de me beijar, mas continuou em cima de mim. A sua respiração estava ofegante e entrecortada, e ele permaneceu olhando para mim. Uma paixão ardia em seus olhos, mas percebi que, atrás disso, havia também terror. Ele percebeu que tinha feito algo terrível, que não havia como desfazer.

– Finn! – gritou Thomas novamente. – Saia de cima dela antes que alguém veja vocês!

– Sim, senhor. – Finn saiu de cima de mim com dificuldade, tropeçando nos livros enquanto se levantava. Eu puxei o vestido para baixo e me levantei bem mais lentamente do que ele.

– Saia daqui! – berrou Thomas com ele. – Vá se ajeitar!

– Sim, senhor. Desculpe, senhor. – Finn ficou olhando para o chão. Tentou lançar um olhar fugaz para mim, mas estava envergonhado demais e simplesmente saiu em disparada de lá.

– Desculpe – murmurei, sem saber o que dizer. Ainda estava com o gosto de Finn nos lábios, com a sensação da barba nele no meu rosto.

– Não precisa se desculpar para mim – disse Thomas, e a expressão em seu rosto era bem mais suave do que a que tinha quan-

Dividida

do falou com o filho. – Você precisa se proteger, princesa. Vá para o seu quarto, esqueça totalmente que isso aconteceu, e reze para que ninguém descubra.

– Sim, claro. – Concordei rapidamente com a cabeça e passei com cuidado por cima dos livros. Estava prestes a sair quando Thomas me fez parar.

– O meu filho não me conta muito sobre a vida dele – disse Thomas, e eu parei na porta, olhando para ele por cima do ombro. – Nunca fomos muito próximos. Este trabalho é complicado. A pessoa se sente isolada, e isso é uma coisa que você e eu temos em comum.

– Eu não me sinto isolada – falei. – Estou sempre cercada por pessoas.

– Você tem tido sorte, mas não vai ser sempre assim. – Ele fez uma pausa e passou a língua nos lábios. – Às vezes é preciso escolher entre o amor e o dever. É uma escolha difícil, a mais difícil de fazer na vida, mas só um deles é a resposta certa.

– Está dizendo que é o dever? – perguntei.

– Estou dizendo que o dever foi a resposta certa para mim – explicou Thomas cuidadosamente. – E o dever sempre será a resposta certa para Finn.

– Sim. – Concordei com a cabeça, baixando os olhos. – Sei disso muito bem.

– Os rastreadores são menosprezados com frequência. – Ele ergueu a mão para que eu não argumentasse. – Não por todo mundo, mas por muita gente. As pessoas têm pena de nós. Mas viver a serviço das pessoas e saber que somos essenciais para a criação de um mundo melhor para o reino é uma vida honrada.

"A rainha vive a serviço dos outros tanto quanto um rastreador, talvez até mais. A vida inteira da sua mãe foi dedicada às pessoas daqui. Não há honra maior do que essa. Não há proeza maior. E essa honra vai ser sua, princesa.

— Eu sei — concordei, sentindo-me ainda mais sobrecarregada com aquela possibilidade.

— No fim das contas você vai descobrir que, ao fazer um sacrifício, a pessoa recebe mais do que dá — disse ele. — Foi bom conversar com você, princesa, mas vou deixar que você retorne ao seu quarto.

— Sim, claro — falei.

Thomas fez uma reverência para mim, e eu me virei. Fui correndo até o quarto, erguendo o vestido para não tropeçar na bainha. O meu cabelo, que tinha se soltado, estava ao redor do meu rosto, o que achei bom. Não queria que ninguém visse a vergonha no meu rosto nem as lágrimas que manchavam meu rosto.

VINTE E OITO

honra

— Você está maravilhosa – assegurou Willa olhando para o meu reflexo pela centésima vez.

Eu estava na frente do espelho. Willa estava atrás de mim. Com certeza parecia que eu estava admirando o meu vestido branco, mas eu mal me reconhecia.

A apenas dias da minha festa de noivado, eu tinha beijado dois caras diferentes. Era estranho porque, dos dois beijos, o de Loki era o que eu mais revivia. O beijo dele foi algo estranhamente revigorante, que deu novo ânimo à minha alma. Apesar de o beijo de Finn ter sido incrível no momento em que aconteceu, depois que acabou as minhas energias só fizeram se esgotar. Loki tinha me pedido em casamento, e Finn tinha me afastado, como sempre fazia. Como sempre faria.

Depois de tudo o que tinha acontecido, eu queria chorar, mas, no fim das contas, não importava o que eu sentia por nenhum dos dois. Não mais. Eu era uma princesa que tinha um dever para com o seu reino e seu noivo. Tove e Förening mereciam mais do que isso, então eu tinha que ser mais do que isso. Tinha que me tornar o que eles precisavam que eu fosse.

– Vamos, Wendy. – Willa agarrou o meu braço, puxando-me. – A festa já vai começar. Não temos tempo para você ficar se admirando no espelho.

Eu concordei com a cabeça e a segui, pensando que teria tempo de me recompor, mas assim que saí do quarto encontrei Tove esperando perto da porta.

– Desculpe – disse ele ao ver a minha expressão. – Não queria assustá-la.

– Não, tudo bem. – A minha boca estava anestesiada e era difícil falar.

– Vou deixar os dois pombinhos a sós. – Willa piscou para mim enquanto ia embora.

– Espero que não dê azar vê-la antes da festa de noivado. – Ele procurou algo no bolso. – Não sei qual é o procedimento correto, mas quero dar uma coisa para você. Achei que seria melhor antes da festa.

– Você não precisava ter comprado nada.

– Precisava, sim. – Tove tirou uma caixa de anel do bolso. – Era meio que o meu dever. Era para ter dado isso a você quando fiz o pedido, mas aquele momento foi meio desajeitado.

– Eu gostei. – Sorri para ele. – Foi meigo.

– Bom, espero que goste do anel. – Ele estendeu a caixa para mim, com a tampa de veludo ainda fechada. – A minha mãe odiou.

– Então com certeza vou adorar – eu disse, e ele riu.

Peguei a caixa e, com as mãos tremendo, abri a tampa. Era uma aliança grossa de platina, cujo formato era feito para lembrar uma hera ao redor de uma esmeralda gigante incrustada no centro. Havia alguns diamantes pequenos pontilhados ao redor da aliança.

– Ah, Tove, é linda! – Enquanto a colocava no dedo, fiquei mesmo emocionada. Era um anel adorável, um gesto adorável.

Apesar de ele não ter me dito, e de eu não pretender contar a ele que sabia, Finn tinha razão. Tove era gay. Nós nunca nos apaixonaríamos um pelo outro, mas éramos amigos e juntos poderíamos ter alguma espécie de felicidade. Tomara.

– É? – Tove estava com um leve sorriso de alívio e passou a mão no cabelo. – Que bom. Estava bem preocupado. Não fazia ideia do que você ia achar.

– Não, é absolutamente perfeito. – Eu sorri para ele com lágrimas nos olhos.

– Que bom. – Ele mordeu o lábio. – Você está bem bonita hoje.

– Obrigada. Você também não está nada mal. – Eu apontei para o terno elegante com colete. – Você fica muito bem quando está arrumado, markis.

– Obrigado, princesa. – Ele estendeu o braço para que eu o tocasse. – Vamos descer para a nossa festa de noivado?

– Vamos – falei, e coloquei o meu braço ao redor do dele.

Fomos em direção ao salão de baile para nos tornarmos os líderes de que os Trylle precisavam.

GLOSSÁRIO DA TERMINOLOGIA TRYLLE

aura – Campo de radiação sutil e luminosa que cerca uma pessoa ou objeto. Auras de cores diferentes denotam características emocionais diferentes.
cegonha – Gíria para rastreador; termo depreciativo. *"Os humanos contam às crianças que as cegonhas trazem os bebês, mas aqui são os rastreadores que trazem os bebês."*
changeling – Criança trocada secretamente por outra.
duende – Troll feio e deformado que não tem mais de um metro de altura.
família hospedeira – A família com quem o changeling é deixado. Essa família é escolhida de acordo com a sua posição na sociedade humana, sendo a riqueza o principal fator levado em consideração. Quanto mais importante os membros na hierarquia da sociedade Trylle, mais poderosa e próspera é a família com quem o changeling deles é deixado.
Förening – A capital e a maior cidade da sociedade Trylle. Um complexo numa ribanceira do rio Mississippi, localizado em Minnesota, onde se encontra o palácio.

mänsklig – Abreviado com frequência para *mänks*. A tradução literal da palavra *mänsklig* é "humano", mas ela passou a descrever a criança humana que é levada quando o filho ou filha do Trylle é deixado(a) na família.

markis – Título da realeza masculina nas sociedades Trylle e Vittra. Similar ao título de um duque, é concedido a trolls com habilidades superiores. Eles têm uma posição mais alta na hierarquia do que o Trylle comum, mas estão abaixo do rei e da rainha. A hierarquia da sociedade Trylle é a seguinte:

Rei/rainha
Príncipe/princesa
Markis/marksinna
Cidadãos Trylle
Rastreadores
Mänskligs
Famílias hospedeiras
Humanos (que não foram criados na sociedade troll)

marksinna – Título da realeza feminina nas sociedades Trylle e Vittra. O equivalente feminino de um markis.

Ondarike – A capital dos Vittra. O rei e a rainha, assim como a maioria dos Vittra poderosos, moram no palácio que fica nessa cidade. Localiza-se no norte do Colorado.

persuasão – Forma leve de controle da mente. A habilidade de, com os pensamentos, fazer outra pessoa agir de certa maneira.

precognição – Conhecimento de algo antes de sua ocorrência, especialmente por percepção extrassensorial.

psicocinese – Termo geral para produção ou controle de um movimento, especialmente de objetos remotos e inanimados, supostamente ao se exercerem poderes psíquicos. Pode incluir controle da mente, precognição, telecinese, cura biológica, teletransporte e transmutação.

rastreador – Membro da sociedade Trylle treinado especificamente para rastrear changelings e trazê-los de volta para casa. Um rastreador não tem habilidades paranormais, a não ser a capacidade de ficar ligado a um único troll em particular. É capaz de sentir se o troll em seus cuidados está em perigo e de determinar a distância entre ele e o troll. O nível mais baixo da hierarquia Trylle, exceto pelos mänskligs.

Trylle (pronunciado "trill") – Belos trolls com poderes de psicocinese cuja sociedade tem como pilar a prática de changeling. Como todos os trolls, são geniosos, astutos e frequentemente egoístas. Embora antigamente fossem numerosos, a sua população está diminuindo, assim como suas habilidades, mas ainda são uma das maiores tribos de trolls. São considerados um povo pacífico.

tryllic – Linguagem antiga em que os Trylle escreviam para ocultar dos humanos o significado de documentos importantes. Os seus símbolos são diferentes do alfabeto latino e são similares em aparência ao árabe ou ao cirílico.

Vittra – Facção mais violenta de trolls cujos poderes se baseiam em força física e longevidade, apesar de uma psicocinese moderada não ser incomum. Eles também sofrem constantemente de infertilidade. Embora em geral os Vittra tenham uma bela aparência, mais de cinquenta por cento de seus filhos nascem como duendes. São uma das poucas tribos de trolls a terem duendes em sua população.

Um dia: Três caminhos

UM CONTO INÉDITO DE AMANDA HOCKING

Um dia: Três caminhos
(Uma história de Trylle)

1. Finn
Sábado, 28 de outubro

O outono estava surpreendentemente frio para a época. Tinha caído muito granizo a manhã inteira, mas isso não havia impedido os viajantes de vir a Förening para a festa de noivado da princesa. De onde ficava o pequeno casebre de sua família, aconchegado no meio das ribanceiras, Finn tinha escutado os carros chegando ao palácio pela estrada.

Por causa da festa, o seu pai estava ocupado, trabalhando, vigiando o palácio contra mais ataques dos Vittra. Com a nova trégua em vigor, Finn não achava muito provável que ocorressem. Foi por isso que pediu para ser dispensado do pedido que a rainha havia feito para que ele ajudasse a proteger a festa.

Era muito raro ele não querer obedecer aos desejos dela, mas sabia que dessa vez era necessário. Se tinha aprendido uma coisa, era que não podia confiar em si mesmo perto de Wendy.

Após o que tinha acontecido na biblioteca na noite anterior, Finn estava decidido a terminar sua história com ela de uma vez por todas. Não que tivessem começado algo de verdade em algum momento, mas o relacionamento entre eles tinha saído de controle bem mais do que ele gostaria.

Ele não compreendia nem a atração que sentia por ela. Ela era incorrigível e o desafiava todas as vezes que podia. Às vezes, Finn tinha certeza de que Wendy discordava dele só por gostar de discutir. Apesar de ser inteligente, ela reagia irracionalmente às vezes e deixava o coração tomar decisões com frequência demais.

Gostar dela ia contra todo tipo de lógica, e ele jurou que ficaria por ali. Não completamente – ele sempre a respeitaria e desejaria o seu bem-estar. Mas esse joguinho que eles estavam fazendo tinha que parar. Mesmo se Wendy não percebesse ainda, Finn sabia que ela seria mais feliz sem ele. E, um dia, ele talvez até fosse feliz sem ela.

Assim que tivesse a oportunidade, Finn sairia de Förening, iria trabalhar num lugar que o deixasse o mais longe possível da princesa.

Agora teria que se contentar em ajudar a sua mãe com as cabras. Com a festa de noivado acontecendo, ele não descartava a possibilidade de os Vittra atacarem, então não queria arriscar ir para muito longe do palácio. Apenas para garantir.

Como estava muito frio lá fora, a maioria das cabras tinha preferido ficar dentro do pequeno celeiro. Elas haviam derrubado os fardos de palha que Finn e sua família tinham empilhado, e Finn estava organizando-os novamente para que as cabras tivessem algo em que subir.

Ele escutou a porta da frente bater com força do outro lado do campo que estava atrás dele, e sua irmã mais nova, Ember, entrou em disparada no celeiro, com os passos esmagando pesadamente o chão.

— Não é justo – choramingou Ember.

Finn arremessou um fardo sem utilidade no pasto e olhou para ela.

— Imagino que não tenha vindo para me ajudar.

— Não mesmo – disse ela desdenhosamente.

Ember tinha feito o maior esforço para ficar elegante nesse dia, o que era difícil, pois ela não tinha tantos vestidos bonitos. Annali fazia a maior parte de suas roupas, e, embora a mãe fosse uma costureira talentosa, Ember era meio moleca e preferia as roupas antigas de Finn a praticamente tudo que Annali fazia.

O vestido que tinha colocado estava um pouco pequeno. O tecido azul ia até um pouco acima dos joelhos e estava apertado em seu peito. Seus cachos pretos ainda estavam arrepiados e despenteados, mas ela os havia prendido para trás com alguns grampos estrategicamente posicionados.

Como ia sair para o celeiro, tinha colocado as botas de trabalho gigantes do pai, e elas batiam pesadamente no chão.

— Todo mundo do reino inteiro vai estar na festa de noivado. – Ember recostou-se na parede e ficou encarando o teto, onde havia alguns pombos empoleirados. – Não é justo que mamãe não tenha me deixado ir.

— Nem todo mundo vai – corrigiu-a Finn. – Eu não vou. Mamãe não vai. A maioria dos seus amigos provavelmente não vai.

— Mas você *poderia* ir – rebateu Ember olhando para ele. Os olhos dela eram tão escuros que eram quase pretos e quase pareciam grandes demais para o seu rosto, fazendo com que ela aparentasse ter menos do que seus doze anos.

– Mas eu não vou. – Ele virou-se, esperando evitar mais uma conversa sobre a princesa, e agarrou outro fardo de feno.

– Pois é. Então eu deveria poder ir no seu lugar.

– Eu não ia como convidado – lembrou-a Finn. – Eu teria ido para vigiar, e você ainda não teve treinamento suficiente para proteger o palácio.

– Eu já comecei o meu treinamento. – Ember distraidamente fazia carinho numa cabra que mordiscava a bainha de seu vestido. – São só três anos para eu me formar no programa de rastreadores, e eu sou a melhor aluna da turma.

– Certamente está se saindo muito bem. – Ele sorriu para ela a fim de mostrar que estava sendo sincero, mas ela continuou amuada. – Vai haver muitas outras festas para você comparecer. E, depois que começar a ir de fato, vai perceber o quanto são sem graça e sem sentido, todas elas, e vai desejar não ter ido nunca.

– Nunca vou desejar isso – murmurou Ember.

Finn suspirou e aproximou-se dela. Ela baixou os olhos e chutou inutilmente uma pedra que estava perto de seus pés. Quando respirou fundo, saiu uma fumacinha em forma de pluma.

– Infelizmente, Ember, a verdade é que o palácio não tem mais jeito de conto de fadas do que aqui. Tá certo, eles se vestem melhor, mas é só isso mesmo – disse Finn. – Está frio aqui fora, e eu terminei de limpar. Por que não vamos lá para dentro?

Ember balançou a cabeça.

– Não quero entrar ainda.

– Tem certeza?

– Tenho. Prefiro ficar aqui fora com as cabras e morrer de frio a discutir mais com mamãe.

Finn tentou pensar em algo para dizer a ela, mas Ember era muito teimosa. Além disso, quando ficasse com frio demais, ela entraria, e, pelos arrepios que cobriam sua pele, não demoraria para que isso acontecesse. Ember o seguiu até a saída do celeiro, mas apenas para poder pisotear o campo ao lado das poucas cabras que tinham decidido ficar do lado de fora. Ela pulou numa poça de neve semiderretida, fazendo a papa gélida salpicar ao seu redor, aparentemente livrando-se um pouco de sua frustração.

Ele achou maravilhoso sentir o calor de casa ao abrir a porta da frente. Podia ter muitos sentimentos negativos sobre crescer em Förening, mas nunca tinha visto nenhum lugar que suscitasse tanto a sensação de lar como o seu casebre com sua família.

Finn não sabia o que sua mãe estava assando, mas cheirava a pão fresco de canela. Annali estava sentada à mesa desgastada, costurando algumas das calças e coletes dele que tinham ficado surrados. Finn sabia costurar, mas sua mãe era bem melhor nisso.

— A sua irmã está lá fora? — perguntou Annali sem tirar os olhos do que estava fazendo.

— Está. Ela está só brincando no campo. — Finn foi até a pia para limpar a sujeira das cabras das mãos.

— Ótimo. Estava com medo de que ela fosse escondida para a festa. — Ela passou uma agulha no meio da calça e observou o filho. Os ombros dele ficaram tensos no mesmo instante em que mencionou a festa, e ela franziu a testa.

Finn terminou de lavar as mãos, depois se apoiou na bacia de metal. Ficou olhando pela pequena janela redonda acima dela, observando Ember saltitar pelo campo.

— Sabe, eu poderia levá-la para lá — disse Finn, com hesitação em suas palavras. — Só para ela ver como é.

— Não — disse Annali bruscamente balançando a cabeça. — Tem gente demais, e não seria bom para nenhum dos dois.

— Mas se ela visse como é de verdade, como todas as pessoas são chatas e enfadonhas, talvez ela parasse de falar da princesa e do palácio o tempo inteiro. Ela coloca tudo aquilo num pedestal.

Annali resfolegou.

— E onde será que ela aprendeu isso?

— Ah, então é culpa minha? — Finn virou-se para olhar para ela.

— Não foi o que eu disse. — Ela continuou costurando, mas ergueu os olhos para ele. — Não é só você. Ou o seu pai. São também aquelas malditas escolas de rastreadores. Eles passam tempo demais ensinando às crianças que elas não são nada em comparação à família real.

— Não é tão ruim assim — insistiu Finn.

Annali não estava totalmente sem razão, mas tinha exagerado bastante. Ensinava-se às crianças que os Trylle mais importantes tinham mais habilidades e que era por isso que eles eram mais importantes. Parte de ser um rastreador era protegê-los, mas havia honra e dignidade nisso.

Talvez fosse um tipo de nobreza diferente da realeza, mas mesmo assim se ensinava às crianças rastreadoras que elas eram uma parte fundamental da sociedade Trylle. Eram importantes e tinham o mesmo valor que um markis e uma marksinna.

— É ruim o suficiente. — Annali suspirou. — Tem dias em que eu queria poder tirar Ember daquela escola e levá-la para bem longe daqui.

— Então por que não faz isso? — perguntou Finn. Ele se afastou da pia e puxou uma cadeira que estava na frente da mãe. — Se odeia tanto isso aqui, por que não vai embora?

Ela balançou a cabeça, tentando fingir que não tinha pensado muito naquilo.

— Para onde eu iria?

— Para qualquer lugar que quisesse — disse ele com uma risada áspera. — Você não é uma prisioneira aqui.

— Pois parece que sou — admitiu ela.

— Por que não foi embora? — perguntou Finn baixinho.

Por um momento, Annali não disse nada. Apesar de eles raramente falarem sobre o assunto, ela sabia que Finn tinha conhecimento do caso que seu pai tivera com a rainha. Era impossível que ele não soubesse. Eles moravam numa casa pequena, e Annali e Thomas passaram boa parte da infância de Finn discutindo por causa de Elora.

— O seu pai nunca iria embora. — Annali parou de costurar e ficou apenas olhando para a calça no seu colo. — E, apesar de tudo, eu o amo. Não seria capaz de deixá-lo.

— Como pode amá-lo depois de tudo por que ele fez você passar? — perguntou Finn.

— Não faça isso. — Ela balançou a cabeça e olhou para ele. — Não precisa se preocupar com o meu casamento. Eu perdoei o seu pai, é tudo o que importa.

— Se está dizendo — disse Finn, sem querer insistir no assunto.

— É por isso que é tão importante que você vá para longe daquela família enquanto pode. — Ela colocou a agulha e a linha na mesa e estendeu o braço por cima dela, colocando a mão em cima da dele. A sua pele era seca e cheia de calos por causa dos anos de trabalho árduo.

— Sei que não gosta da rainha nem da filha dela, mas comigo não é a mesma coisa — disse Finn.

— Não, é pior. Você tem a oportunidade de ter uma vida feliz, de amar alguém que possa realmente corresponder ao seu amor. Mas esse alguém não é a princesa. Nunca poderá ser ela. — Os olhos cor de mogno de Annali imploravam para ele. — Você sabe que se continuar nesse caminho isso só vai dar em sofrimento, tanto para você quanto para a princesa. Precisa seguir em frente.

Ele engoliu em seco e baixou os olhos.

– Eu sei. É por isso que vou aceitar o primeiro trabalho que aparecer fora daqui.

– Ótimo. – Ela sorriu firmemente para ele. – Vou sentir saudades, claro, mas você precisa cuidar de si mesmo. Não precisa passar a vida inteira a serviço de outros.

Finn afastou a mão de sua mãe, e Ember entrou de maneira brusca na casa. Aparentemente ficar lá fora não tinha melhorado o seu humor. Ela começou a chutar as botas para fora dos pés, mas Annali fulminou-a com o olhar, e Ember tirou-as com cuidado e as colocou perto da porta.

Apesar de ela parecer estar decidida a ficar emburrada, Finn tentou animá-la. Sugeriu que Ember colocasse uma calça e que os dois praticassem luta. Na escola de rastreadores, eles aprendiam muitas formas de lutas de defesa, incluindo várias artes marciais.

Aquilo pareceu funcionar, e ela foi correndo trocar de roupa. O principal objetivo dela na vida era ser uma ótima rastreadora, assim como seu pai e seu irmão, e toda vez que Finn a ajudava a treinar ela ficava extasiada.

Então foi assim que ele passou o resto da tarde. Lá fora, com o granizo e a neve derretida, ensinando a irmãzinha a lutar. Nenhum deles lutava com o máximo de empenho, pois as duas cabeças ainda estavam na festa de noivado. Mas aquilo os ajudava a se distrair e esquecer o quanto queriam estar em outro lugar.

E às vezes isso era o melhor que Finn era capaz de fazer. Apenas se distrair até conseguir esquecer o que não poderia ter. Ele tinha uma família que o amava e uma casa cheia de afeto, apesar do passado, e isso já era mais do que muitas outras pessoas tinham.

2. Tove
Sábado, 28 de outubro

Ele não se lembrava do nome de ninguém. Na maior parte do tempo, Tove ficava bastante contente só por lembrar o nome da própria noiva. Era por isso que, quando eles eram apresentados às pessoas, Tove falava muito pouco, deixando que Wendy cumprimentasse os convidados da festa de noivado.

Ao menos a parte de recepção da festa tinha acabado, e eles tinham começado a refeição. Ele olhou para Wendy ao seu lado, com o seu sorriso tão grande que parecia doloroso. A sua aura estava tensa, com uma cor pútrida de mostarda, e ele se perguntou, não pela primeira vez, se teria mesmo feito a coisa certa ao pedi-la em casamento.

No momento em que pediu, parecia o melhor a fazer. Do ponto de vista político, ela precisava governar o reino, e ter o apoio dele e de sua família a ajudaria. Do ponto de vista pessoal, Tove não queria forçá-la a fazer isso sozinha.

Além do mais, não era como se eles pudessem se casar com alguém que amavam. Mas ao menos gostavam um do outro. Era melhor se casar com um amigo do que terminar numa prisão gélida, como era o casamento de seus próprios pais.

Mas, às vezes, como quando Wendy sorria educadamente em resposta a mais um dos insultos disfarçados da mãe dele, Tove achava que a tinha encurralado nisso acidentalmente. Ele tinha feito isso para ajudá-la, mas talvez tivesse sido egoísta demais. O noivado fazia Aurora parar de ficar perguntando por que Tove não tinha namorada.

Tove tinha até pensado por um breve período em ir embora de Förening, aceitando o seu destino e ser banido. Mas ele não podia voltar para o mundo humano. As suas habilidades faziam com que ele se comportasse de uma maneira bizarra demais. Quando elas começaram a se manifestar no início de sua adolescência, ele chegou até a ser forçado a ser internado num hospital psiquiátrico para tratamento.

Descobrir que era um Trylle tinha sido um alívio e tanto para ele. Quando Finn o rastreou e explicou que ele não era louco, que todas as coisas que escutava e fazia eram reais, foi um dos momentos mais felizes de sua vida.

Era por isso que ele não podia ir embora dali. Desistir da oportunidade de se apaixonar era um preço enorme a se pagar, mas para ele valia a pena. Viver uma vida que não fosse dentro de um hospício já era o suficiente.

Mas talvez fosse injusto pedir o mesmo de Wendy.

– Como você está? – perguntou Tove baixinho.

– Hum? – Ela mexia na salada a sua frente distraidamente.

Tove não tinha conseguido comer muito, mas eventos como esse sempre o faziam perder o apetite. Sua cabeça zunia, apesar de ele ter passado a manhã inteira drenando os poderes, e ele sentia o início de uma enxaqueca na base de seu crânio.

– Como você está? – repetiu Tove. Ele inclinou-se para a frente, apoiando os braços na mesa e afastando o prato.

Elora estalou a língua quando ele colocou os cotovelos na mesa, mas não disse nada. A única coisa boa da festa era que Wendy estava sentada ao lado de Aurora, e Tove, ao lado de Elora, então nenhum dos dois precisava ter conversas incômodas com desconhecidos durante o jantar.

Um dia: Três caminhos

Tove, Wendy e os pais deles, assim como Garrett e Willa, estavam todos sentados numa longa mesa no salão de baile recém-terminado. O cenário parecia bastante com a Última Ceia, por estarem todos sentados do mesmo lado da mesa principal. Os convidados estavam sentados pelo salão, com as vozes formando um ruído abafado que ecoava pelo local.

– Magnífica. – Wendy forçou um sorriso. – E você, como está?

– Ainda dá tempo. – Ele inclinou-se para perto dela, baixando a voz para que mal desse para escutar. – Ainda dá para cancelarmos tudo isso. Se quiser.

– Não. – Ela baixou os olhos e balançou a cabeça, e ele não sabia se ela estava sendo sincera ou não. – Eu não quero.

– Tove, o que vocês estão conspirando? – Aurora curvou-se para a frente para vê-lo melhor.

– Estamos apenas falando coisas melosas um para o outro. – Tove deu um pequeno sorriso para ela, e ela estreitou os olhos. – Você sabe como nós, jovens apaixonados, somos.

Wendy gargalhou com aquilo, fazendo um som genuíno, e, quando sorria, era algo absolutamente deslumbrante. Ela parecia tão radiante quando estava feliz que até ele tinha que apreciar a sua beleza.

– Não. – Ela olhou-o, ainda sorrindo, e a sua aura clareou, ficando mais num tom de amarelo. Ele tinha conseguido fazê-la relaxar um pouco. – Estou feliz por você estar aqui comigo. Pois se não estivesse aqui, eu teria que fazer tudo isso sozinha. E você sabe o quanto a miséria adora companhia.

Ele concordou com a cabeça.

– Sei, sim.

E então algo ocorreu-lhe, pois seus olhos castanhos ficaram tristes e seu sorriso desapareceu.

– A não ser que esteja dizendo que não quer fazer isso. Se quiser desistir, por mim não tem nenhum problema. Estava brincando com essa história de infelicidade adorar companhia. Não quero que fique infeliz.

– Não, não estou infeliz – disse Tove rapidamente, quase a interrompendo. – E não quero desistir. Tem muitas coisas bem piores do que casar com você.

Como ser banido do reino e ficar internado por ser maluco. Isso seria muito pior. Mas não falou isso. Apenas sorriu, e ela pareceu aliviada.

Tove deu um longo gole no vinho e recostou-se na cadeira.

Ele tentou se lembrar de que não precisava se sentir culpado por nada. Wendy sabia que ele não a amava, e ela também não o amava. Mas os dois ainda eram muito jovens, e Wendy um dia poderia encontrar alguém que amasse e com quem também pudesse se casar.

Se isso acontecesse, se Tove em algum momento descobrisse que ela estava apaixonada por uma pessoa com quem realmente pudesse ficar, ele iria se afastar com alegria. Era a única concessão que faria.

– Devia terminar de comer, princesa – disse Aurora.

Ela estava falando com Wendy, mas os seus olhos estavam fixos no anel de noivado na mão dela. Tove tinha-o escolhido sozinho, e Aurora o odiou. Ela passou a maior parte da noite olhando com irritação para a esmeralda, e Tove não podia deixar de sorrir toda vez que notava.

– Acho que já terminei, na verdade. – Wendy colocou o garfo no prato e recostou-se no assento.

– Ótimo. Pois a dança deve começar em breve.

— Nós temos que dançar? — disse Tove.

— Claro — disse Elora. — É tradição que os noivos tenham a sua primeira dança na festa de noivado.

— Claro. Porque não existe nada mais romântico do que dançar na frente de centenas de desconhecidos — murmurou Tove.

— Casamento não tem nada a ver com romance — disse Elora, como se Tove precisasse ser lembrado disso.

Logo depois, o garçom aproximou-se para tirar os pratos vazios, e a banda começou a tocar. A mãe dele tinha contratado uma pequena orquestra de doze instrumentistas para a festa, e eles estavam no canto do salão, perto da mesa principal.

Com tantas mesas lotando o salão, não havia uma pista de dança de verdade. Não havia espaço suficiente para mais do que alguns casais, mas tudo bem, pois apenas Tove e Wendy dançariam.

Quando a orquestra começou a tocar mais alto, e Tove achou que fosse algo de Debussy, Aurora lançou um olhar severo para ele. Mesmo com toda a estática da multidão, ele a escutava em alto e bom som, ordenando que convidasse Wendy para dançar.

Suspirando, Tove empurrou a cadeira para trás e se levantou. Estendendo a mão para ela, convidou-a:

— Vamos?

— Se precisamos mesmo. — Wendy colocou a mão na dele, e, assim que ela se levantou, a multidão irrompeu em aplauso.

Tove levou Wendy para a parte de trás da mesa. Quando passaram atrás de Aurora, ela sussurrou:

— *Sorriam*. Parece que estão indo para um funeral.

Quando chegaram à pista, todos já tinham parado de aplaudir, mas continuavam olhando para eles. Tove sentia os olhares perfurando-o, o que o distraía bastante. Ele tentou concentrar-se em Wendy e esquecê-los.

— Eu devia ter tomado mais vinho durante o jantar – disse Tove enquanto eles valsavam, lenta e desajeitadamente.

— Desculpe. – Ela franziu a testa ao olhar para ele. – Você está bem? Parece um pouco... exausto.

— Gente demais – admitiu ele, contraindo o rosto. – No dia do nosso casamento, vou ter que passar a noite anterior inteira movendo tudo para ficar completamente cansado.

— Ajuda se você pensar em alguma outra coisa? – perguntou Wendy. – Quer dizer, se a gente conversar e mantiver a sua mente ocupada, isso não ajuda a abafar os ruídos?

— Um pouco.

— Certo, então... – Ela olhou ao redor, como se procurasse algum assunto para conversar. – Qual deve ser a nossa música de casamento?

— Está dizendo que Aurora não escolheu ainda? – perguntou Tove com um sorriso irônico.

— Não, não vou deixar que ela escolha – informou-o Wendy. Tove devia ter ficado impressionado, pois ela riu um pouco. – Sei que isso é meio um casamento falso, mas será o único que vou ter. Aurora e Willa estão escolhendo todo o restante, mas com a música eu queria contribuir.

Então ele viu. Durou apenas um segundo, mas a aura dela escureceu, ficando quase preta por um momento, quando ela disse que esse seria o seu único casamento.

Mas a expressão de Wendy tinha permanecido a mesma. Ela estava aprendendo a mentir melhor, a fingir ser quem os Trylle esperavam que fosse. Era para o melhor, ele imaginava, mas ficou um pouco triste ao ver que ela estava perdendo um pouco de sua inocência.

— Em que música estava pensando? – perguntou Tove, querendo logo acabar com a inquietação dela.

— Não sei, na verdade. — Wendy riu de novo. — Eu nunca tinha pensado muito no meu casamento antes, só nesses últimos dias. Mas sei que não quero nada brega nem superbatido.

— Então nada de *Endless Love*? — brincou Tove.

— Temo que não. — Ela ergueu a cabeça para ele. — E você? Tem alguma música em mente?

— Não, não sei. — Ele deu de ombros. — Achei que eu não tivesse nenhuma influência nisso.

— Por que não escolhemos a música juntos então? — perguntou Wendy. — Do que você gosta?

— Hum... — Tove tentou pensar em músicas de que gostava que seriam adequadas para a cerimônia. — Eu sempre gostei de Etta James.

— Sério? — Wendy ergueu uma sobrancelha.

— Sim, sério. Por que você sempre parece ficar tão surpresa com o tipo de música que gosto? — perguntou Tove. — Você e Duncan ficaram chocados quando eu falei que gostava de Beatles.

— Não sei. É estranho imaginar você ouvindo música, eu acho. — Ela balançou a cabeça, fazendo seus cachos escuros dançarem nos ombros. — Não sei explicar.

— Eu gosto muito de música, na verdade — disse ele. — Ajuda a abafar os barulhos.

— Imagino que sim. — Ela respirou fundo e olhou-o com uma expressão bem estranha nos olhos.

— O que foi? — perguntou Tove, temendo ter feito algo de errado.

— É que tem tanta coisa que não sei sobre você, e... — Wendy parou de falar, mas ele esperou até que ela encontrasse as palavras certas para terminar o pensamento. — E eu vou passar o resto da vida com você.

— Bom, assim você vai ter bastante tempo para aprender, não é? — Tove tentou parecer animado com aquilo, mas entendia o que ela queria dizer.

Depois de algum tempo, felizmente, a música terminou, e eles retornaram aos assentos. Mas Tove não teve o alívio que esperava, pois agora os convidados podiam vir à mesa, supostamente para desejar coisas boas aos noivos, mas o que mais fizeram foi reclamar por um ou outro motivo.

O chanceler conseguiu monopolizar um período de tempo desproporcional. Havia uma fila de pessoas aguardando para chegar à mesa, mas ele falou por muito tempo, sem perceber o quanto incomodava todo mundo.

Com a coitada da Wendy foi pior ainda. Os olhinhos brilhantes do chanceler estavam bem fixos nela. A única coisa boa era que ele aparentemente estava chateado demais com o estado atual das coisas para ter qualquer pensamento malicioso sobre a princesa. Não ter que ver os pensamentos perversos daquele homem terrível foi uma mudança muito bem-vinda para Tove.

— Desculpe. Não queria incomodá-lo — disse o markis Bain, atraindo o olhar de Tove para si. Ele estava ocupado demais fulminando o chanceler com o olhar para perceber que o markis tinha vindo até a mesa.

— Hum, não. Não está incomodando. — Tove colocou o cabelo atrás das orelhas e inclinou-se para a frente na mesa. — Não está incomodando de jeito nenhum.

— Eu meio que furei fila — admitiu Bain timidamente, e apontou para onde estava o chanceler, ainda tagarelando com Wendy. — Mas de todo jeito eu não fazia questão de falar com a princesa. Quer dizer, fazia, mas você estava... disponível.

— Eu estou disponível, então... tudo bem. — Tove sorriu para ele, olhando para cima.

Bain era o encarregado de escolher o lugar adequado para os changelings, então Tove já o havia visto pelo palácio antes, mas eles nunca tinham se falado. Tove prestou atenção nele imediatamente, pois Bain tinha os olhos mais azuis e brilhantes que ele já tinha visto, uma raridade incrível na comunidade Trylle. Na verdade, era tão raro que Tove só sabia de um outro Trylle no reino inteiro que tinha olhos azuis.

Isso significava que, algumas gerações antes, um dos ancestrais de Bain tinha sido de Skojare – uma tribo menor de trolls conhecida por sua afinidade com o mundo aquático. Mas Tove não se importava com a linhagem de Bain. A mãe dele é que se importaria, mas, em assuntos como esse, as opiniões dela não tinham valor algum.

– Queria desejar sorte – disse Bain.

– Sorte? – perguntou Tove, sem saber o que ele estava querendo dizer.

– No seu casamento iminente. – Ele apontou para Wendy, sentada ao seu lado, e Tove percebeu tristemente que na verdade tinha esquecido que ela estava ali.

– Certo. – Tove forçou um sorriso e fez que sim com a cabeça. – Obrigado.

– Tenho que admitir que fiquei surpreso ao saber que você estava noivo da princesa. – Bain passou a mão no cabelo escuro e baixou os olhos, como se estivesse envergonhado por ter acabado de dizer isso. – Não que você não seja uma boa escolha. Porque isso você é. Eu só...

Tove inclinou-se mais para a frente na mesa, e baixou a voz:

– Garanto que ninguém ficou mais surpreso do que eu com o fato de eu me casar com uma princesa.

Então Bain olhou para ele, deixando o olhar demorar um pouco mais do que o que seria considerado educado. Ele era apenas alguns anos mais velho do que Tove, e era esguio, com uma aparência que beirava a delicadeza, como um Johnny Depp mais novo. Isso fazia com que seus olhos se destacassem ainda mais e fossem incrivelmente hipnotizantes.

– Bom, imagino que vou encontrá-lo mais vezes por aí – disse Bain, dando um pequeno passo para longe da mesa. – Com você morando e trabalhando aqui agora.

– Ótimo – disse Tove, mas logo se corrigiu: – Quer dizer, certo. Nós nos vemos por aí.

Bain afastou-se da mesa, e Tove relutou em desviar o olhar. Recostou na cadeira e suspirou, então percebeu que o chanceler ainda estava tagarelando com Wendy.

– Você já teve a sua vez – disse Tove, interrompendo o chanceler no meio da frase. – Pode ir.

– Perdão? – perguntou o chanceler, arregalando os pequenos olhos o máximo possível. Aurora tossiu baixinho, tentando dissuadir Tove de ser rude, mas ele a ignorou.

– Você me escutou. – Tove fulminou-o com o olhar. – Vá.

O chanceler gaguejou, mas obedeceu, torcendo as próprias mãos ao se afastar da mesa. Uma mulher veio até a mesa depois dele, mas, antes que ela dissesse qualquer coisa, Wendy sorriu para Tove em agradecimento e fez um *obrigada* com a boca.

A mulher apenas os parabenizou rapidamente, o que foi um ótimo contraste, e Tove tentou agradecê-la, mas tinha esquecido o seu nome. Felizmente, Wendy logo o ajudou para que ele não parecesse um tolo.

Enquanto continuava a procissão aparentemente infinita de pessoas desejando coisas boas, Tove percebeu que seus olhos procuravam Bain na multidão. Apesar de ele não o ter encontrado, aquilo consolidava o senso de compromisso que Tove tinha em relação a seu casamento com Wendy.

Era devido a mais uma razão egoísta, que o fazia se sentir mais culpado, como se ele a estivesse enganando de algum jeito. Mas a única maneira de Tove garantir que uma verdadeira mudança social pudesse ser feita entre os Trylle quanto às regras a respeito de por quem eles podiam se apaixonar seria se estivesse numa posição de poder. Ele precisava ser rei.

3. Loki

Sábado, 28 de outubro

A luz tremeluzia acima dele, e Loki olhou para ela enquanto andava de um lado para outro da cela. Ele odiava a masmorra, mas não pelas razões que Oren queria que ele odiasse. É que sempre pareceu exagerada demais, com seus tijolos úmidos e pisos sujos e duendes nas portas. Era previsível demais para ser assustador.

Além disso, a estrutura nem era tão forte assim. Loki tinha sido acorrentado à parede e, embora Oren tivesse sido esperto o suficiente para usar metal pesado nas correntes e algemas em suas mãos, Loki tinha conseguido arrancá-las do concreto com facilidade. Agora estava andando pela cela, arrastando um bloco de tijolos atrás de si, mas ao menos podia se movimentar livremente.

As ripas da porta da frente fizeram um barulho ao serem abertas, e Loki suspirou.

– Se vai passar tanto tempo comigo, Majestade, é melhor me colocar na suíte matrimonial ao lado da sua – disse Loki quando a porta começou a se abrir. – Assim você não precisa ter o trabalho de andar o caminho inteiro até aqui.

– Não queria desapontá-lo, mas sou eu – disse Sara ao entrar na cela.

Loki parou e olhou para ela. Achava que ela não fosse visitá-lo. Ela jurara que não se responsabilizaria mais por ele caso a sua missão falhasse, o que de fato tinha acontecido. Desde que Loki voltara a Ondarike, Sara não tinha nem se dirigido a ele.

Agora tinha entrado na masmorra, carregando uma bandeja com alguns restos de comida e um copo d'água. Ele deu uma olhada nela, procurando machucados ou marcas, mas não encontrou nada e desviou o olhar.

– O que você quer? – perguntou Loki.

– Isso não é maneira de falar com a sua rainha – disse Sara.

Ela fechou a porta ao entrar, percebendo que a porta estava bem amassada, provavelmente devido às tentativas de fuga de Loki. Ele diria que não se importava nem um pouco com a própria vida, mas não se esforçaria tanto se não quisesse fugir.

– Tem razão. – Loki deu um sorriso sarcástico para ela. – Por que não me joga na masmorra? Isso, sim, vai me ensinar uma lição, não é?

– Você sabe que eu não queria que você ficasse aqui embaixo – disse Sara. – Eu não queria vê-lo assim de jeito nenhum.

– Não? – Ele balançou a cabeça. – Você não impediu que ele fizesse isso.

— O que eu poderia fazer, Loki? — Sara deu um passo na direção dele, apelativa. — Você fracassou com ele e sabe disso.

Loki não respondeu nada. Apenas fitou o chão, com a mandíbula tensa. Estava sem camisa, e Sara viu as marcas recentes de chicote que havia em suas costas. Até então, ele tinha apenas algumas; eram cortes avermelhados em sua carne.

Mas o rei estava apenas começando. Ele era conhecido por fazer as suas punições durarem meses, às vezes até anos, torturando suas vítimas várias e várias vezes.

— Eu trouxe comida para você — disse Sara baixinho, estendendo a bandeja para ele.

Loki olhou com ironia para a bandeja, e por um instante Sara ficou com medo de que ele fosse derrubá-la de suas mãos com um golpe. Em vez disso, ele estendeu o braço e pegou o copo d'água, e a corrente tiniu ao bater na bandeja de metal.

— Obrigado — murmurou ele, antes de tomar um gole. Bebeu rapidamente, depois colocou o copo novamente na bandeja.

— Não quer a comida? — perguntou Sara, e ele balançou a cabeça. — Devia comer algo. Você precisa da sua força.

— É melhor eu não ter a minha força. — Loki passou a mão no cabelo. — Assim a morte vai chegar mais rápido.

— Não diga isso. — Ela pressionou os lábios. — Não está falando isso a sério.

— Não estou? — Loki riu sombriamente. — Claro que estou! Oren vai me torturar até que eu morra; então, sim, prefiro ter uma morte mais rápida. É a única coisa sã que posso fazer.

— Talvez ele não faça isso. — Sara não conseguia nem olhar nos olhos de Loki ao dizer isso.

— É, talvez não — concordou ele com um falso entusiasmo. — Quem sabe eu não tenho a sorte de ser imortal como Oren, assim posso passar a eternidade inteira nesta masmorra. Não seria maravilhoso?

– Por que você simplesmente não a trouxe de volta? – disparou Sara, surpresa com a intensidade na própria voz. Ela ainda estava olhando para o chão, mas, quando ergueu a cabeça, havia lágrimas em seus olhos escuros. – Se tivesse simplesmente trazido a princesa de volta, você não estaria aqui.

Ele encontrou os olhos dela por um instante, depois balançou a cabeça e desviou o olhar.

– Eu não seria capaz de fazer isso com ela.

– Se você gosta dela, então era o que deveria ter feito – prosseguiu Sara. – Ele teria feito você se casar com ela. Você teria vivido para sempre com ela, governando este reino.

– Primeiramente, você sabe tanto quanto eu que o rei nunca vai ceder o governo – discordou Loki dela. – Ele só a quer porque é o novo brinquedinho dos Trylle. Ele nunca deixaria que ela assumisse o lugar dele.

– Em algum momento ele vai ter que deixar o cargo – insistiu Sara. – Ele quer um herdeiro.

– Quer um herdeiro que governe as coisas exatamente do mesmo jeito que ele – disse Loki, e começou a andar pela cela novamente. – Wendy não é nada como ele. Ele faria de tudo para acabar com ela, para transformá-la numa bárbara maquiavélica. E a destruiria.

– Não, eu não a deixaria fazer isso. – Sara balançou a cabeça. – Eu a protegeria.

– Assim como me protegeu? – Ele olhou para ela com uma sobrancelha erguida, e ela mordeu o lábio.

– Eu tentei. – A voz dela estremeceu. – Mas não pude fazer nada.

– Eu sei. – Loki suspirou e se arrependeu do que tinha dito.
– Eu não estou culpando você por isso. O rei me enviou para buscá-la. Eu sabia o que aconteceria se eu não voltasse com ela, e foi exatamente o que fiz.

– Você não precisava ter voltado. – A voz dela tremeu, e ela colocou a bandeja no chão para poder enxugar os olhos. – Depois que foi para Förening buscá-la no outro dia, não precisava ter voltado.

– Eu não ia voltar. – Loki parou, em dúvida se deveria contar ou não a verdade para ela. – O rei me enviou novamente para buscá-la, sabendo que eu ganhara a confiança dela, mas eu convidei Wendy para fugir comigo. E era mesmo o que eu queria. Se ela tivesse dito sim, eu a teria levado para bem longe de tudo isso.

– Mas ela disse não? – perguntou Sara.

Ele engoliu em seco e não falou nada por um minuto. Seus ombros baixaram, e ele ficou com uma aparência desesperançada que Sara nunca tinha visto nele antes.

– Mas foi para o melhor – disse Loki, finalmente. – Se ela tivesse ido comigo, teria sido o inferno para o povo dela. Oren teria alegado que eles romperam a trégua e que estavam me mantendo como refém. Ele teria ido com tudo para cima deles, e os Trylle não poderiam contar com a ajuda dela para se defender.

– Foi por isso que voltou – percebeu Sara. – Se tivesse permanecido longe, Oren teria culpado os Trylle e iria atrás deles.

– Ele os teria matado e a roubado – concordou Loki com a cabeça. – Parecia que não valia a pena ter todo um banho de sangue só para que eu evitasse um pouco de dor.

– Loki. – Ela aproximou-se e tentou colocar a mão em seu braço, mas ele se afastou. – Você precisa escapar. – Ela baixou a voz, caso o guarda lá fora estivesse ouvindo: – Eu posso ajudá-lo.

— Acho que é tarde demais para mim, Sara. – Ele sorriu tristemente para ela. – Mas é você que deve fugir enquanto ainda pode.

A porta atrás dos dois começou a ser aberta, e Sara afastou-se apressadamente.

Oren entrou de forma brusca na masmorra, com as mangas da camisa preta arregaçadas e o botão de cima aberto, como se estivesse pronto para atacar. Na mão direita, estava segurando a espada – com os diamantes da empunhadeira brilhando em cima de sua mão.

— Devia ter me avisado que estava planejando visitar Loki hoje – disse Oren, com a voz áspera e rouca, e sorriu para a esposa. – Assim teria poupado a viagem.

— Eu só vim trazer comida para ele. – Sara apontou para a bandeja no chão. – Achei que ele devia cuidar da própria força.

— Não preciso da minha força. – Loki fez um gesto desdenhoso com a mão, fazendo as correntes chacoalharem, e apontou para a espada. – O rei veio me matar.

O sorriso de Oren aumentou e seus olhos pretos pararam em Loki.

— Pode fazer quantas piadas quiser; em breve você vai estar implorando para morrer.

— Como vai preferir que eu implore, Majestade? – perguntou Loki. – De joelhos? Porque posso fazer isso agora, se quiser.

— Loki – disse Sara num tom baixinho.

— Minha rainha, pode nos deixar a sós, por favor? – pediu Oren, sem olhar para ela. – Preciso de um momento a sós com o nosso prisioneiro.

— Vossa Majestade. – Sara apertou as mãos e olhou de Oren para Loki, com os olhos arregalados e temerosos. – Por favor, não faça nada precipitado.

– Eu nunca sou precipitado! – exclamou o rei. – Agora nos deixe a sós.

Sara olhou para Loki atrás dela, com jeito de quem pede desculpas. Ele queria balançar a cabeça para ela, fazer algum gesto que indicasse que ela podia ir embora, que ele até incentivava isso. Mas não podia. Se o rei visse, ficaria parecendo que ela estava pedindo a permissão de Loki, e Sara pagaria um preço bastante alto.

Então, em vez disso, Loki não fez nada além de encarar estoicamente o rei. Sara saiu da masmorra sem dar mais nenhuma palavra aos dois, e a porta se fechou ruidosamente atrás dela.

– A minha esposa se preocupa demais com você – disse Oren simplesmente.

– Depende do que você considera "demais". – Loki balançou a cabeça, pensando no assunto. – Como você é incapaz de se importar com qualquer coisa por não ter coração, imagino que qualquer quantidade pareça demais para você.

O rei gargalhou e ergueu a espada, gesticulando com ela enquanto falavam, e foi difícil para Loki não olhar para o metal que brilhava diante da luz.

– Uma coisa eu admito, Loki: sempre o achei engraçado. Nunca admitiria para ninguém, mas você me faz rir.

– Eu sempre me achei um verdadeiro bobo da corte – disse Loki.

– E você foi um. E dos bons. – Oren massageou o queixo e ficou andando na frente de Loki. – E se tivesse servido para mais alguma coisa, não estaríamos aqui. Sabe o que nunca suportei em você?

– O meu charme maroto? Minha aparência deslumbrante? Meu cabelo rebelde? – sugeriu Loki.

– Você nunca soube a hora de calar a boca.

Oren virou-se para ele e ergueu a espada repentinamente. Ele a moveu bem na direção de Loki, e, quando a ponta da lâmina furou o seu peito bem acima do coração, ele nem se contorceu. Apenas engoliu em seco e manteve os olhos no rei, mas Oren não empurrou mais a lâmina.

O rei estreitou os olhos para ele.

— Eu poderia matá-lo agora.

— Achava mesmo que fosse fazer isso – admitiu Loki.

— Eu sei. – Oren abriu o maior sorriso. – É por isso que não vou fazer. – Ele sacudiu a espada para trás, cortando o peito de Loki, abrindo apenas uma ferida superficial. Ainda assim, Loki teve que endurecer para não reagir à dor, e havia sangue pingando de sua pele. – Quero que você sofra da mesma maneira como me fez sofrer.

— Isto é você sofrendo? – Loki deu um sorriso irônico. – Você não sabe absolutamente nada sobre sofrimento de verdade. Você nunca...

Antes que Loki dissesse mais alguma coisa, o rei deu uma pancada nele com as costas da mão, então a empunhadeira da espada o atingiu bem no queixo. Os diamantes furaram a sua pele, e o rei usou tanta força que Loki teve que usar toda a sua energia para não cair. Mas se recusava a dar a Oren aquela satisfação.

Ele endireitou a postura, cuspindo sangue no chão displicentemente e manteve os olhos em Oren. O seu cabelo tinha caído para a frente, quase cobrindo os olhos, mas Loki não o afastou.

— Pode estragar o meu rosto e o meu cabelo, mas sempre serei mais charmoso do que você – disse Loki sorrindo, apesar de ter sido imensamente difícil dizer aquilo.

Oren inclinou-se para a frente e com a voz baixa, como se fosse contar um segredo:

— Eu sei que você quer que eu o mate. É por isso que não vou matá-lo. Também sei que você mal consegue sobreviver sem interação. Mesmo que seja eu a espancá-lo, é disso que você gosta. Você *deseja* isso.

— Ah, claro, sempre anseio por um gancho de direita no queixo ou por uma chicotada nas costas — respondeu Loki. — Escrevi muitos sonetos sobre as surras que você me dava quando eu era criança.

— A verdadeira tortura para você é ser ignorado — prosseguiu Oren, como se Loki não tivesse dito nada.

— É bem verdade. Essa sua espada não é nada em comparação a ser desprezado. Prefiro até a guilhotina, contanto que haja alguém assistindo.

— Pode fazer suas piadas, mas não vai haver ninguém para rir delas — disse Oren, voltando em direção à porta. — Vou proibir Sara de vê-lo e todos os guardas de falar com você. Você não vai ter nada. Quando eu terminar, você vai desejar nunca ter nascido.

— Sempre desejei isso, Majestade — disse Loki, e suspirou profundamente.

Oren riu enquanto saía da masmorra, e Loki conseguiu ouvir sua risada mesmo após a porta ter sido trancada e Oren se afastado.

Sem nenhuma outra maneira de expressar sua frustração, Loki ergueu a bandeja e a jogou para longe. Ela retiniu na parede e caiu amassada no chão.

Ele encostou-se na parede e colocou a cabeça entre as mãos. A verdade era que ele não sabia mesmo se conseguiria sobreviver a tudo aquilo. Isolamento, surras, ameaças constantes de morte — era exatamente o que achou que seria, mas a situação não ficava nem um pouco menos dolorosa por causa disso.

– Espero que valha a pena passar por tudo isso por causa da princesa – murmurou Loki para si mesmo.

Mas assim que disse isso, pensou nela. Na bondade que tinha visto em seus olhos e no fato de ela tê-lo defendido e lutado por sua vida, mesmo quando o seu próprio povo não fazia isso. Tinham passado apenas alguns momentos juntos, mas ela fizera com que seu coração se enchesse como nunca na vida.

Claro que por ela valeria a pena, sem dúvida. Independentemente do que o rei fizesse com ele, Loki faria tudo de novo se fosse para poupar Wendy de ter esse mesmo destino.

Impressão e Acabamento:
GRÁFICA STAMPPA LTDA.
Rua João Santana, 44 - Ramos - RJ